Gwen und Runolf

Sabine Lippert

Gwen und Runolf

Eine Erzählung aus der Wikingerzeit

Bibliografische Information der Deutschen
Nationalbibliothek:
Die Deutsche Nationalbibliothek verzeichnet
diese Publikation in der Deutschen
Nationalbibliografie; detaillierte bibliografische
Daten sind im Internet über
http://dnb.dnb.de abrufbar.

Herstellung und Verlag:
BoD – Books on Demand, Norderstedt

ISBN: 9783748166863

„Schicksalsfügungen der Nornen sind unleugbar noch unbestimmbarer als der Würfel."

(aus den *Gesta Danorum*, den „Taten der Dänen", verfasst von Saxo Grammaticus im 12. Jahrhundert)

Der beschwerliche Anstieg lag hinter mir; ich befand mich an dem seit frühesten Kindheitstagen geliebten Platz, der freien Blick über die so grenzenlose Weite des Meeres bot.

Tief unter mir toste die Brandung an den Strand; Möwen zogen lebhafte Kreise, mit dem ihnen eigenen spöttischen Gelächter. Meinen älteren Bruder hatte das früher so aufgebracht, dass er Steine auflas und nach ihnen warf, ohne sie jemals zu erwischen. Meinen Ohren erschienen ihre Laute eher erheiternd, als würden sie mich unterhalten. Eine jener großen grau-weißen Möwen kam jetzt in meine Nähe gesegelt und ließ sich auf einem Stück verstürzter Mauer nieder, um mich, die ich mich auch gerade auf den verwitterten Steinquadern hinsetzte, neugierig zu beäugen. Ich summte eine Melodie, zu der sie den Kopf schief legte. Hier oben, auf der stets windigen Hochfläche, hatte man meist nur die Gesellschaft von Möwen.

Die alten Leute erzählten, dass vor sehr, sehr langer Zeit all diese Steinmauern einmal zu einem hohen Wachturm gehört hatten, der die Küste weithin im Blick hatte. „Alles in Stein ist von den Römern.", hatte unser Priester – einer der Wenigen in *Falsgrave*, der des Lesens und Schreibens kundig war – uns belehrt. Die Römer, ein Volk aus dem fernen Italien, hatten hier gelebt, bevor wir Sachsen einwanderten. Seit langem waren sie fort, aber ihre festen Mauern hatten sie überall hinterlassen: Etwa die eine oder andere alte Brücke hier in der Gegend, deren kunstvolle Steinbögen Flüsse überspannten und noch immer befahren

1

wurden. Weitere alte Gemäuer befanden sich in *Eoforwic*, der Hauptstadt unseres Königreiches *Northumbria*. Die Stadt wurde vom Ring der alten Steinumwehrung nach wie vor geschützt, wofür man den Römern dankbar sein musste.

In meinem Rücken, weit jenseits der Hügel, lag unser *Eoforwic*. Dorthin war vor einem Jahr mein älterer Bruder gegangen, um eine Lehre als Wagenbauer zu beginnen. Seitdem hatten wir ihn einmal besucht und gesehen, dass es ihm gutging. Ich beneidete Osred, dass er an diesem Platz so bunten Lebens wohnte, wo man täglich Aufregendes sehen konnte! Viele Händler von der ganzen Insel, einige sogar aus Europa, verkehrten dort, und manch fremde Sprache konnte man hören. Gebildete Leute, Studenten der berühmten Klosterschule, schwirrten da umher. Hauptanziehungspunkt aber war – vor allem für diejenigen, die so abseits wohnten wie wir - der Markt rund ums *minster* mit seinem vielfältigen Angebot an Waren!

Wie klein war dagegen meine Welt; sie bestand aus *Falsgrave*, dem Ort, wo ich geboren war, den Wiesen und Hügeln ringsum sowie dieser Klippe, die ich 'mein kleines Königreich' nannte. Noch war ich ja sehr jung und dennoch sicher: Ich würde fernere Orte nie kennenlernen...

Ich schaute hinab zum Saum meines Kleides, das meinen verwachsenen linken Fuß verdeckte. Mit ihm war ich geboren und würde daher nicht das Leben einer gewöhnlichen Frau führen. Freilich, ein unglückliches Dasein hatte ich nicht.

Meine Eltern, Fischer aus *Falsgrave*, liebten mich nicht weniger als ihren robusten Sohn. Viele Kindergefährten hatte ich nicht gehabt, aber zumindest ein, zwei, die sich nicht schämten, einem Mädchen mit missgestaltetem Fuß Gesellschaft zu leisten. Herumtollen und fröhlich sein wollte ich wie alle anderen, so ungelenk es auch aussehen mochte. Unternehmungslust hatte ich immer verspürt, da ich nicht das Leben einer traurigen Einsiedlerin innerhalb des Hauses führen wollte.

Die Möwe saß nach wie vor in meiner Nähe, und ich fuhr fort, ihr etwas vorzusummen. Die Lyra aus Eibenholz, mein einziges kostbares Besitzstück, konnte ich leider hier oben hin nicht mitnehmen, da eine Hand sich immer auf die Krücke stützen musste. Das Lyraspiel beherrschte ich mittlerweile recht gut, und beinahe jedermann in *Falsgrave* lauschte gerne meinem Spiel, bei Einladungen oder Festlichkeiten. Zweifellos, so ging es mir durch den Kopf, waren Menschen mit missgestalteten Händen schlimmer dran als ich, denn für wie viele wichtige sowie schöne Dinge – einschließlich der Musik – brauchte man seine Hände!

Als ich mich schließlich erhob, flog auch die Möwe mit Abschiedsgelächter auf; ich lächelte ihr nach, während ich meinen wollenen Umhang ordnete und fester über dem Kleid schloß. Lebhaft brauste nämlich der Wind vom Meer her über die kleine Hochfläche. Jetzt, im Frühsommer, stand das Gras so hoch, dass mancher Mauerrest darin verschwand und man sehr achtgeben musste, nicht darüber zu stolpern. Solches war mir passiert, wenn ich als Kind hier oben wild herumjagte, gemeinsam mit meinem Bruder, der ja eigentlich auf mich achtgeben sollte und dann seine Schwester doch mit aufgeschlagenem Knie heimbrachte. Tränen hatte ich nie vergossen dabei – galt es doch, den verborgenen Goldschatz der Römer zu finden...

Hundegebell drang an mein Ohr, und ich wandte mich wieder zur Kante, um die Fischerboote draußen auf dem Meer zu beobachten. Eines davon mochte mein Vater sein. Manchmal nahm er mich mit, an ruhigen Schönwettertagen. Vom Wasser aus konnte ich dann auf mein kleines Königreich schauen, den markanten Felsen bewundern, wie er sich über dem Strand mächtig erhob. Dennoch gab ich dem Felsen den Vorzug vor dem Boot. Von hier oben betrachtet lag alles weit unter mir – auch sämtliche Sorgen, Bekümmernisse.

Der Wind bauschte mein langes, haselnussbraunes Haar, und ich genoss es. „Was für eine hübsche Frau du geworden bist, Lynne!", hatte mich Coelred auf seinem letzten Besuch begrüßt. Mit mir gleichaltrig, sogar fast am gleichen Tag geboren, war Coelred in der nächsten Nachbarschaft aufgewachsen. Wie oft hatte er, in Vertretung meines Bruders, mir beim steilen Aufstieg hier herauf, geholfen und mich fest bei der Hand gehalten! Auf den alten Mauern lagernd hatten wir Zukunftspläne gemacht; er hatte geschworen, nie eine andere Frau heimzuführen als mich. Ich konnte, durfte nicht erwarten, dass er dieses Versprechen hielt. Außerordentlich klug und gewinnend, war er aus *Falsgrave* weggegangen, um in die Dienste eines *ealderman* zu treten. Bei seinen seltenen Besuchen in der Heimat hatte er sich immerhin stets Zeit genommen, bei seiner einstmals liebsten Gefährtin vorbeizuschauen. Aus ihm würde ohne Zweifel ein tüchtiger Mann, der einflussreiche Leute und viele entfernte Orte kennenlernte und eines Tages eine Frau aus vornehmem Hause ehelichte. In meinem Innern mochte ich jedoch nicht Abschied nehmen von meinem Seelenbruder.

Ich zog ein kleines, aus Haselnussholz geschnitztes Kreuz hervor, das ich in einem Lederbeutelchen an meinem Gürtel trug. Ceolred hatte es, bevor er fortging, selbst gefertigt und mir als Andenken geschenkt. Mit beiden Händen umfasste ich es, bis es von meiner Körperwärme erfüllt war...

Wie oft ich Gottvater gezürnt hatte – dafür, dass ich das Leben eines missgestalteten Mädchens leben musste, das ich andernfalls mit Coelred an meiner Seite hätte glücklich leben können. Es war nicht immer leicht, vor allem nicht, wenn ich Zeuge einer Hochzeit in *Falsgrave* wurde und mir der Anblick der Braut in vollem Schmuck einen Stich versetzte. Hier oben, in meinem Königreich, umgeben von meinen zahllosen Untertanen, den Möwen, empfand ich Frieden mit allem. Mein Blut war vielleicht stolzer, als es der Tochter eines einfachen Fischers zugestanden hätte. Selbstmitleid sollte mich nicht zermürben.

*

Seit nunmehr über einem Jahr litt unser England unter der Heimsuchung des großen Heidenheeres. Nun hatte es sich auch *Eoforwic* einverleibt! Der stolze Mittelpunkt unseres Königreichs *Northumbria* war ihnen so leicht zugefallen wie eine reife Frucht! Hinterlistig hatten sie den Tag ausgewählt, an dem das Fest von Allerheiligen begangen wurde, jedermann also mit anderem beschäftigt war, als sich auf einen Überfall vorzubereiten. Dabei hatte es einige Zeit vorher bereits Warnungen gegeben, zumal die Feinde mit einem großen Teil ihrer Flotte den *Humber* hinauf gesegelt waren, um sich dann die restliche Strecke bis *Eoforwic* auf dem Pferderücken weiterzubewegen.

Händler und vereinzelte Flüchtlinge hatten die schlimme Kunde in unsere – noch friedvolle – Abgeschiedenheit gebracht.

„Es sind wilde Teufel, tollwütige Wölfe!", schilderte man erregt, und wie *Eoforwics minster* von den Siegern als Banketthalle für ihre wüste Siegesfeier missbraucht worden war, nachdem man alles von Wert zu Beute gemacht hatte; auch die altehrwürdige Klosterschule wurde bis auf die nackten Mauern geplündert, um den Heiden danach als Pferdestall zu dienen. Das Händlerviertel am *Ouse* hingegen kam erstaunlich glimpflich davon. Ich sollte erst viel später begreifen, weshalb...

Einige Einwohner waren in die Sklaverei

6

verschleppt worden; ansonsten schien wenig Blut geflossen zu sein – eine für uns beruhigende Nachricht. Wie mochte es meinem Bruder Osred ergangen sein? Vielleicht befand er sich unter jenen, die aus *Eoforwic* geflohen waren, und wir sahen ihn bald wieder hier...

Und was hatte ich noch erfahren müssen? Ceolred hatte sich gemeinsam mit seinem Gefolgsherrn dem Heer König Osberts angeschlossen, das irgendwo im Landesinnern seine Kräfte sammelte. Seitdem wachten meine Gedanken bei ihm; ich hielt das geschnitzte Kreuz in meinen Händen, zu Gott betend, er möge mir nicht eines Tages die Kunde schicken, dass mein Ceolred von den Schwertern dieser Barbaren auf irgendeinem Schlachtfeld zerstückelt wurde, wie so mancher aufrechte Kämpfer bisher. Dabei hätte ich von Stolz erfüllt sein müssen, dass er unserem König zur Seite getreten war!

Über den Niederungen waberten die Novembernebel. Ich verbrachte jetzt, im Herbst, mehr Zeit im Haus, an der Seite meiner Mutter, als ihre unermüdliche Helferin am Webstuhl, um warme Wollkleidung für die kalte Jahreszeit zu fertigen. Verschlissene Kleidung wurde ausgebessert. Es gab so viel zu tun, dass die Stunden rasch verstrichen; zwischendurch schauten immer wieder Besucher vorbei, die neue Nachrichten brachten – darunter endlich auch einen Gruß meines Bruders!

Da sich in *Eorforvic* alles zu beruhigen schien, wollte er tatsächlich weiter ausharren! Offenbar gedachten sich die neuen Herren in der Stadt dauerhaft einzurichten. Wie wir erfuhren, hatte unser kluger Erzbischof Wulfhere mit den Siegern erträgliche Vereinbarungen getroffen, die ein Zusammenleben der einheimischen Bevölkerung mit den Heiden regeln sollte. Es konnten ja nicht alle weglaufen aus einer so wichtigen Stadt, so dass alles zusammenbrach! Mein Bruder hatte also letztendlich richtig gehandelt, indem er sich nicht mit der anfänglichen Panik mitreißen ließ. Wie er uns übermittelte, blickte er der Zukunft einigermaßen gelassen entgegen: Den Barbaren müsse man möglichst aus dem Wege gehen; sie wären ohnehin momentan damit beschäftigt, um das eroberte *Eoforwic* neue Erdschanzen zu errichten. Das wohl umsonst, denn spätestens im folgenden Frühjahr würden unsere northumbrischen Streitkräfte sie wieder rauswerfen. Jetzt, im Winter, wäre Zeit, erst einmal die Wunden zu lecken und Kräfte zu sammeln...

All das hätte ja gar nicht so weit kommen müssen, wenn unsere seit Jahren um die Macht streitenden Oberhäupter, König Osbert und sein Bruder Aella, die wilden Horden mit ihren Zwistigkeiten nicht regelrecht zu diesem Überfall eingeladen hätten – so ereiferte sich mein Vater am Tisch, und er hatte sicher recht. Teilweise schien nicht ganz klar, wer den Thron im Besitz hatte: Osbert oder Aella. Warum nahmen sie sich eigentlich kein Vorbild an den Herrschern von *Wessex*, deren Stärke in Einigkeit bestand? Mein Vater und wir alle hofften natürlich, dass Osbert und Aella, durch die Niederlage klüger geworden, zu einer dauerhaften Allianz gegen die Gefahr fanden. Dann war die Hoffnung berechtigt, dass *Northumbria* bald wieder von dieser Plage befreit war.

Wenn mein Vater früh morgens zum Fischen aufbrach, mahnte er uns, die Ohren offenzuhalten. Hier in *Falsgrave* sowie in den benachbarten Gemeinden ging seit längerem die Befürchtung um, die Barbaren könnten einzelne Scharen bis zur Küste schicken, um die Verhältnisse auszukundschaften und natürlich zu plündern, wo sich's lohnte. Vor allem für uns Frauen verhieß das nichts Gutes – man hatte gehört, dass bereits einige unverheiratete Mädchen geschändet oder gar verschleppt worden waren. Natürlich gab es hier und da auch solche Weiber, die derlei Gesellen als Liebchen durchaus freiwillig folgten, vor allem in einer Stadt wie *Eoforwic*...

Meine Mutter wies mich darum an, vorerst keine ausgedehnten Streifzüge in die Natur zu machen, sondern in Sichtweite der Siedlung zu bleiben – für den Fall, dass unverhofft berittene Heiden auftauchten. Die abgeschiedene Ruhe, die wir so gewöhnt waren, schien dahin. Eine Lage, der ich mich erst anpassen musste. Ich war keine ängstliche Natur.

Mutter und Vater sahen als gutherzige Eltern freilich darauf, mich wohl zu behüten; um ihr Dasein nicht noch mehr zu erschweren, fügte ich mich einigermaßen. Es fiel mir leicht, zumal die Winterzeit meine Streifzüge in die Natur ohnehin einschränkte. Wenn Regen gegen die dicken Lehmwände unseres Hauses peitschte, war es sogar richtig behaglich. Und wie schnell nahte das Christfest, die ersten Schneefälle, die die traurig kahle Landschaft weiß einkleideten. Nur in den Januarwochen konnte der Schnee länger liegenbleiben; meist spülten reichlich Regenfälle ihn rasch wieder fort, und dann watete man in *Falsgrave* durch knöchelhohen Schlamm, wo sonst Wege und Plätze waren.

Vor allem zähmte der Winter alles. In *Eoforwic* schien alles seinen gewohnten Gang zu nehmen. Im Frühjahr, so prophezeite mein Vater, würden wieder die Schwerter rasseln. Mit gedämpfter Stimme deutete er an, dass sich allerorts Widerstandsnester bildeten, selbst in unserer nächsten Nachbarschaft. Darüber musste freilich Stillschweigen gewahrt bleiben.

Demnach hatte sich wohl auch in unserem *Falsgrave* der eine oder andere wehrfähige Mann entschlossen, dem Widerstand beizutreten. Wenn nur unsere Könige Osbert und Aella eine gleiche Entschlossenheit an den Tag legten und es ihnen glückte, alle Kräfte zu bündeln – dann konnte es gelingen, den Heidenkönig Ivar von seinem Thron zu stoßen und aus unserem *Eoforwic* hinauszuwerfen.

Wir Frauen hatten uns mit derlei Männerangelegenheiten eigentlich nicht zu befassen, sondern unserem Tagwerk nachzugehen, das uns ja auch ausfüllte. Aber am Webstuhl zu sitzen und mit einem Ohr den Ereignissen zu lauschen, konnte doch nicht schaden. Manchmal rutschte mir gar etwas Ungebührliches raus. Einmal war ich so weit gegangen, König Osbert eine 'alte Eule' zu nennen. Da nahm sich ein Krüppel heraus, über den König von *Northumbria* zu lästern!

„Du bist noch mehr eine widerspenstige Natur als dein Bruder!", hatte Vater gepoltert. „Wie gut, dass *Falsgrave* so abseits gelegen ist!"

Schuld daran war eigentlich mein Ceolred, der König Osbert öfter mal einen alten Zauderer genannt hatte, und da Ceolred so klug war, hatte ich das unbesehen übernommen. Von Osberts Bruder Aella wurde auch nicht besser gesprochen – vielleicht aber nahmen unsere Könige in diesem Jahr des Herrn 867 die Gelegenheit wahr, ihre Schmach zu tilgen.

Im Februar traten erst einmal unsere Flüsse kräftig über die Ufer und machten sich dreist über Weiden und Felder breit. Dazu brachte der Wind schon jetzt laue Lüfte aus dem Süden, was in mir den allzu lang bezähmten Freiheitsdrang erwachen ließ. Der Spaziergang zu meinem Lieblingsplatz auf der Klippe blieb mir allerdings während der Hochwasserzeit verwehrt, so dass ich mit kürzeren Rundgängen vorlieb nehmen musste. Winter und Hochwasser hatten unserer Gegend bisher keine unerwünschten Besucher beschert. Dennoch waren die Ängste in der Bevölkerung nicht abgeebbt. Mancher ging so weit, uns jungen Frauen zu raten, uns Asche ins Gesicht zu schmieren und unansehnliche Sackkleider anzulegen, für den Fall, dass ein Barbar unseren Weg kreuzte. Aber wer von uns hübschen jungen Mädchen wollte schon absichtlich häßlich wie eine Vogelscheuche draußen rumlaufen? Im vergangenen Winter hatten wir Frauen viel Mühe darauf verwandt, uns neue Kleider und Umhänge zu nähen, auf die wir uns freuten, und die wir bei den ersten warmen Sonnenstrahlen auch anzulegen gedachten! Gerade eine mit äußerem Makel behaftete Frau wie ich machte sich gern hübsch zurecht – auch wenn kaum jemals ein wohlgestalter junger Mann den Weg zu mir finden sollte...

Und ob selbst einer jener Barbaren Hand an mich legen würde? Deren Götzen rieten ihnen doch gewiss ab, Verkehr mit missgestalteten Frauen zu haben. Kreuzte einer von denen meinen Weg, ich brauchte nur mein Kleid ein wenig zu schürzen, und er würde sich ein anderes Opfer suchen.

Es gab im Übrigen kaum eine Abscheulichkeit, die man den Heiden nicht nachsagte: Sie stanken wie Tiere, brüllten wie Tiere, fraßen wie Tiere. Ihre Haare standen widerlich zottig in die Luft, wie die Stacheln eines Igels. In ihren Bärten nistete Ungeziefer. Groß wie Eichen waren sie angeblich, stark wie Riesen – aber gewiss nicht so stark wie unser alter Held *Beowulf*!

Mit Vorliebe hauten sie christliche Priester mitten entzwei – angeblich mit einem einzigen Schwerthieb! Mönche verbrannten sie in ihren Klöstern bei lebendigem Leib, Nonnen missbrauchten sie, um ihnen dann die Gedärme rauszuholen. Man pflegte über sie zu sagen: „Selbst der zahmste Nordmann bleibt immer noch ein Wolf!

Und der grimmigste Nordmann ist die schrecklichste Bestie!"

Gern wäre ich nach *Eoforwic* gereist, um mir selbst ein Bild zu machen von jenen angeblichen Untieren. Irgendwie hatte Erzbischof Wulfhere mit ihnen ein Auskommen gefunden und lebte erstaunlicherweise selbst noch. Zweifellos hatte er hohe Zugeständnisse machen müssen, durch Zahlung von sogenanntem Danegeld, um in Frieden weiterleben zu dürfen – so, wie es auch die Könige halten mussten, allen voran König Edmund von *East Anglia*, diese Memme! Freundlich hereingelassen hatte er die Heiden und dann gar noch mit Pferden ausgestattet, damit sie schön in den restlichen Königreichen herumstampfen konnten, mit Ausnahme seines eigenen, an dessen Küste ihre gräßlichen Drachenschiffe gelandet waren. Somit hatte König Edmund den Grundstein gelegt für die furchtbare Heimsuchung, die über unsere Insel hereingebrochen war! Ihm selbst kam es doch gelegen, dass nun die anderen Könige mit dieser Pest zu kämpfen hatten, während er selbst Ruhe und Frieden genoss in seinem *East Anglia*! Der Zorn auf ihn war berechtigtermaßen groß!

Ich machte mir auch Gedanken über den merkwürdigen Beinamen, den der Heidenkönig, Ivar mit Namen, der zur Zeit in *Eoforwic* residierte, hatte: Seine eigenen Leute nannten ihn nämlich – angeblich - 'den Knochenlosen'! Ein Mensch ohne Knochen? Eigentlich hätte er dann nicht aufrecht gehen können, sondern wäre ein formloser Klumpen. Was befand sich dann unter seinem

Fleisch und den Muskeln? Der Fluch Satans, glaubte sich unser Priester überzeugt. Anstelle von Knochen wurde er von Satan bewegt!

Bischof Wulfhere hätte unseren frommen Klerikus vielleicht belächelt. Er, der mit den Eroberern erfolgreich verhandelt hatte, wusste aus eigener Anschauung gewiss, wie König Ivar beschaffen war. Ich meinerseits harrte gespannt, was mein Bruder hierzu zu berichten hatte...

Der Februar bescherte uns bereits die ersten Frühlingstage! Das Hochwasser ging zurück, viele Wege und Straßen wurden wieder gangbar, und der kleine Markt von *Falsgrave* war lebhaft besucht.

Und dieser heutige Markttag war von einiger Aufregung beherrscht: Heiden hatte man gesichtet, einen kleinen Trupp, der angeblich nicht weit von hier sein Lager aufgeschlagen hatte!

„Müssen wir uns jetzt unsere Gesichter mit Asche beschmieren?" rief ich, von der lauen Südluft übermütig gemacht aus. „Uns bei den Maulwürfen in der Erde verstecken?"

„Gwen!", stieß mich meine Mutter an, da so mancher sich nach uns umdrehte.

„Die jungen Leute spaßen immer.", schüttelte eine betagte Einwohnerin, die schon sehr gekrümmt ging, den Kopf. „Es ging uns ja auch lange genug gut hier, so weitab von allem..."

„Das ist nicht zum Spaßen.", mischte sich einer der Marktbeschicker unwirsch ein. „Wenn die Heiden hier bleiben wollen, brauchen sie Weiber, natürlicherweise - und falls ihnen brauchbare über den Weg laufen, verschleppen sie die. Ich lasse meine Töchter unbeaufsichtigt keinen Schritt mehr gehen."

So weit wird es mit mir keiner bringen, dachte ich trotzig. Und da sich meine Gedanken mit solcherlei nicht länger grämen wollten, stahl ich mich bald darauf davon, zu einem wenigstens kleinen Rundgang durch die wärmende Sonne.

Eine der Weiden stieg ich gemächlich hinauf bis zur Höhe, um von dort ein wenig Späher zu spielen.

15

Vielleicht machte ja ich den Feind als Erste aus und konnte dann *Falsgrave* mit lauten Geschrei warnen. Angestrengt spähte ich in Richtung Nordwest, denn da sollte der Heidentrupp ja irgendwo lagern.

Dort war ein langgezogenes Waldstück, das die Sicht ein wenig versperrte. Ich mochte diesen Wald seit jeher nicht. Genauer gesagt, mied ihn fast jedermann aus *Falsgrave*, mit Ausnahme der Holzfäller. Es lag zweifellos daran, dass vor vielen Jahren dort einmal ein Junge aus unserer Gemeinde von einem Wolf angefallen und vor allem im Gesicht gräßlich entstellt worden war. Was er damals dort allein getrieben hatte, zumal zur winterlichen Dämmerstunde, war nie herausgekommen. Jedenfalls war Myrcan – so hieß der Junge – seitdem von Hass auf Wölfe sowie Tiere überhaupt zerfressen und legte überall Wolfsgruben und sonstige gemeine Tierfallen an – hauptsächlich in jenem unheilvollen Waldstück da vorne, das er offenbar ständig aufsuchte, als mittlerweile erwachsener Mann.

In *Falsgrave* ging man ihm aus dem Weg; selbst seine noch lebende alte Mutter hatte Furcht vor ihm. Er galt als vom Finsteren besessen. Einige mitleidige Fischer hatten ihm einst angeboten, ihnen bei der Arbeit zu helfen, doch mied Myrcan selbst ihre Gesellschaft. Oft schien er tagelang wie vom Erdboden verschluckt; wenn er dann wieder einmal durch den Ort schlich, warf er auf Mädchen und junge Frauen, selbst auf mich, lüsterne Blicke. Ich war gewiss nicht die einzige, die den Tag

16

ersehnte, an dem er ganz aus *Falsgrave* verschwand. Doch immer wieder tauchte er auf...

Über Myrcan gingen ähnliche Schauergeschichten um wie über die Heiden: Man erzählte sich, dass er Tiere fing, um sich an ihnen zu vergehen und sie dann abzuschlachten. Das wollte man anhand von Spuren an Tierkadavern festgestellt haben. Wie auch immer – in ihm wohnte ein kranker Geist, so dass man besser für ihn beten sollte...

Ich starrte unverwandt zu dem Waldstück hinüber. Ob er gerade dort war? Tatsächlich nahm ich am Waldsaum eine Bewegung wahr – mehrere menschliche Gestalten, die eben zwischen den Bäumen hervorgekommen waren! Also nicht Myrcan. Die Augen mit der Hand beschirmend erkannte ich mehrere Kinder, die eilig in meine Richtung liefen. Kinder aus *Falsgrave*! Was hatten die so weit draußen getrieben?

Langsam ging ich der Kinderschar entgegen. Mit irgendwelchen Sachen waren die beladen, und als sie meiner gewahr wurden, stießen sie ein triumphierendes Geheul aus!

„Gwen! Gwen! Wir haben einen Heiden gefangen!"

Nun waren sie heran, versammelten sich um mich, um mir ihre Beute stolz zu präsentieren: Einen grünen Wollmantel, eine lederne Brünne, Unterkleidung, Hosen...

Wie ohnmächtig starrte ich die dreckverschmierten Jungen, von denen keiner über zehn Jahre alt war, an.

„Wir haben den Heiden da nackt und gefesselt im

Wald gelassen, damit ihn die Wölfe fressen!",
strahlten die Kleinen. „Sind wir nicht Helden?"

Ich fand immer noch keine Worte. All diese
Kleidungsstücke in den Armen der Kinder – es
konnte also kein Traum sein!

„Geh lieber nicht hin – vielleicht sind schon Wölfe
da!", wisperte einer der Jungen, um dann
verschwörerisch den Zeigefinger auf den Mund zu
legen. „Nichts verraten, Gwen!" Dann trabten sie
johlend weiter in Richtung Ort.

Aus meiner Erstarrung endlich erwachend setzte
ich mit zielstrebigen Schritten meinen Weg fort. Ein
Heide, da in diesem Wald, in den ich meinen Fuß
nie freiwillig setzen wollte, jetzt aber musste. Falls
da wirklich ein Mann nackt und wehrlos... Ich
konnte dem nicht einfach den Rücken kehren!

Schon war ich am Waldsaum angelangt, an
genau der Stelle, wo vorhin die Kinder
herausgelaufen waren. Obwohl noch nicht belaubt,
war der Wald so dicht, dass man sich kaum einen
Weg hineinbahnen konnte. Zwischen uralten
knorrigen Eichen sperriges Unterholz, Dornbüsche,
Schlehen. Eine beklemmende Stille – abgesehen
vom Knacken der Zweige unter meinen Füßen.

Mein Schuh stieß an etwas Weiches. Halb unter
dem Gestrüpp schaute der Kadaver eines Hasen
hervor. Wieder eine von Myrcans gelegten Fallen?
Meine Knie bebten; den Schauder bezwingend
kämpfte ich mich weiter vor. Wie gut, dass meine
Mutter nicht ahnte, auf welchen Abwegen ich mich
befand!

Nach einer ziemlichen Strecke lichtete sich der

Bewuchs ein wenig. Vor mir erblickte ich ein Stück Seil, geknüpft in Mannshöhe an einen Ast.

Ich hielt den Atem an; mein Herz hämmerte bis zum Hals! Und schon sah ich ihn – am Seil zwischen zwei Bäume gespannt, nackt auf dem Boden kauernd, das strohblonde Haar auf dem hinabhängenden Kopf blutverschmiert!

Wieder zertraten meine Schuhe Zweige, und da ruckte sein Kopf hoch. Erleichterung durchfuhr mich. Er war am Leben. Ein dünnes Rinnsal Blut rann ihm über Stirn und Wange. Ich starrte auf die Fesseln. Nein – das konnten nicht die Kinder getan haben, schoss es mir durch den Kopf.

Unverwandt und erwartungsvoll schaute er zu mir auf, während ich noch unbeholfen nachgrübelte, wie ich mit dem Lösen der Stricke beginnen sollte. Er machte jetzt eine Kopfbewegung nach hinten, die ich irgendwie richtig deutete. Nachdem ich meine Krücke an den nächsten Baumstamm gelehnt hatte, ging ich daran, mit den Handfesseln in seinem Rücken zu beginnen. Wie nützlich erwies sich jetzt mein kleines scharfes Messer, das ich im Gürtelbeutel immer dabei hatte, meist zum Obstschneiden. Keuchend sägte ich an den Stricken herum, wobei seine völlige Nacktheit mir momentan völlig entging. Er unterstützte meine Bemühungen mit kräftigen Bewegungen, so dass seine Hände rasch frei waren. Bevor ich noch mit meiner Hilfe fortfahren konnte, hatte er sich schon der restlichen Fesseln entledigt und richtete sich vollends auf.

Verwirrt schaute ich zu Boden, dann wieder auf.

Über seinen Mund huschte der Anflug eines dankbaren Lächelns. Als er dann beiseite trat, um sich halb hinter einem Buchenstamm zu erleichtern, blickte ich wieder weg. Ich konnte momentelang keinen klaren Gedanken fassen.

Eine Berührung an meiner Schulter ließ mich heftig zusammenzucken. Er stand wieder neben mir. Einen halben Kopf größer als ich, war er sehr kräftig und sehnig, mit einem länglichen Gesicht, das von schulterlangem, leicht gewelltem Haar eingerahmt wurde. In das Haar waren vorn zwei dünne Zöpfe geflochten.

Bevor ich mir noch mehr Einzelheiten einprägen konnte, machte er abermals eine Geste, über deren Sinn ich kurz nachgrübelte. Natürlich – er wollte meinen Umhang! Er musste ja seine Nacktheit wenigstens halbwegs verdecken. Also streifte ich den Umhang ab, den er sich mit raschen Bewegungen um die Lenden schlang. Dabei lächelte er mir abermals kurz zu. Meine Besinnung schien zurückzukehren.

Ich deutete in die Richtung, aus der ich gekommen war und setzte mich in Bewegung. Schweigend folgte er mir. Endlich hatten wir den grausigen Wald hinter uns und standen auf dem sonnigen Feld. Ich wies zu den strohgedeckten Dächern von *Falsgrave*. Nach kurzem Zögern nickte er. Ob Feind oder nicht – er war verletzt und brauchte vor allem seine Kleidung wieder! Oh, diese kleinen Schlingel sollten etwas erleben...

Unterwegs hielt ich kurz inne, um wieder in meinem Beutel zu fingern. Da war ein Stück sauberes Leinentuch, das ich immer dabei hatte – für den Fall einer Verletzung. Dieses reichte ich ihm, und er presste es auf seine Kopfwunde. Dabei versuchte ich, in seinen schmalen grau-blauen Augen zu lesen. Übrigens besaß er statt eines ungezieferbesetzten Wusts einen gepflegten, kurz geschnittenen Bart, mit einigen längeren Haaren unter dem Kinn. Noch bemerkenswerter erschien mir ein auffälliger dunkelroter Fleck, der sich auf der linken Seite seines Halses bis in den Nacken ausbreitete – und ich starrte da erschrocken eine ganze Weile drauf. Keine offene Wunde, kein Blut; eher ähnelte es einem Brandmal...

Was mochte ihm alles zugestoßen sein – diesem Fremden, der so dicht neben mir ging, als wäre er ein alter Freund?

Nun lag nur noch der Marsch durch *Falsgrave* bis zu meinem Elternhaus vor uns. Ich bin mir sicher, dass unser kleiner Ort solch ein Spektakel lange nicht erlebt hatte: Den Einzug einer hinkenden Einwohnerin mit einem nur notdürftig bekleideten unbekannten Mann an ihrer Seite! Der Weg kam mir endlos vor, während ich möglichst gleichmütig in so manch sprachloses Gesicht lächelte. Aufgrund des Wochenmarktes sowie des herrlichen Wetters hielten sich ja mehr Menschen als sonst im Freien auf. Gackernde Hühner kreuzten unseren Weg, kichernde kleine Kinder, tuschelnde Weiber. Was ich mit meiner Aktion überhaupt angerichtet hatte, war mir im Moment ja nicht klar: Dass ich einen Feind hier herein schleppte, mitten unter friedliches Volk!

Meine Mutter befand sich gerade beim Mahlen von Mehl. Ihr Blick bei unserem Eintreten wird mir unvergesslich bleiben. Zumindest erfasste sie sogleich den Ernst der Lage und übernahm die Versorgung der Kopfwunde, nachdem wir auf der fellbedeckten Holzbank nahe der Feuerstelle Platz genommen hatten. Geduldig ließ unser Gast das über sich ergehen, derweil ich einen Tonkrug Wasser mit zwei Bechern bereitstellte. Dann brachte ich, auf Geheiß meiner Mutter, noch eine tiefe Schale Wasser, in das er kurzerhand Gesicht und Stirn tauchte. Als er sich trockenrieb, blitzten wieder seine Zähne. Er schien sich bereits erholt zu haben.

Dafür brach nun aus mir alles heraus. Mum nahm mich in den Arm, und ich begann atemlos zu berichten: Von den Jungen und ihrer Beute, dem Erlebnis im Wald des Grauens. Gefasst nickte sie, als ich geendet hatte.

„Ich werde Aethelfrid holen. Sein Rat wird uns jetzt hilfreich sein.", entschied sie nach kurzem Überlegen. „Richte unserem Gast etwas Essen; ich werde bald wieder zurück sein." Damit legte sie ihren Umhang um und war schon aus der Tür.

Da saßen wir nun allein – der fremde Mann und ich, in unserer Stube. Neben uns knisterte das Herdfeuer.

„Aethelfrid ist ein kluger Mann.", sprach ich halb in Gedanken. „Er wird sicher Hilfe wissen."

„Du brauchst für euch nichts zu fürchten." Er entblößte seine lückenhaften Zähne zu einem verwegenen Lächeln. „Wenn sie in Waffen kommen und man mich in Eisen legt, nun, dann geschieht es einem Mann recht, der sich wie ein Tölpel in einen Wald locken und überwältigen ließ..."

Ich war verwundert, wie gut seine Sprache zu verstehen war. Für die Verständigung war also kein Dolmetscher nötig.

„Aethelfrid wird nicht in Waffen kommen.", versicherte ich nachdrücklich. „Du bist es ja, dem Unrecht getan wurde. Du musst deine Kleider und Waffen zurück haben..."

„Und mein Pferd.", nickte er ernst.

Ich machte mich daran, ein wenig Speisen herzurichten: Geräucherten Fisch, frisches Brot, getrocknete Früchte und Nüsse. Mir war all die Aufregung derart auf den Magen geschlagen, dass ich selbst nur ein paar Bissen tat, aber mit Befriedigung seinem Appetit beiwohnte.

„Dein Pferd wirst du auch zurückerhalten." Ich nestelte an meinem Gürtel. „Ich heiße Gwen..."

„Mein Name ist Runolf." Seine Stimme war heiser und rau; gerade dachte ich daran, was man den Heiden so alles nachsagte: Reißende Wölfe... die Regeln der Gastfreundschaft schienen ihm jedenfalls nicht fremd. Es wäre doch ein Leichtes für ihn gewesen, sich eines der Messer, die um unsere Kochstelle herum lagen, zu schnappen und mich als Geisel zu nehmen – doch er saß ruhig und friedlich da.

Ich füllte ihm den Becher nach. „Wenn du dich satt gegessen hast, dann erzähle doch... wie ist dir das alles geschehen?"

Er schob sich ein großes Stück Roggenbrot in

den Mund. Dicht bedeckten blonde Haar seine Unterarme.

„Ich werde ein wenig Suppe kochen." bot ich an, doch er legte seine Finger auf mein Handgelenk.

„Du sollst heute nichts Anstrengendes mehr tun.", lächelte er. „Es war viel Aufregung für dich. Bleib einfach bei mir sitzen, ich werde erzählen..."

Dazu kam er nicht, da Mutter zurückkehrte – mit Aethelfrid in ihrem Gefolge. Als Ratgeber und Streitschlichter besaß er in unserer Gemeinschaft hohes Ansehen, doch ich spürte hinter seiner ruhigen Ausstrahlung die Anspannung. Das war eine ganz und gar nicht alltägliche Situation: Einen Gefolgsmann König Ivars hier sitzen zu haben, dessen Gefährten jeden Augenblick hier auftauchen konnten, um mit Waffengewalt den Überfall und Raub zu ahnden!

Hinter Aethelfrid war noch jemand eingetreten – ich erkannte einen seiner Bediensteten, der schwer beladen war: Mit einem grünen Wollmantel, Wollhosen, Leinenunterkleidung, ledernen Riemen sowie Schuhwerk, und über der Schulter hatte er noch die Lederbrünne hängen. Der gute Mann war ganz rot vor Anstrengung!

Runolf hatte sich bei ihrem Eintreten höflich erhoben; er neigte seinen Kopf, als man die Kleidungsstücke säuberlich vor ihm aufschichtete. Mum führte ihn nun in eine Ecke unserer Stube, wo sich die Lager befanden; dort kleidete er sich in aller Gemütsruhe an. Als er dann wieder zu uns trat, runzelte ich die Stirn.

„Er besitzt doch sicher einen Gürtel..."

„Und was fehlt sonst noch?", fragte Aethelfrid ernst. „Nennt mir alles, was Ihr noch vermisst."

Runolf reckte sich stolz. „Ein Helm, ein Schwert, eine silberne Halskette – und ein gutes Pferd!"

Aethelfrid nickte möglichst gefasst. „Wir werden die Kinder nochmal genauer ins Verhör nehmen." Eine Geste zum Diener, und dieser entfernte sich mit kurzem Gruß.

„Es waren keine Kinder, die mich überfielen und niederschlugen.", erklärte Runolf mit Bestimmtheit.

„Nein, die Jungen können das nicht gemacht haben!", pflichtete ich bei. „Ja, sie sind mir begegnet, dort vor dem Wald, mit all diesen Sachen, die Runolf nun trägt. Aber derart gefesselt und mit dieser Verletzung, das muss ein anderer durchgeführt haben..."

Ich hielt inne. Nur einer konnte dahinterstecken! Einer, der sich in diesem Wald bestens auskannte. Ich tat meinen Verdacht umgehend kund.

„Gut möglich. Ich werde umgehend einen Suchtrupp veranlassen.", entschied Aethelfrid. „Und die Kinder werden alle auch noch mal befragt."

„Wahrscheinlich hält sich Myrcan noch im Wald versteckt und auch das Pferd und Runolfs andere Besitzstücke.", mutmaßte ich. „Dort muss man zuerst suchen."

Mutter hatte die Hand auf meine Schulter gelegt, da sie spürte, wie ich vor Erregung bebte.

„Esst noch etwas." bot sie Runolf an. „Nehmt von dem Fisch, den Früchten."

„Es wird sich alles wieder anfinden.", sprach

Aethelfrid mit sonorer Stimme. Er war ja bekannt dafür, ein Fels in der Brandung zu sein. „Wenn Myrcan das getan hat, wird er streng bestraft und aus unserer Gemeinschaft verstoßen werden."

„Er ist ein bösartiger Mensch mit krankem Geist." erklärte ich, zu Runolf gewandt. „Er quält Tiere, weil er als Kind von einem Wolf fast zerfleischt worden wäre."

„Und ist nun selbst ein Wolf.", entgegnete Runolf düster, wobei er wieder seine Finger auf mein Handgelenk legte, mit sanftem Druck. „Der mich hinterrücks überfiel, war ein starker Mann, wild wie ein Wolf, aber feige wie eine Krähe. Bei Thor, es ist besser, ich gehe ihn suchen und töten..."

„Was hast du mitten in diesem Wald getan?", fragte ich. „Gejagt?"

Seine Finger blieben auf meinem Handgelenk ruhen. „Ich hatte mein Pferd am Waldrand auf der westlichen Seite gezügelt, weil ich Geräusche aus dem Innern des Waldes vernahm. Keine Geräusche von Tieren. Also ging ich hinein. Als ich wieder zu mir kam, lagen meine Kleider bereits alle neben mir, und jemand war dabei, mich zu fesseln. Ich sah lachende Kinder vor mir. Sein Gesicht zeigte er mir nicht; nur sein Atem wehte mir in den Nacken..."

Mir krampfte sich alles zusammen – denn erst jetzt wurde mir bewusst, welcher Gefahr ich selbst bei Runolfs Befreiung ausgesetzt war! Womöglich hatte Myrcan in der Nähe gelauert und alles aus dem Dickicht beobachtet...

„Er muss gefunden werden, bevor er noch mehr

Unheil anrichtet.", murmelte ich. „Hoffentlich tritt er irgendwann in eine seiner eigenen abscheulichen Tierfallen!"

Runolfs Finger strichen über mein Handgelenk. „Ich werde ihn töten und auch euch von dieser Sorge befreien.", bekräftigte er, und in seinen graublauen Augen lag jetzt ein gefährliches Funkeln. Er war in seiner Ehre schwer getroffen. Wehe dem, der sein Feind geworden war...

Großes Aufatmen unter uns allen, als Aethelfrids Bediensteter nach gar nicht allzu langer Zeit zurückkehrte, zumindest mit einem Teil der gesuchten Wertgegenstände: Einem breiten Ledergürtel mit prächtiger Silberschnalle sowie einer silbernen Halskette, an der sich ein runder Anhänger befand. Runolf nahm sein Eigentum sofort an sich.

„Die Jungen haben sich lange gesträubt, weil Myrcan ihnen Strafe angedroht hat – aber schließlich zeigten sie uns ihr Versteck: Nahe dem Friedhof hatten sie es bereits halb eingebuddelt.", erläuterte der Bedienstete. „Und was das Schwert und das Pferd anbetrifft..."

Leider ersparte uns dieser Tag nichts; es sollte noch einmal überaus aufregend werden in unserem beschaulichen *Falsgrave*. Aethelfrid wurde nämlich in diesem Moment nach draußen gerufen. Als wir Frauen hinter ihm neugierig aus der Haustür lugten, sahen wir die Straße voller Reiter – ungefähr zwei Dutzend grimmig dreinblickende Gestalten, allesamt in voller Bewaffnung. Jene Einwohner, die sich gerade draußen befanden,

27

waren eingeschüchtert in den Schatten ihrer Häuser zurückgewichen, und auch die Hühner hatten gackernd vor den Pferden Reißaus genommen.

Meine Mutter zog mich am Ärmel sanft zurück, während sich nun Runolf hastig an uns vorbei drängte; zweifellos waren es seine Leute, die die Suche hierher geführt hatte.

Halbwegs konnte ich beobachten, dass sich noch weitere der maßgeblichen Männer von *Falsgrave* Aethelfrid beigesellt hatten und den Reitern zum Empfang gegenübertraten: Zwei sehr ungleiche Parteien – hier eine Handvoll Männer, gänzlich ohne Wehr; dort eine bis an die Zähne bewaffnete wilde Schar! In diesem Moment hegte ich große Bewunderung für unsere „Ortsvorsteher", die da so äußerlich gelassen und standfest ihre Stirn boten. Wusste man denn, was gleich losbrechen würde? Hatten Heidenhorden nicht schon wegen geringerer Anlässe alles kurz und klein gehauen?

Als nun aber ihr Gefährte Runolf wohlbehalten unter sie trat, schien sich – zunächst einmal – Entspannung breitzumachen. Man vernahm raues Gemurmel, begleitet von Pferdeschnauben. Einer der Gäule ließ einen beachtlichen Haufen Ausscheidung auf die Straße fallen.

Viele Stimmen, darunter auch Aethelfrids, waren zu vernehmen, bis ein Teil der Truppe absaß. Die marschierten unter Geleit unserer Ältesten in Richtung Versammlungshalle, wo der ganze Vorfall wohl nun mit aller Verhandlungskunst geregelt werden sollte. Die restlichen Krieger trieben ihre

Pferde zum mittlerweile nahezu geleerten Marktplatz. Da ließen sie die Tiere aus dem Brunnen saufen.

Heute morgen noch emsiges Markttreiben – nun *Falsgrave* voller Heiden!

Widerstrebend ließ ich mich von Mutter ins Haus ziehen. „Das ist nun die Angelegenheit unserer Männer.", sprach sie ruhig, um sich dann der Fortsetzung ihrer Hausarbeit zu widmen. Dabei sah es in ihr sicher ähnlich aufgewühlt aus wie in mir. Mum wusste das gut zu verbergen.

Während ich ihr zur Hand ging, glitt mein Blick zu dem Platz auf der Bank hinüber, wo Runolf vorhin gesessen hatte. Seine Ausdünstung war noch im Raum, und ich nahm sie als etwas völlig in unserem Haushalt Dazugehöriges wahr. Mir ging immer wieder durch den Kopf, dass ich ihn so gesehen hatte, wie Frauen einen Mann nur auf dem Ehelager sehen. Es verwirrte mich nach wie vor.

„Es wäre gescheiter, sie würden alle miteinander ohne langes Gerede auf Suche gehen, bevor Myrcan mit seiner Beute auf und davon ist.", meinte ich mürrisch. „Denn offenbar hat er ja Runolfs Pferd an sich gebracht..."

Mutter schaute auf. „Sie werden schon das Rechte tun. Aethelfrids Besonnenheit hat sich stets bewährt, mein Kind."

Durch den Türschlitz konnte ich beobachten, wie die Reiter in der Abenddämmerung *Falsgrave* wieder verließen; sie ritten allerdings nicht an unserem Haus vorbei, sondern in der anderen Richtung davon, und Runolf befand sich nun wieder in ihrer Mitte.

Sicher atmete alles in unserem *Falsgrave* auf! Das Getrappel der vielen Hufe verebbte allmählich.

An diesem Abend sank ich so erschöpft wie schon lange nicht mehr auf mein Lager. Mutter und Vater saßen noch um die Kochstelle zusammen, und ich hörte sie mit gedämpften Stimmen über alles Geschehene sprechen. Mein Vater war vom Fischen ja erst heimgekehrt, kurz nachdem der „Besuch" aus *Falsgrave* fort war.

Ich merkte, dass ich auf meinem Umhang lag – Runolf hatte ihn beim Umkleiden ja hier abgelegt! Meine Finger glitten über den warmen Wollstoff, ich schnüffelte daran, wie ein Hund an einem leckeren Fressen – und darüber schlief ich ein...

Am nächsten Morgen erwachte ich in meinen Umhang gekuschelt und fing mir einen vielsagenden Blick meiner Mutter ein, als ich vom Lager kroch und zur Waschschüssel schlich.

Dieser Tag war feucht und regnerisch. Gleich nach dem Morgenmahl fand sich Aethelfrid bei uns ein und verbrachte einige Zeit bei uns, um vom Ergebnis der gestrigen Unterhandlungen zu berichten.

Entsetzt vernahm ich, dass Runolfs Leute sein Pferd bereits gefunden hatten, in der Nähe des Wäldchens, mit mehreren Stichen brutal niedergemetzelt. Ich schluckte. Myrcan diese Bestie hatte das arme Tier mit Runolfs eigenem Schwert umgebracht! Meine Finger zitterten, als ich mir einen Becher Wasser füllte. Mum entging das nicht, ebenso wenig Aethelfrid.

„Runolf hat ein Pferd aus meinem Bestand bekommen.", erklärte Letzterer in warmem Ton. „Mein bestes Tier. Was tut man nicht alles für seine Gemeinde..."

„Und die Suche nach Myrcan?", horchte ich.

„Ein Trupp ist bereits oben im Wäldchen, andere suchen im Tal und die Küste entlang. Dein Vater hat sich angeschlossen. Nun, es ist möglich, dass die Wikinger uns zuvorkommen. Was dann mit Myrcan geschieht, sollte man sich nicht ausmalen..."

Wir schwiegen beklommen. Hatte er es nicht verdient, bei seiner Boshaftigkeit? Freilich, er war eine arme Seele...

„Sollten Schwert und Helm nicht gefunden werden, müssen wir auch das ersetzen." fuhr Aethelfrid ernst fort. „Dänen tragen gewöhnlich Schwerter von bester Qualität, selbst Unterführer wie Runolf. Er ist Gefolgsmann eines Jarls, der seinerseits unter König Ivar, dem derzeitigen Herrn von *Eoforwic*, dient."

„Was ist ein Jarl?", fragte ich interessiert.

„Einem *aelderman* vergleichbar. Manche Jarle sind fast so mächtig wie Könige.", erklärte Aethelfrid. „Wie ihr seht, habe ich mich schon ein wenig mit unseren neuen Nachbarn befasst. Es ist das Beste, sich mit ihnen zu arrangieren.

31

Zumindest solange sie hier die Oberhand haben...“

Ich nickte, momentan in Gedanken versunken. Aethelfrid beugte sich zu mir vor.

„Du hast sehr mutig gehandelt, Gwen, und vor allem richtig, zu unser aller Bestem. Ganz *Falsgrave* dankt es dir.“

Jetzt war ich peinlich berührt, da ich es nicht gewöhnt war, im Mittelpunkt der Aufmerksamkeit zu stehen.

Bald verabschiedete sich Aethelfrid, um noch eine Sitzung in unserer schönen hölzernen Versammlungshalle abzuhalten. Sie war erst letztes Jahr vergrößert und erneuert worden, nachdem ein Blitzschlag ziemliche Verwüstung angerichtet hatte.

Der Alltag kehrte zurück, nur nicht bei der Tochter eines gewissen Fischers. Ich war von der Entschlossenheit beseelt, Runolfs Schwert und Helm wiederzufinden.

Mithilfe der Jungen, die Myrcan bei seinem üblen Straßenräuberstreich eingespannt hatte, suchte ich eingehend zunächst unseren kleinen Friedhof am Ortsrand ab. Dabei schärfte ich den Kindern ein, sich künftig von Myrcan fernzuhalten und sofort Alarm zu schlagen, falls sie von ihm irgendwo etwas entdeckten. Kleinlaut versprachen sie es. Ihre Eltern hatten ihnen zweifellos eine saftige Predigt gehalten.

Nach dem Friedhof durchkämmten wir die dorfnahen Wiesen und Auen. Vor allem Kaninchen- und Dachsbaue wurden gründlich untersucht. Mit meiner robusten Krücke stocherte ich auch in Mauerspalten und Baumhöhlen herum.

Über eine Woche verstrich, ohne dass unser Eifer zu einem Ergebnis führte. Und dann, eines Morgens, versetzte eine grausige Entdeckung *Falsgrave* in Entsetzen: Auf einer der Weiden am Dorfrand hatte man eine der dort grasenden Kühe mit einem Langschwert durchbohrt gefunden!

Als ob das der Abscheulichkeit nicht genug wäre, tauchte kurz darauf das abgeschlagene Haupt einer Ziege, mit einem Eisenhelm gekrönt, auf! Die Anstrengungen der Suche nach Myrcan wurden verdoppelt!

„Er schleicht nachts hier um die Häuser rum – wo hält er sich tagsüber verschanzt, dieser Dämon?" stieß ich angewidert hervor.

Tatsächlich begann man, Wachen für die Nacht einzuteilen. Die Menschen in *Falsgrave* waren ja auf ihre Nutztiere als Lebensgrundlage angewiesen und konnten nicht zulassen, dass eines nach dem anderen gemeuchelt wurde. Dennoch war es kaum möglich, auf alles ein Auge zu haben!

„Wenn ich den erwisch, mache ich keine Umstände!", drohte einer unserer Nachbarn. Auch mein Vater übernahm Wachdienst.

Es war nun Aethelfrids Angelegenheit, die kostbaren Fundstücke nach *Eoforwic* zu überstellen, zu ihrem rechtmäßigen Besitzer.

„Wenn Runolf wüßte, wozu seine Waffen missbraucht wurden – er würde sie sicher nie mehr anrühren.", meinte ich, noch immer innerlich aufgewühlt. „Wenn wir immer die Heiden als gräßliche Bestien verdammen, sollten wir nicht vergessen, dass auch in unserer Mitte Ungeheuer leben!"

Meine Mutter schaute mich wieder mit einem ihrer langen Blicke an, die sehr ahnungsvoll schienen.

Runolf war ein stolzer Mann. Es machte mich wütend, wie man seine Ehre und seinen Besitz besudelt hatte...

Wenige Wochen später – Frühling hatte Einzug gehalten – erschütterte ein Ereignis unsere kleine Welt, das die Heimsuchung Myrcan (den man in *Falsgrave* nunmehr Grendel getauft hatte) beinahe vergessen ließ.

Die vereinten northumbrischen Streitkräfte unserer Könige Osbert und Aella waren mit der Rückeroberung *Eoforwics* gescheitert! *Northumbrias* Hoffnungen, sein Herz zurückzuerobern, lagen zerschmettert!

Wie vielversprechend hatte sich alles angelassen: König Osbert und sein Bruder Aella hatten ihre Versöhnung mit dem feierlichen Schwur bekräftigt, künftig zu *Northumbrias* Wohl fest zusammenzustehen. Das Volk hatte zu neuem Vertrauen in seine Herrscher gefunden. Von überall her waren tapfere Männer unter ihre Standarte zusammengeströmt – Mut und Zuversicht hatten sich im ganzen Land verbreitet und schienen einen günstigen Umschwung der Verhältnisse zu verheißen.

Warum nur hatte Gottes Gunst sie so gänzlich verlassen an jenem 21. März des Jahres 867?

Meiner Familie sollte jener schwarze Tag einen schweren Verlust bescheren: Osred, mein Bruder, ließ sein Leben. Den Schilderungen zufolge, die hier bei uns anlangten, hatte er sich einer Schar von Einwohnern angeschlossen, die den Verteidigern in den Rücken fiel, jedoch völlig aufgerieben wurde. Die Kämpfe in den engen Straßen und Gassen mussten furchtbar gewesen sein!

Dabei war es unseren Northumbriern gelungen,

eine breite Bresche in die Mauer zu schlagen und einzudringen. Die Verteidiger hatten sich mit der List einer Schlange zurückgezogen und die Angreifer in zermürbendem Gemetzel zwischen den Gebäuden aufgerieben. Und unsere beiden Herrscher? König Osbert fand ein heldenmütiges Ende, zerfetzt von Langschwert und Axt. Sein Bruder Aella hingegen war, so erzählte man, lebend in die Hand der Wikinger gefallen und von ihnen auf offenbar grausame Weise hingerichtet worden.

Düstere Trauer legte sich über ganz *Northumbria...*

König Ivar der Knochenlose krallte seine Finger fester denn zuvor um unsere Lande. Zur Beschwichtigung der Gemüter setzte er einen neuen König aus Osberts Sippe ein. Das Volk nannte König Egbert allerdings bald 'Ivars Hündchen' oder 'Ivars Puppe' – er tat nämlich keinen Schritt ohne Weisung der heidnischen Machthaber; vor allem trieb er für diese emsig die Steuern seiner Untertanen ein!

Northumbrias Unheil erschütterte auch die übrigen Königreiche, denn natürlich mussten sie nun ihrerseits fürchten, dass ihnen ein ähnliches Geschick blühte. Als das große Heidenheer vor zwei Jahren im Süden landete, von König Edmund so freundlich empfangen, da hatte noch keiner geahnt, dass sich alles zu einem dauerhaften Übel auswachsen würde. In meiner Kinderzeit hatte es vereinzelte Raubzüge von Heiden aus dem Nordland an unsere Küsten gegeben; man hatte Beute gemacht und war schnell wie der Blitz wieder auf und davon.

Nun allerdings waren sie mit einem Riesenheer gekommen, auf einer Riesenflotte! Manche sagten, es wäre ein Rachezug, weil der Vater von Ivar dem Knochenlosen – der berüchtigte Ragnar Lodbrok – hier auf englischem Boden ermordet worden war, ausgerechnet in unserem *Northumbria*! Angeblich hatte König Osberts Bruder Aella seine Hinrichtung veranlasst, und wohl deshalb hatte man an ihm so furchtbar Vergeltung geübt...

Wenn ich meiner Mutter nicht zur Hand ging, stieg ich auf meine Klippe. Dort lag ich im Hader mit mir selbst. Wie mir zu Ohren gekommen war, hatte mein Coelred die Schlacht überlebt; diese Nachricht hatten zumindest seine Eltern erhalten, ohne dass ein Gruß an mich (wie sonst) übermittelt worden war. Er hatte sich daraufhin sogleich südwärts aufgemacht, um in die Dienste des Königs von *Wessex* zu treten.

Vielleicht hatte er ja einen Gruß an mich gesandt, aber seine Eltern hatten ihn nicht ausgerichtet. Unsere Familien standen sich seit jeher nah – mir war jedoch nicht entgangen, dass sich das Verhalten von Coelreds Eltern mir gegenüber gewandelt hatte, seit dem Vorfall mit Runolf. Nicht dass sie mich unfreundlich oder gleichgültig behandelten, aber irgendetwas schien verändert. Vielleicht reimten sie sich etwas zusammen, wie mancher andere in *Falsgrave*, der mich seit jenem Tag etwas schief anschaute. Ich war immerhin mit einem halbnackten Mann, dazu noch einem Heiden, durch die Straßen spaziert!

Die Mehrheit der Einwohner von *Falsgrave* ächtete mich gewiss nicht; wenn es Coelreds Eltern taten, bereitete mir dieses im Innern Schmerz. Am Ende sah auch Coelred mich als Weibsbild, als Heidenhure...

Das gab es ja. So manche verließ, wie man hörte, ihren Ehemann für ein Abenteuer im Bett eines Wikingerkriegers. Die Händler hatten erzählt, dass einer Frau in *Nottingham* dafür die Nase abgeschnitten worden war!

Es war nun einmal Schicksal, dass ich, ein lediges Mädchen, einen nackten Mann im Wald gefunden hatte. Eigentlich wollte ich an all diese Aufregungen gar nicht mehr denken, war doch alles nach dem Tod meines Bruders erst recht verhängnisvoll. Womöglich waren sich Osred und Runolf im Kampfgetümmel von *Eoforwic* begegnet, hatten sich gegenübergestanden!

Ich durfte mich in nichts hineinsteigern. Es musste ja nicht so sein wie in den alten Sagas, wo es zu den schlimmsten schicksalhaften Tragödien kam. Wenn nun aber auch Runolf gefallen war?

Wiederholt hatte ich von ihm geträumt, seinen wachen grau-blauen Augen und den sinnlichen Lippen. Von jemandem zu träumen, dem man nur einmal begegnet war, hatte große Bedeutung. Es beunruhigte mich.

Auf dem Markt hatte man sich neulich Unglaubliches erzählt: Als das northumbrische Heer auf *Eoforwic* marschierte, soll es einem Mann mit grausig entstelltem Gesicht begegnet sein, der rasch davonrannte und in den Auenwäldern längs des *Ouse* verschwand; er war auch einigen Bauern bereits aufgefallen. Im Nachhinein wurde diese Begegnung natürlich als ein übles Vorzeichen für den Ausgang des Kampfes gedeutet.

Für *Falsgrave* hingegen war es eine gute Nachricht, dass Myrcan-Grendel möglicherweise weit fortgegangen war. Wenn er nur nicht wieder irgendwann hierher zurückkehrte, um uns mit seinem Schatten in Angst und Schrecken zu versetzen...

Als ich einmal aus 'meinem Königreich' heimkehrte, harrte meiner eine Überraschung: Zu Gast in unserer kleinen Wohnstatt war ein junger Mann mit langem dunklem Haar; wie sich herausstellte, ein Ire.

Er überreichte mir eine kleine Schatulle aus edlem Holz, die eine silberne Gewandnadel enthielt!

„Runolf schickt dir dies.", erklärte der Mann, der sich als Aidan und zu Runolfs engerem Gefolge zugehörig erklärte. „Er hätte seine mutige Lebensretterin gern selbst besucht, aber nun muss er mit seinem Jarl König Ivar auf Heeresfahrt begleiten."

Mit Näharbeiten beschäftigt lauschte Mutter nur scheinbar unbeteiligt.

Aidan wurde von uns gut bewirtet, und er schien recht redselig. „Der Jarl möchte nicht gern auf so einen tapferen Krieger wie Runolf verzichten. Obwohl Runolf bei der Verteidigung von *Jorvik* ziemlich verletzt wurde..."

„Schlimm?" unterbrach ich ihn bang.

„An der Schulter. Er ist so weit genesen, dass der Jarl ihn an seine Seite gerufen hat. Nun, er hat den Jarl in letzter Zeit öfter erzürnt. Deshalb seine strenge Anweisung." Aidan schmunzelte vielsagend. „Der Jarl war mit Runolfs Kundschafterei in dieser Gegend gar nicht zufrieden. Er hat bis heute nicht verstanden, weshalb Runolf sich derart leichtsinnig vom seinem Trupp absonderte und auf Abwege begab, als leichte Beute für einen Hinterhalt..."

Für mich hatte *wyrd*, das Schicksal, ihn auf diese Abwege gelenkt, aber das behielt ich natürlich für mich.

„Seinen Helm und sein Schwert hat er wenigstens zurückerhalten."

„Helm, Schwert und auch noch sein Pferd zu verlieren ist für einen Wikinger eine schlimme Schmach, vor allem für einen sonst so tapferen Krieger.", belehrte mich Aidan mit gefurchter Stirn. „Das trägt der Jarl ihm nach. Das Schwert war immerhin einmal sein Geschenk an Runolf."

„Er wird es sich sicher nicht noch einmal abnehmen lassen.", entgegnete ich hastig.

„Er hat es nicht mehr angerührt, als es ihm wiedergebracht wurde. Weil sein Feind es zu lange im Besitz hatte und seine üble Macht nun darin wohnt. Den Helm trägt er auch nicht mehr, aus dem gleichen Grund."

Ich schluckte. Dabei konnte Runolf gar nicht ahnen, was...

Aidan lächelte. „Runolf möchte wissen, wie sein Geschenk dir gefällt. Was darf ich ihm berichten?"

„Oh, es ist ganz wunderbar und so wertvoll. Und weil es etwas ganz Besonderes ist, werde ich es immer sonntags und feiertags tragen." Ich merkte, wie ich errötete. „Was hat denn Runolf... was hat er mit seinem Schwert und Helm gemacht?"

„Er hat darauf gespuckt und beides dann in den Fluss *Ouse* geworfen." erläutert Aidan. „Schade um so gute Waffen. Aber sie waren nun einmal befleckt."

Das ist sehr wahr, dachte ich. Als sich unser Gast dann zum Aufbruch anschickte, geriet ich in Verlegenheit. Ich hatte ja gar nichts vergleichbar

Wertvolles, das ich Runolf als mein Geschenk übergeben konnte. Hilfesuchend blickte ich zu meiner Mutter. Da kam mir ein Einfall.

Im vergangenen Winter war ich mit Webarbeiten sehr fleißig gewesen und hatte neben Kleidung auch kleinere Sachen gewebt. Eine besonders hübsche bunte Webdecke holte ich aus der Kleidertruhe hervor, um sie Aidan zu überreichen.

„Wenn Runolf viel unterwegs ist, wird diese Decke für ihn sehr nützlich sein. Er kann darauf sitzen oder sein Essen darauf stellen, wenn er im Freien lagert."

Aidan bedankte sich. „Wenn du sie gewebt hast, wird er sie in großen Ehren halten. Er wird seinen Kopf darauf legen."

Jetzt glühten meine Wangen.

„Bitte bringe Runolf meinen herzlichen Gruß. Wohin er auch immer zieht mit seinem König – ich bitte um Gottes Schutz für ihn."

Aidan bekam einige gute Sachen von unseren Nahrungsvorräten mit und war schon davongaloppiert mit seiner kleinen Eskorte. Ich befasste mich erst einmal mit meinem Geschenk, das ich sogleich an meinen Umhang heftete – denselben Umhang, mit dem Runolf seine Blöße bedeckt hatte...

Schweigend nähte derweil meine Mutter an einem Unterkleid. Ihr Sohn, mein Bruder, war im Kampf gegen die Heiden gefallen – und ich empfahl einen Heiden Gottes Schutz an! War das nicht selbstsüchtig und musste die Gefühle meiner Eltern zutiefst verletzen?

Wie sollte ich mich nur verhalten? Was hatte das Schicksal da mit mir angestellt?

Das Wetter schien sich der Stimmung in *Northumbria* anzupassen. Es wurde ein kühler, feuchter Sommer; oft bliesen die Winde herb aus Nordwest. Die Ernte würde wieder einmal nicht üppig ausfallen.

Bis auf eine Garnison hatten die Heiden unter Führung König Ivars *Eoforwic* verlassen, um ins benachbarte Königreich *Mercia* einzufallen, dem sie offenbar das gleiche Schicksal wie uns bereiten wollten. Hoffentlich war man dort wohl gerüstet.

Eine andere Abteilung ihres Heeres verwüstete die altehrwürdige Abtei *Streoneshalch*, etliche Meilen weiter nördlich an unserer Küste – ein weiterer Hieb tief ins Fleisch des stolzen *Northumbria*! Einstmals hatte die berühmte Äbtissin Hilda, eine hochgebildete Frau, diese Abtei geleitet, und dort war auch die Grablege unserer Königsfamilie! Wie es hieß, waren zunächst die Nonnen, dann die Königsgräber geschändet worden...

Wenn nur König Aella nicht König Ivars Vater hingerichtet hätte – all diese abscheulichen Racheakte wären uns dann erspart geblieben!

Es kamen in diesem Jahr auch nicht so viele Händler in unsere Gegend. Dennoch mangelte es auf dem Wochenmarkt nicht an Klatsch! Kaum ein Tratsch war den Marktbeschickern zu billig, um nicht unters Volk gestreut zu werden. Selbst wenn es um ein stranguliertes Huhn ging, das man, aufgeknüpft an einer Eiche, unweit von hier an einem Wegekreuz entdeckt hatte...

„Nicht mal die Hühner sind vor der Wut der

Heiden sicher.", schüttelte man empört den Kopf.

Myrcan-Grendel war also wieder in dieser Gegend! Mein Vater hatte mir eine neue, stabile Krücke gefertigt; mit dieser würde ich ihn erschlagen, falls ich ihn bei einem weiteren Tiermord ertappte!

Ich schämte mich solcher Gedanken, als ich Myrcans alte Mutter im Markttreiben entdeckte. Außer Aethelfrid oder gelegentlich meiner Mutter waren es nicht viele, die sich um die bemitleidenswerte Frau kümmerten, sie mal besuchten und nach ihrem Befinden fragten.

Unser Priester, in dessen Zuständigkeit solch bedürftige Mitglieder unserer überschaubaren Gemeinschaft eigentlich fielen, hatte bisher nicht allzu große Anteilnahme gezeigt. Er sprach immer von Nächstenliebe – ausüben mussten sie andere, während er mit den *aeldermen* auf edlen Banketten speiste oder mit ihnen auf die Jagd ging. Im Gottesdienst redete er möglichst unverständlich daher – weshalb so mancher einschlief und die ganze Zeremonie mit lautem Geschnarche störte.

Er war wohl mit Abstand der Gebildetste in unserer Gemeinde und trug deshalb die Nase hoch. Seinen Vorgänger hatte ich lieber gemocht. An einem heftigen Husten war jener letztes Jahr gestorben. Ein warmherziger Mann, der sich für aller Sorgen Zeit genommen hatte. Mir hatte er damals immer wieder Mut gemacht, als mein Selbstbewusstsein sehr mit dem verwachsenen Fuß haderte...

Myrcans Mutter litt an heftigen

Gelenkschmerzen, so dass ihr die meisten täglichen Arbeiten mittlerweile schwer fielen. Ihr kleines Häuschen war ziemlich verwahrlost, und es roch modrig – so erzählte meine Mutter, die ihr manchmal etwas brachte und bei der Reinigung half.

In diesen Tagen beschloss ich, die arme Frau selbst einmal zu beehren, mit ein wenig Getreide und geräuchertem Fisch. Ulrica empfing mich ohne viel Regung, wies mir aber gleich einen Platz auf der mit löchrigen Decken ausgelegten Sitzbank neben der Feuerstelle zu. Wie beengt hier alles war – unsere Wohnstatt erschien im Vergleich dazu als ein Palast!

Auf einen Stock gestützt rührte sie in einem Kessel eine Hafergrütze. Ihre Kleidung war verschlissen, ihre grauen Haare hingen filzig unter dem Kopftuch hervor. Meine Mutter hatte erzählt, dass Ulrica einmal eine hübsche Frau gewesen war. Sie stammte nicht aus *Falsgrave*, sondern aus der Gegend von *Streoneshalch*, das die Heiden nun so schrecklich verwüstet hatten.

Ulrica bot mir heißen Brei an. Die Leute in *Falsgrave* hatten sich ihr gegenüber stets zurückhaltend gezeigt, trotz ihrer gutherzigen Gastfreundschaft. Zu Lebzeiten ihres Mannes, unseres Schmieds, war es ihr gutgegangen. Myrcan war ihr einziges Kind; er hätte eine ältere Schwester gehabt, wenn diese nicht kurz nach ihrer Geburt zu Gott zurückberufen worden wäre.

Man munkelte, Myrcan wäre nicht Ulricas Sohn von ihrem Ehemann gewesen – weil er so dunkelhäutig auf die Welt gekommen war, weshalb man ihn Myrcan genannt hatte. Vielleicht hatte der Vater selbst diesen Verdacht, da – wie sich meine Mutter erinnerte – er nie besonders liebevoll mit dem Jungen umgegangen war. Manche meinten, Myrcans wahrer Vater wäre ein fremdländischer Händler gewesen, der hier mal durchzog, oder ein Schotte. Ich dachte dabei an Runolfs Boten Aidan, der ja Ire war und dunkelhaarig – und über den man sich in *Falsgrave* sicher auch bereits das Maul zerriss...

Vielleicht, so ging es mir beim Essen durch den Kopf, hatte sich Myrcan deshalb bereits als kleiner Junge abseits gehalten und war in der Einsamkeit umhergestromert.

„Du bist noch immer eine gute Köchin, Ulrica.“, lobte ich.

Ihr runzliger Mund verzog sich zu einem Grinsen. „Ein paar Zähne zum Beißen habe ich ja auch noch...“

„Kann ich dir etwas helfen, Ulrica? Nähen, Flicken oder...“

Ihre Hand mit den verformten Gelenken winkte ab. „Ich habe viel lieber jemanden zum Reden hier als zum Arbeiten. Ich freue mich besonders über dich.“

Ich lächelte verlegen. „Dann komme ich gern öfter zu dir.“

„Natürlich freue ich mich auch über deine Mutter – aber die läßt sich nie von der Arbeit ablenken.“ Ulrica stocherte in ihren gelben Zähnen rum. Dann seufzte sie tief.

„Mit uns beiden ist das Schicksal streng umgegangen..."

Ich blickte dem Rauch nach, wie er oben durch eine kleine Öffnung im Dach abzog.

„Du bist so ein hübsches Mädchen geworden, Gwen.", sprach sie voller Wärme. „Wäre Myrcan ein ebenso guter Bursche... so wie Coelred..."

Mich fröstelte. „Vielleicht... ich glaube, Myrcan war immer zu einsam. Bestimmt war das nicht deine Schuld."

„Nun... es ist so, wie es ist.", murmelte sie. „Weißt du... damals kam mal jemand... er weissagte Schlimmes für Myrcan..."

„Ein Wahrsager?"

„Ich erinnere mich nicht mehr an Einzelnes. Es gibt ja manche, die aus der Stunde unserer Geburt lesen können, ob es ein guter oder ein übler Lebensweg wird."

Das waren Ansichten, die unserem Priester sicher nicht gefallen hätten; nichtsdestoweniger waren sie im Volk nach wie vor verbreitet, wie man immer wieder hörte.

Ich rückte meinen Umhang zurecht. „Ich meine... wenn man Myrcan von Anfang an ein wenig freundlicher begegnet wäre, er hätte gewiss Vertrauen gefasst und Freunde gefunden. Er wäre nie so finster geworden. Da er die Ablehnung spürte, ist er schon früh für sich gegangen – in diesen dunklen Wald da oben."

Sie nickte. „Kaum dass er laufen konnte, ist er dahin. Selten hat er erzählt, was er da eigentlich machte, womit er seine Zeit verbrachte. Einmal sagte er, es wären Waldgeister da, die mit ihm spielen würden, und er könne sie besser leiden als jeden hier im Dorf."

„Kein anderes Kind hätte sich getraut, allein in dieser Wildnis zu spielen, wo Wölfe und Füchse hausen."

Es folgte eine Weile Schweigen. Ulrica füllte mir noch Brei nach.

„An diesem furchtbaren Tag im Januar," fuhr sie leise, mit bebender Stimme fort, „da ging er bei Einbruch des Abends nochmal los. Es war ein klarer, ziemlich kalter Wintertag. 'Bleib doch daheim, am warmen Feuer – was willst du jetzt im Wald?, sprach ich zu ihm. 'Ein Wolfsjunges fangen und mir großziehen.', hatte er geantwortet und sich nicht halten lassen."

Ich hielt mit dem Essen inne. Jetzt schien mir klar, was sich damals abgespielt hatte. Wer der Wolfsbrut zu nahe kam...

„Es ist besser, wenn du an all das jetzt nicht mehr denkst." sagte ich fest. „Ich werde nun öfter zu dir kommen; von heiteren Dingen werden wir dann sprechen."

„Es gibt ja für niemanden zur Zeit heitere Dinge. Täglich neue schlechte Nachrichten.", äußerte sie düster. „Nun ist auch noch *Streoneshalch*, meine Heimat, zerstört..."

„Dafür haben wir Frühling. Alles blüht und duftet. Wie wäre es, wenn wir beide mal einen schönen Spaziergang zum Meer hinunter machen?"

Sie erwiderte nichts darauf. Eine unglaublich schwermütige Stimmung lag in der kleinen

Behausung. Als ich mich schließlich erhob – ich brauchte dringend frische Luft - , schaute sie flehend zu mir auf.

„Willst du für Myrcans arme Seele beten? Ich tue es Abend für Abend...“

Beklommen nickte ich. „Ich werde Myrcan in mein Gebet einschließen.“

„Beten wir zu Gott, dass er nichts Schreckliches mehr tut, Gwen...“

Unser benachbartes Königreich *Mercia* machte es den Heiden nicht so leicht wie *Northumbria* – einige Schlachten wurden geschlagen, mit wechselseitigem Erfolg.

Daheim, in meiner kleinen Welt, war ich damit beschäftigt, für Coelreds Wohlergehen zu beten sowie auch für Runolfs. Es fühlte sich merkwürdig an. Ich war aber gewiss nicht das einzige menschliche Wesen in *Northumbria* oder gar auf der ganzen Insel, das in solchem Zwiespalt lag. In *Falsgrave* freilich schon. Deshalb verbrachte ich viel Zeit mit mir selbst.

Da in *Mercia* noch nichts entschieden war, überwinterte das Hauptheer der Heiden in *Nottingham.* In unserem *Eoforwic*, von den Besatzern in *Jorvik* umgetauft, regierte artig König Egbert, das 'Schoßhündchen' als ein treuer Statthalter König Ivars des Knochenlosen.

Ungeduldig erwartete ich stets den Markttag, an dem *Falsgrave* gewöhnlich mit den neuesten Nachrichten versorgt wurde. Spannung erzeugten auch die immer häufigeren Sitzungen unserer 'Ältesten', deren Ergebnisse uns allen nicht vorenthalten wurden.

Eines Vormittags im Mai erregten zwei sehr ungleiche Reiter, die in *Falsgrave* Einzug hielten, einiges Aufsehen: Einen erkannte ich gleich darauf: Aidan der Ire! Begleitet wurde er von einem grobschlächtigen, riesenhaften Mann in Lederkleidung und kahlköpfig.

Vor unserer Wohnstatt machten beide erwartungsgemäß Halt. Unsere Nachbarn links und rechts kriegten lange Hälse. Es war immer Gwen, die merkwürdigen Besuch bekam...

„Das ist Thrym – ein Sklave.", stellte mir der Ire seinen Begleiter vor. „Es ist nicht ratsam, ganz allein zu reisen, wegen der vielen Wölfe..."

Thryms Haut auf den Unterarmen war mit bunten Ornamenten bedeckt – etwas Derartiges hatte ich nie zuvor gesehen! Der Hüne schaute sich sogleich überaus interessiert um. Das Treiben hier schien ihn anzusprechen.

„Kannst ein wenig hier rumstreifen – aber erschreck die Hühner und kleinen Mädchen nicht!", puffte Aidan den Sklaven in die Seite. Thrym ließ ein zustimmendes Brummen vernehmen.

„Aber erst einmal hat er doch sicher Hunger, so wie du.", meinte ich.

„Der hat unterwegs einen halben Ochsen in einer Herberge verzehrt. Im Übrigen hasst er es, drin zu sitzen. Also soll er ein wenig rumstreifen." Aidan und Thrym tauschten ein Vereinbarungszeichen aus; dann trat Ersterer bei uns ein. Meine Mutter befand sich zur Zeit in Ulricas Haushalt oder sonstwo in *Falsgrave*. Einmal mehr war ich also allein mit einem Mann unter unserem Dach, was dem Klatsch herrliche Nahrung bescheren mochte...

„Ich bringe gute Nachrichten für dich!", strahlte Aidan, wobei er es sich auf unserer Bank bequem machte.

„Seit ihr denn... ist etwas entschieden in *Mercia*?"

„Ich bin ja gar nicht mitgezogen, sondern bei unseren Leuten in *Jorvik*, wo wir ein bisschen

aufpassen, dass alles seine Ordnung behält!",
zwinkerte der Ire. „Meine Aufgabe sind vor allem
Botengänge und weite Reisen für Herrn Runolf, zu
einer gewissen Dame... Ja, sie kommen bald
zurück, mit schweren Truhen voll Danegeld. Damit
werden wir es uns den Winter über gut gehen
lassen, in *Jorvik*!"

Ich nickte verstehend. Das klang nach vollem
Erfolg.

„Nun, es hätte besser laufen können; unsere
Leute hatten ziemliche Verluste. Aber das gehört
zum Geschäft, und einen Wikinger darf es nicht
entmutigen!"

Angespannt zupfte ich an meinen Locken.
„Runolf ist... wohlauf?"

„Und hat, auf dieser Heerfahrt, die Gunst seines
Jarls voll zurückerlangt! Der Jarl ist nun bereit,
ihm gewisse Wünsche zu gewähren..."

Aidans bedeutsamer Blick weilte lange auf mir.
In meinem Bauch regte sich ein Gefühl
ahnungsvoller Unruhe.

„Ich komme heute als Brautwerber!"

Unwillkürlich zog es mich von meinem Stuhl in
die Höhe; ich tat einige unsichere Schritte ums
Herdfeuer.

„Runolf möchte... er wirbt um eine Frau mit
verunstaltetem Fuß?"

„Oh – es scheint mir nicht, dass er darin etwas
Hinderliches sieht.", entgegnete der Gast
unbekümmert. „Er findet wohl das Gesicht einer
Frau und ihre Natur interessanter als ihre Füße..."

Ich hatte innegehalten. „Aber es macht einen

häßlichen Eindruck, wenn eine humpelnde Frau neben einem so schönen, tapferen Krieger wie Runolf geht..."

Aidan wiegte den Kopf. „Wenn er es nicht findet, warum solltest du dir dann Gedanken darüber machen?"

Ich knetete meine Handballen. „Ob wir mal schauen, was dein Begleiter Thrym... da draußen anstellt? Vielleicht ist er zurück von seiner Erkundung..."

„Lass den nur die Hühner erschrecken – oder nach einem gewissen Wer-Wolf suchen, um ihn zu erwürgen.", erwiderte Aidan mit dunklem Unterton. „Oder habt ihr euren Wer-Wolf inzwischen gefangen?"

Ich schüttelte den Kopf. „Wir haben uns alle sehr angestrengt. Er ist wohl fort von hier. Und jedermann atmet auf."

„Und sofern nicht – Thrym wird ihn stellen." Der Ire schlürfte den Becher mit frisch gemolkener Ziegenmilch, den ich ihm kredenzt hatte, leer. „Nun, wieder zurück zum Wesentlichen: Welche Antwort darf ich Runolf übermitteln, wenn er heimkehrt?"

Ich fühlte mich noch immer so überrumpelt, dass ich am liebsten erst mal einen stillen Winkel – meine Klippe – aufgesucht hätte.

„Brauchst du Bedenkzeit?" fragte Aidan sehr verständnisvoll. „Ich hatte ohnehin vor, über Nacht zu bleiben – wenn das für euch möglich ist."

Hatte man jemals schon einen derart vereinnahmenden Gast erlebt? Ich holte tief Luft.

„Wir haben uns ja erst einmal gesehen – und das liegt schon über ein Jahr zurück..."

„Vielleicht hält ja schon jemand anders dein Herz besetzt.", fuhr Aidan mit dem Verhör fort. Ich schüttelte entschieden den Kopf.

„Nun, also?", breitete er die Arme aus. „Runolf braucht kein zweites Wiedersehen für seine Entscheidung. Es liegt also allein bei dir..."

Ob Brautwerbung, so ging es mir durch den Kopf, immer derart ungestüm verlief? Offenbar meinten die Dänen, *Northumbrias* Frauen ebenso rasch erstürmen zu können wie die Mauern englischer Festungen!

„Runolf erweist mir, der Tochter eines einfachen Fischers, eine große Ehre.", kam es mir, etwas unbeholfen, über die Lippen.

„Er ist ja kein König, der um eine Königstochter freit. Aber für ihn bist du eine Königin."

„Das... macht mich sehr glücklich.", stammelte ich.

„Dürfen wir also über Nacht bleiben?"

„Natürlich.", stimmte ich, in Abwesenheit von Vater und Mutter, zu. „Ihr seid beide sehr willkommen."

„Thrym schläft natürlich draußen. Hinter eurem Haus."

„Für ihn haben wir hier drin auch noch Platz.", bot ich an.

„Wirklich?", grinste Aidan schief. „Er stinkt und schnarcht wie ein Ochse! Außerdem schläft ein Sklave nie bei seinem Herrn! Oder ist das bei euch anders?"

Natürlich – unsere *aeldermen* hatten auch ihre Sklaven, und die schliefen in Ställen. Irgendwie mochte ich es dennoch nicht, den Riesen wie einen Sklaven zu behandeln.

„Aber etwas Gutes zu essen kriegt er und warme Decken.", sprach ich bestimmt. „Er ist doch ein tüchtiger Mann, den du brauchst."

„Nur eben ein Sklave.", winkte Aidan wegwerfend ab. „Ein guter Sklave, das ist richtig."

„Ist es denn überhaupt möglich, dass Runolf eine Christin zur Frau nimmt?", kam es mir in den Sinn.

„Für die Herren im Lande ist alles möglich!", erklärte der Ire großspurig. „Christin kannst du bleiben – genau wie Runolf bleibt, was er ist. Wir sind großzügige Herren!"

In meinem Kopf brausten Gedanken und Empfindungen. Alles hatte sich so überstürzt – wie hätte man darauf gefasst sein sollen?

Als die Nachricht von König Ivars Rückkehr nach *Eoforwic Falsgrave* erreichte, wurde das von den meisten Haushalten nicht mit übermäßiger Erregung zur Kenntnis genommen. Seit fast zwei Jahren standen wir mittlerweile unter wikingischer Oberhoheit. *Mercia* hatte sich mit einem Waffenstillstand sowie der Zahlung einer stattlichen Summe Danegeld eine Atempause verschafft, nachdem es nicht einmal vereint mit dem Königreich *Wessex* die Eindringlinge hatte schlagen können.

Nur für einen Haushalt in unserer kleinen Gemeinde sollte jene Meldung weitreichende Bedeutung haben. Mein Leben stand vor einem wahrhaft gewaltigen Wendepunkt; noch mochte ich es kaum recht begreifen, und es gab Augenblicke, da wurde ich regelrecht von Verzagen ergriffen, obwohl mein Herz doch so sehr hüpfte! Um mich zu beruhigen, stieg ich dann auf meine Klippe.

Nicht nur, dass ich bald ein eheliches Dasein führen würde – all das Vertraute, meine so kleine Welt, musste ich zurücklassen! Ich sollte unter Menschen leben, die nicht nur einem anderen Volk, sondern gar noch anderen Glauben angehörten und unsere Feinde waren! Was mutete das Schicksal, *wyrd*, einer gehbehinderten Fischertochter da zu?

Was wusste ich, darüber hinaus, bisher von dem Mann, mit dem ich künftig Herd, Dach und Bett teilen würde – außer seinem Namen? Da war nur die lebhafte Erinnerung an seinen Blick, die sanfte Berührung seiner rauen Hand, die in mir allerlei Unruhe gestiftet hatte. Immer, wenn ich in unserem *Falsgrave* ein verliebtes Mädchen sah – hatte ich mich da nicht sogleich nach einem Wiedersehen mit ihm gesehnt? Fühlte ich mich, mit meinem glühenden Kopf, nicht berauscht, wie die Männer nach zu viel Bier?

Der gute, alte Coelred war davon gänzlich aus meinen Gedanken verdrängt worden! Ich nahm es mit tiefem Bedauern zur Kenntnis. Die Erinnerungen an den Jugendfreund waren wie ein liebes Andenken, das man bewahrt; sie übten keinen Zauber mehr aus...

Da *wyrd* nun einmal so entschieden hatte, schenkte ich Coelreds Holzkreuz, meinen Talisman, der alten Ulrica, die Glück so sehr nötig hatte, als ich ihr vor meiner Abreise den letzten Besuch abstattete. Sie nicht mehr sehen zu können, bedauerte ich wirklich. Meine Besuche das letzte Jahr hindurch schienen in der Tat ein wenig mehr Sonne in ihr tristes Dasein gebracht zu haben. Ich versprach ihr auch, weiterhin für Myrcan zu beten. Vielleicht hatten meine Gebete bereits etwas bewirkt. Lange war nämlich um *Falsgrave* kein gemeucheltes Tier mehr aufgefunden worden. Myrcan mochte weit fortgegangen sein – dahin, wo niemand ihn und sein Schicksal kannte.

Dann hieß es, alles Nötige zusammenzupacken für die große Reise in die Stadt *Eoforwic*! Aidan der Ire und sein Sklave Thrym wollten mich abholen und uns – mir, meinen Eltern sowie meinem Patenonkel Aethelfrid – Geleit sein.

Die Hochzeitsfeier sollte nahe *Eoforwic* stattfinden; ich würde nach heidnischem Recht getraut, ohne mein christliches Bekenntnis einzubüßen. Von unserem Priester in *Falsgrave* hatte ich ohnehin nicht getraut werden wollen, und sicherlich hätte er sich geweigert, in unserer bescheidenen Holzkirche einen Heiden zu trauen! Nein, das sollte *Falsgrave* erspart bleiben. Mir war bewusst, dass man hier Schwierigkeiten mit dem hatte, was mir widerfahren war. Heidenliebchen – das tuschelte doch so mancher; ich hoffte nur, dass meine Eltern nicht darunter zu leiden haben würden, wenn ich fort war...

Darüber sprach ich auch mit Aethelfrid, aber so, wie es seine gutmeinende Art war, zerstreute er meine Sorgen.

„Gerede kommt und geht wie die Zugvögel. Deine Eltern und ich – wir werden immer zu dir stehen. Willkommen bist du jederzeit. Und – das darfst du nicht vergessen: Gottvater hat dir eine große Aufgabe in die Hände gelegt. Niemand kann wissen, wie sich die Zukunft gestaltet – aber Menschen wie Runolf und du können im guten Sinne auf sie einwirken."

Ich glaubte, ihn recht zu verstehen.

„Vielleicht werden die Nordmänner hier dauerhaft ansässig. Dann wird es immer mehr geben, die sich mit einheimischen Frauen verbinden – denn sie haben sich ja bislang keine aus ihrer Heimat mitgebracht. Wenn ihr, Runolf und du, ein gutes Vorbild lebt, werden andere dem folgen; man wird aufhören, sich gegenseitig Hass und Rache zuzufügen, und wir werden allmählich zusammenwachsen."

Zweifelnd sah ich ihn an. „Wenn aber Gottes Gunst sich doch unserem Volk zuwendet?"

„Es wird sich alles finden.", beruhigte Aethelfrid. „Ich verstehe ja deine Sorge. Die Zeiten sind sehr unberechenbar, gewiss. Es bedeutet Mut, wenn Herz und Herz in solchen Zeiten, über solche Widrigkeiten hinweg, zueinander finden. Und die Stimme des Herzens kann manches bewegen..."

Die vielen Eindrücke, die bei meiner Ankunft in *Eoforwic* auf mich einstürmten, wühlten mein Gemüt nicht so sehr auf wie das Wiedersehen mit dem Menschen, dessen Bild ich so lange in meinem Innern lebendig gehalten hatte!

Die Anstrengungen der Heerfahrt durch *Mercia* standen ihm noch ins Gesicht geschrieben, als er uns empfing, „ganz frisch aus dem Badezuber und barbiert", wie Aidan verriet. Der herzhafte warme Druck seiner kräftigen Hände war wie ein Wiedererleben unseres Beisammenseins in meinem Elternhaus – war wirklich schon damals ein Bund geschlossen worden? Die lange Trennung hatte uns wahrhaftig einander nicht entfremdet; in uns beiden loderte es, und wären wir alleine gewesen...

Das waren wir keinen Moment in unserem Quartier am Rande von *Eoforwic*. Viel gab es vorzubereiten für die Vermählungsfeier – und für mich außerordentlich viel zu lernen! Für die nach heidnischem Ritual ablaufende Hochzeitszeremonie. Mit liebevoller Geduld sprach Runolf alles mit mir durch, ermutigte mich, wenn mich Verzagen packte – angesichts der zahlreichen Formeln, die die Braut zu sprechen hatte, in seiner Sprache! Dabei durfte kein Fehler unterlaufen, „weil dann die Götter uns ewig zürnen werden und unserer Ehe Unheil droht!", hatte Runolf mich auch noch geärgert! Für ein Mädchen aus einem kleinen Nest war das wirklich ziemlich viel auf einmal...

Und so verbrachte ich nun die Zeit, all diese Formeln zu üben, bis ich sie im Schlaf beherrschte wie das Vaterunser. Die Zeremonie selbst wurde auch bis in alle Einzelheiten durchgesprochen und gespielt – hier merkte ich, wie groß die Anspannung bei Runolf selbst war. Jede Kleinigkeit behielt er im Blick; es war ja sein großer Tag, von ihm ausgerichtet. Da durfte nichts Peinliches unterlaufen, zumal auch sein Jarl geladen war! Jedermann war dazu angehalten, den allerbesten Eindruck zu machen.

Auf mir lastete zweifellos der größte Druck, aber auch meine Eltern mussten ihren Auftritt üben. So eine gemischte Hochzeit erwies sich als Herausforderung. Eine christliche Vermählung wäre Runolf wohl ähnlich kompliziert vorgekommen, wie mir das heidnische Ritual vorkam. Im Übrigen war ich schon höchst gespannt auf den Priester, den sogenannten *godhi*. Runolf hatte mir erklärt, dass es normalerweise Brauch war, ein Tieropfer darzubringen, man dies aber, in Rücksicht auf meinen christlichen Glauben, abwandeln könne. Ein Tieropfer – in Hinblick auf Myrcans abscheuliches Treiben hätte mir das die gesamte Zeremonie verleidet, was auch mein Zukünftiger einsah.

„Einiges wird vereinfacht werden – ohne dass das den Zorn der Götter erregen wird.", schmunzelte Runolf.

„Was sind das alles für Götter?", hatte ich wissen wollen.

„Ach – du musst sie nicht alle kennen!", hatte er gelacht. „Zunächst mal soll dir nur eine vorgestellt werden, und das ist *Freja*, unsere Göttin, die über das Eheglück und die Familie herrscht. Mit ihr musst du dich gut stellen. Unser Volk legt alle seine Hochzeiten immer auf ihren Tag."

Ich lächelte. „Dann ist *Freja* sicher eine sehr hübsche Göttin..."

„Aber nur ein ganz, ganz wenig hübscher als du!", lachte er wiederum, und ich wusste, dass ich mich geehrt fühlen musste. Schon jetzt liebte ich sein Lachen, welches mir zeigte, dass er jenseits von Schwertgerassel und Kriegsgefolge eine heitere Natur war.

So viele Fragen gab es, wussten wir doch kaum etwas voneinander; womit sollte man da beginnen?

„Hast du eigentlich Geschwister?", wandte er sich einmal an mich.

Innerlich war ich zusammengezuckt. „Mein Bruder ist schon gestorben.", war es mir entschlüpft.

Mit einem Ausdruck tiefen Mitgefühls nahm er meine beiden Hände. „Es tut mir leid. War er krank?"

Ich nickte hastig. „Ein Husten. - Und du? Hast du Brüder und Schwestern?"

„Ich weiß es nicht einmal. Ich weiß nur, dass ich zu Pflegeeltern kam, kurz nach meiner Geburt. Sie hatten mich gefunden, in der Nähe der Siedlung, wo sie lebten."

„Dann bist du also ein... Findelkind?"

„Von meinen leiblichen Eltern weiß ich nichts – nur, dass sie irgendwo in der Nähe gelebt haben müssen. Entweder sie konnten mich nicht ernähren oder", er schob sein Hemd am Hals beiseite, „sie wollten mich deswegen nicht – wegen des Feuerzeichens."

Ja – das merkwürdige Mal an Hals und Nacken, das mir schon bei unserer ersten Begegnung aufgefallen war. Er besaß es also seit seiner Geburt, so wie ich meinen formlosen Fuß.

„In unserem Volk glaubt man, dass entweder ein Kind, mit so einem Hautzeichen geboren, oder seine Familie vielleicht verhext oder verflucht wurde.", führte er ohne sichtliche Gefühlsregung aus. „Der Vater nimmt es nicht an, und dann wird es seinem Schicksal überlassen. Die Nornen wollten es, dass ich gefunden und von guten Händen aufgezogen wurde. Ich stamme aus *Hördarland*. Meine Pflegeeltern lebten an einem Fjord – das ist ein breiter Fluss, der ins Meer mündet. Es gibt dort viele Siedlungen und Häfen. Die Menschen sind nicht wohlhabend; die meisten gehen fort, sobald sie erwachsen sind."

Wie froh konnte ich doch sein, keine so herzlosen Eltern wie Runolf gehabt zu haben, die natürlich auch mich mit meinem Makel nicht angenommen hätten „Waren deine Pflegeeltern gut zu dir?"

„Ich werde ihnen immer dankbar sein für das, was sie mir gaben. Es war für sie nicht leicht, da sie drei eigene Kinder zu versorgen hatten. Mit einem ihrer Söhne lernte ich Schiffe bauen."

„Drachenschiffe?"

„Ja, auch große, schöne Drakkare. Jeder Wikinger kann ein Schiff bauen. Und segeln. Wer das nicht lernt, bleibt ein Ofenhocker!"

„Was ist das?"

„Nun, einer, der bei seiner Mutter am Herd

bleibt! Ich wollte kein Ofenhocker werden. Also fuhr ich eines Tages mit einem Schiff mit. Ich zog mit einem Jarl, der große Beutezüge versprach. Er taugte aber zu nichts. So trennte ich mich von ihm, um in die Gefolgschaft eines anderen Jarls zu treten, der nicht nur große Worte machte. Denn weißt du: Viele unter uns folgten einem großen Vorbild, dessen Tod sie rächen wollten:

Ragnar Lodbrok, Vater von König Ivar, unserem Herrn. Er starb in der Gewalt der Schlange Aella. Bevor er seinen Atem aushauchte, da hatte er aber noch die Kraft, zu sagen: *'Grunzen würden jetzt die Ferkel, wenn sie wüßten, wie es ihrem alten Eber ergeht'...*"

Ich schluckte. All das hatte sich auch noch in unserem *Northumbria* abspielen müssen!

„Die Ferkel Ivar und Halfdan wurden tapfere große Männer und haben ihn gerächt!", fuhr er mit finsterer Genugtuung fort. In meinem Runolf, der eben noch liebevoll gescherzt hatte, schlummerte demnach eine äußerst ehrgeizige Natur.

„Aidan hat mir gesagt, dass du bei deinem Jarl schon hohes Ansehen besitzt.", gab ich zu verstehen.

„Doch noch lange nicht genug!" Runolf blähte seine breite Brust. „Gewiss, ich bin schon weit aufgestiegen in der Gunst meines Jarls. Um einen Jarl und noch mehr um einen König herrscht ständiger Wettstreit tüchtiger Männer. Hast du schon mal Hirsche kämpfen sehen? Oder Widder?"

Mit meinem Bruder hatten wir im Herbst des öfteren die Hirsche beobachtet, wie sie in der

Abenddämmerung aus den Wäldern ins offene Land herauskamen, mit enormen Stimmen röhrten und dann auch Zweikämpfe mit ihren gewaltigen Geweihen austrugen. Oh ja, Runolf hatte manches mit so einem stolzen Hirschbullen gemeinsam.

„Oder wenn sich Hengste beißen!", lachte er jetzt. „So geht es in der Gefolgschaft eines fähigen Jarls zu. In meiner Stellung werde ich bereits sehr beneidet." Seine Augen blitzten. „Was wird man mich erst beneiden, wenn ich ein hübsches Eheweib an meiner Seite habe..."

Da war nicht nur Ehrgeiz, sondern ziemlich viel Eitelkeit! Bisher war mir nur ein vergleichbar selbstbewusster Mensch begegnet, und das war Coelred. Doch selbst Letzterer nahm sich im Vergleich zu meinem stolzen Sonnenkind bescheiden aus! Als ich Runolf so beobachtete, musste ich an einen prächtigen Kater denken, wie er sich in der warmen Sonne räkelt. Er gab alles, mir zu gefallen – und ich glaube, dass solche Worte jeder Frau allgemeinhin gefielen. Allein die Erwähnung von Neid und Machtkampf brachte in mir sorgenvolle Vorahnungen zum Aufkeimen...

Andererseits mochte ich seine Offenheit. Man konnte in ihn hineinschauen wie auf den Grund eines klaren Sees. Ich war diejenige, die etwas vor ihm verborgen hatte: Das wahre Schicksal meines Bruders...

Unsere Vermählung fand unter freiem Himmel statt, ein Stück weit vor den Toren von *Eoforwic*, unweit dem Flussufer, unter einer Gruppe altehrwürdiger, prächtiger Linden, deren Kronen aus dunklem, sattem Hochsommergrün wie ein schützendes Dach über uns prangten.

Mir schien der Brauch der Heiden, draußen Hochzeit zu feiern, nicht unwillkommen – auch wenn wir christianisierten Angelsachsen unsere Ehen seit den Tagen des Heiligen Augustinus im Innern von Gotteshäusern schlossen. Unsere kleine, düstere Kirche von *Falsgrave* mochte zwar im kalten Winter etwas Anheimelndes haben – im Frühjahr und Sommer hingegen kam sie mir eher wie ein Kerker vor, der das Tageslicht aussperrte.

Ein schöner Platz, den man für die Zeremonie ausgewählt hatte – es gab nur einen Ort, den ich bevorzugt hätte: Meine Klippe hoch über dem Meer...

Da trat uns schon, mit feierlichem Gehabe, der *godhi* gegenüber, um sich mit all jenen feierlichen Formeln, die mir Runolf zuvor erläutert hatte, zunächst an die Götter zu wenden und ihren ganzen Segen für unsere Vermählung zu erbitten. Wie gebannt starrte ich auf seine Gestalt, die mystisch anmutende Gewandung sowie die kunstvoll geflochtenen Haare und den langen üppigen Bart. Er erschien mir wie eine Gestalt aus den uralten Sagas, die unsere *scops* vortrugen.

Viel irdischer, jedoch nicht minder prächtig als der *godhi* sah mein nun baldiger Gemahl aus, der mit reglos ernster Miene neben mir dem Ritual

67

folgte. Runolf trug ein knielanges, an den Säumen mit dunkelroten Bordüren eingefasstes wollweißes Gewand und um den Hals einen breiten silbernen Reif.

Was mich betraf, so hatte ich heute morgen, nach dem aufwendigen Anlegen des Brautschmucks mit Hilfe meiner geduldigen Mutter, beim Blick in den Spiegel den Atem angehalten: War das Gwen, die Fischertochter aus dem kleinen *Falsgrave*? Auch meine Mutter hatte sehr beeindruckt dreingeschaut. Wie sich ihre Tochter verwandelt hatte – in einem weißen Kleid aus herrlich angenehmem Leinen, darüber einem ebenso roten Umhang, wie ihn der Bräutigam trug, befestigt mit der silbernen Gewandnadel, die Runolfs erstes Geschenk gewesen war. Und vor allem die Brautkrone, in die rote Rosen zusammen mit wohlduftendem Rosmarin geflochten waren.

„Meine Königin.", hatte mir Runolf zugewispert, als wir eben nebeneinander vor den *godhi* getreten waren. Das Einzige, was meiner Majestät Abbruch tat, war mein Hinken. Die Krücke, auf die ich mich heute stützte, war allerdings ein Schmuckstück: So kunstvoll mit Schnitzereien verziert, dass sie diesen Makel ausglich. Runolf hatte sie mir eigens für die Zeremonie überreicht, und ich hatte in den Tagen zuvor noch emsig damit geübt, um so grazil wie möglich einherzuschreiten.

Doch nun hieß es aufmerksam sein, denn es nahte der (tausendmal eingeübte) große Moment: Der Austausch unserer Ringe, bei dem nicht nur meine, sondern auch Runolfs Finger zitterten; dann die Treueide, die mir (Gott war es gedankt!) fehlerfrei über die Lippen glitten – wie tief unser beider Blicke dabei ineinander tauchten…

Mit unbeweglich-würdevoller Miene überreichte der *godhi* nun zuerst Runolf ein prächtiges Trinkhorn, aus dem er einen tiefen Schluck nahm; gleich darauf schloss ich meine erste Bekanntschaft mit jenem berüchtigten Getränk der Nordleute, dem Honigwein Met. In derartigem Erregungszustand, wie ich mich gerade befand, schien der kleinste Schluck derart berauschend, dass ich danach die Eindrücke und Einzelheiten der Zeremonie nur noch halb wahrnahm. Aus gutem Grunde wohl wurde der Trunk erst nach den Treueschwüren gereicht!

Wir waren vermählt – Runolf der Wikinger und Gwen, die Fischertochter aus dem kleinen *Falsgrave*. Das Fest nahm jetzt erst richtig seinen Anfang. Dafür war uns ein überaus geräumiges Langhaus zur Verfügung gestellt worden – es gehörte zu den Quartieren, die Runolfs Jarl für sich und sein Gefolge hatte errichten lassen. In der Halle war eine lange Tafel hergerichtet worden, auf der opulente Speisen darauf warteten, von der Hochzeitsgesellschaft geschmaust zu werden. Überall auf den Dielen waren bunte Blumen verstreut worden; hübsche Kränze sowie Mistelgebinde zierten auch das Gebälk ringsum, und die Düfte von allerlei Gewürzen erfüllten den Raum. Es schien noch festlicher als jemals in unserer Versammlungshalle von *Falsgrave*, wenn dort Vermählungen oder sonstige Feierlichkeiten stattfanden. Die Heiden schienen eine Vorliebe für Pracht und Glanz zu haben, womit sie zweifellos auch ihre unterworfenen Gegner beeindrucken wollten...

Wie mochte wohl, wenn alles bei unserer Hochzeit schon so großzügig zuging, erst die Vermählung eines Jarls oder gar Königs gestaltet sein?

Welch ein Brausen von Stimmen, als die ganze Gesellschaft, das Brautpaar voran, Einzug hielt. Runolf und ich bekamen heute den Ehrenplatz, den sonst immer der Jarl innehatte – und noch einmal harrte meiner eine große Herausforderung: Als ich nämlich dem Bräutigam den Trank mit noch einer Segensformel kredenzen musste. Andächtiges Schweigen breitete sich da in der Halle aus, und aller Augen ruhten auf dieser feierlichen Handlung! Wie gut, dass man nicht sah, wie meine Knie unter dem Brautkleid schlotterten. Denn ein Fehler bei diesem Akt (schon ein wenig Verschütten von Met oder Sich Versprechen beim Ehesegen) wurde als übles Vorzeichen für die Ehe gedeutet!

Würdevoll hatte sich Runolf neben mir erhoben, um zunächst auf seine Ahnen, dann – natürlich – auf die mächtigsten Götter seines Heidenhimmels zu trinken. Der große Becher machte danach die Runde durch die Gesellschaft, und das Bankett war eröffnet.

Jetzt erst hatten meine Augen Zeit, sich mit all den Köstlichkeiten zu befassen, die da aufgedeckt waren. Die ganze Halle war erfüllt vom würzigen Geruch frisch am Spieß gebratenen Schweins.

Fleisch machte zwar den Großteil der Speisen aus; außerdem aber stand vieles mehr zur Auswahl: Verschiedene Sorten von Käse, gelb und fett; große Fischplatten, dekoriert mit erlesenen Gewürzen. Wer leichte Kost bevorzugte, hatte eine reiche Auswahl an Gemüse, frischem Obst und Waldbeeren. Auf die Naschmäuler warteten kleine Nusskuchen. Womit sollte man da beginnen?

Runolf hatte sich bereits über ein großes Stück Spießbraten hergemacht. Jetzt löste sich bei mir die Anspannung vieler Stunden; ich konnte ein belustigtes Kichern nicht unterdrücken, als ich den Bräutigam beim Essen beobachtete. Er schlang wie ein Raubtier, das sich gerade über einen frischen Riss hermacht! Auf seinen vollen Lippen glänzte Bratenfett, und er leckte sich voller Genuss, bevor er den Becher zu einem herzhaften Schluck Met ansetzte. Seine Augen sandten mir dabei übermütige, eindeutige Signale. Ich errötete wie eine Maid bei ihrem ersten Kuss...

Um mich abzulenken, während das Raubtier neben mir seine Beute vertilgte, ließ ich meinen Blick die ganze lange Tafel entlang schweifen. So viele fremde Gesichter. Ganz in der Nähe saß der Jarl – seine Augen waren scharf wie die eines Habichts, und er schien mir ein Mann, mit dem man besser nicht in Streit geriet. Den Stolz seines Standes verhüllte er nicht, auch wenn sein Blick mir gegenüber Wohlwollen und eine gewisse Wertschätzung bekundete. Dass Runolf ihm mit Respekt und Bewunderung ergeben war, schien mir begreiflich. Natürlich war der Jarl die am edelsten gekleidete Person unter sämtlichen Anwesenden. Sein Gewand hatte breite, reich ornamentierte Seiden-Bordüren, und über den Handgelenken blitzten breite Silberarmspangen.

Mein Interesse befasste sich auch mit der Frau an seiner Seite. Verlegen ertappte ich mich dabei, wie ich ihre Brüste beäugte. Stattliche Brüste, die in mir ein wenig Minderwertigkeitsgefühle weckten. Es war nur halb so viel, was ich vorne trug – und der Schnitt ihres dunkelroten Gewandes betonte es außerordentlich vorteilhaft. Nun – sie war die Gemahlin eines Jarls! Und das ließ sie die übrigen Anwesenden spüren. Auch zu mir schaute sie oft und nahm Maß. Jarl und Gemahlin befanden sich in reifem Alter; wie viele Ehejahre mochten sie schon gemeinsam gegangen sein?

Mit Ausnahme des kleinen Kreises meiner Verwandtschaft bestand der Großteil der geladenen Gäste aus Runolfs Freunden und Kampfgefährten, hauptsächlich jüngeren Männern. Sie hatten allesamt eine Tischdame, die sie bei guter Laune hielt. Darunter waren gewiss die wenigsten verehelicht. Vielleicht aber wurde ja hier so mancher Bund begründet...

Schließlich wandte ich mich wieder meinem Löwen zu, der von seiner Beute mittlerweile nur noch Knochen übriggelassen hatte. Blaue Weintrauben ließ er sich reichen, und als er eine nach der anderen genüßlich einschlürfte, lehnte er sich behaglich zurück an die mit reichen Schnitzereien verzierte Lehne seines Stuhls.

„Wie fühlst du dich, meine Königin?", raunte er

mir ins Ohr.

„Ganz prall und satt.", schlug ich die Lider auf und ab. Er begann mich mit Trauben zu füttern und zog mich dabei zu einem innigen Kuss an sich heran.

Man konnte so vieles lesen in den verstohlenen Blicken meiner Eltern. Vater saß ein wenig beklommen da. Ganz gewiss hätte er es sich nie träumen lassen, mal auf so einem Bankett zu tafeln. Aethelfrid war in eine angeregte Plauderei mit seinem Sitznachbarn Aidan vertieft. Nun, als eines der Oberhäupter von *Falsgrave* war er derlei Veranstaltungen gewöhnt...

Die Tafel war bereits recht gut abgeräumt. Musiker traten jetzt auf – junge Gesellen in bunten Gewändern, mit Tamburinen, Flöten, Sackpfeifen und Harfen.

„Aidan hat viele musikalische Freunde.", beugte sich Runolf zu mir. „Wie gefällt dir irische Musik?"

„Sie ist so fröhlich – kann man dazu tanzen?"

Diese Frage hätte ich besser nicht gestellt – denn schon sprang der Bräutigam auf und zog mich mit sich. Über die Dielen stampfend schwenkte er mich wie eine Puppe im Kreise, immer schneller. Nach all dem guten Essen und Met drehte sich mir rasch alles vor Augen. Lautes Johlen ringsum feuerte uns an. Ein paar Augenblicke später waren wir nicht mehr das einzige Tanzpaar. Die Halle erdröhnte von schweren Stiefeln. Nur die älteren Gäste – meine Eltern sowie der Jarl und Gattin – waren an der Tafel sitzengeblieben, um dem ausgelassenen Treiben der Jungen beizuwohnen.

Schweißgebadet sanken wir dann irgendwann wieder auf unsere Plätze. Ein Teil des reichlichen Mahls war abgetanzt! Erst jetzt durchfuhr es mich: Ich hatte getanzt, als ob es meinen verwachsenen Fuß nicht gäbe! Auch Runolf hatte es im Überschwang wohl vergessen. Bein und Fuß schmerzten, aber mein Glücksgefühl war zu groß, um dem Beachtung zu schenken.

Es wurde weitergespeist und -getrunken. Runolfs Hand hielt die meine fest umschlungen. Er begann zu singen; seine raue kehlige Stimme stand ein wenig im Gegensatz zu den zarten Harfenklängen, die gerade erklangen.

„Nachher musst du noch etwas auf deiner Lyra spielen und dazu singen.", zwinkerte er.

Ich leistete entschieden Widerspruch. „Nicht heute. Nicht nach so viel Wein, und schon gar nicht vor dem Jarl..."

Er liebkoste mich. „Aber wenn wir allein sind, später..."

Es versprach eine anstrengende Ehe zu werden...

Als meine Augen sich am nächsten Morgen öffneten, blickten sie sich zunächst einmal höchst erstaunt um in dem kleineren Wikingerhaus, wo wir unsere Brautnacht verbrachten, und das uns für die nächste Zeit als Wohnung zur Verfügung gestellt worden war: Die Wände um unser Brautbett zierten bunte Webbehänge, darunter ein mir wohlbekannter: Mein einstiges Geschenk an Runolf – hier hatte es seinen Ehrenplatz gefunden!

Die betörenden Düfte, die in meine Nase strömten, entstiegen einer kleinen Schale voller zerriebener Kräuter, auf einem Tischchen neben unserer breiten Bettstatt. Die Stühle waren mit unserer festlichen Kleidung bedeckt, die wir spät abends immerhin noch einigermaßen säuberlich dort abgelegt hatten.

Unsere Schlafstatt war überaus behaglich, mit ihren weichen Ziegenhaardecken. Das wilde blondmähnige Tier neben mir schien noch zu schlafen, und ich, die gezähmte Löwin, blieb erst einmal still liegen, um noch ein wenig den Frieden des Morgens zu genießen.

Nicht mehr die kleine Fischertochter, sondern Runolfs Eheweib Gwen...

Wieder schaute ich zu ihm. Unter seinen dichten Haaren kam halb der große dunkelrote Fleck zum Vorschein, der mir wie ein Bluterguss erschien, es aber nicht war. Die Haut hatte sich dort merkwürdig angefühlt, als ich meine Arme um seinen Hals legte. Mein Blick glitt weiter über seinen breiten Rücken. An den Moment, wo ich diesen Rücken erstmalig so gesehen hatte, wollte ich mich eigentlich nicht mehr erinnern. Der schreckliche Myrcan-Wald war nun weit, weit fort. Und doch... Myrcan und seine Untat – sie hatten uns zusammengebracht. Somit war Myrcan letztendlich ein Werkzeug von *wyrd*, dem Schicksal gewesen. Weiterhin würde ich für ihn beten...

Das grob behauene schwere Eichengebälk über mir musternd hing ich weiterhin meinen Gedanken nach, bis er sich neben mir regte. Langsam drehte er den Kopf und schenkte mir ein so zärtliches Lächeln, wie man es einem Mann seiner Natur kaum zutrauen mochte.

„Was für Träume hast du gehabt?", horchte er erwartungsvoll.

Erstaunt richtete ich mich auf.

„Es hat große Wichtigkeit, was eine Frau in ihrer Brautnacht träumt.", führte er aus, während er sich vollends zu mir hin drehte. „Ihre Träume verraten die Zukunft einer Ehe – ob mehr Gutes oder Übles die Eheleute begleitet..."

Ich räkelte mich. Gewöhnlich merkte ich mir Träume gut – aber gerade letzte Nacht... Ich war ja so spät und so erschöpft eingeschlafen, dass die Nacht traumlos geblieben war!

„Ist es schlimm, wenn man gar keinen Traum gehabt hat?", fragte ich verlegen.

Er zupfte an seinem spitzen Bart. Es schien für ihn wirklich außerordentliche Bedeutung zu haben; wahrscheinlich gehörte es zu seinem Heidenglauben.

„Vielleicht bedeutet kein Traum, dass es eine ganz ruhige Ehe werden wird.", sinnierte ich. „Ich könnte dir erzählen, was ich in der Nacht davor geträumt habe..."

Er strich über meinen Arm. „Nun gut. Ich höre..."

„Da habe ich von einem sturmaufgewühlten Meer geträumt, wie es gegen eine felsige Küste brandet. Ganz dunkel war der Himmel, voller Blitz und Donner... aber am Ende brach doch noch die Sonne durch..."

Er hatte im Streicheln meines Armes innegehalten, schien auf einmal angespannt. „Und wie deutest du diesen Traum?"

Ich ordnete kurz meine Gedanken. „Sturm und hohe Wellen bedeuten sicher Schwierigkeiten, auch Gefahren – aber dass sich schließlich noch die Sonne gezeigt hat, könnte heißen, dass unsere Ehe die Schwierigkeiten zu überwinden schafft."

Seine grau-blauen Augen ruhten unverwandt auf mir. „Du bist eine kluge Frau."

Es klang höchst respektvoll. Dabei erschien mir meine Traumdeutung überhaupt nicht beeindruckend.

Er rückte näher zu mir. „Wir wollen uns geloben, dass wir unser Schiff gemeinsam durch jeden Sturm lenken. Auf meinen Fahrten übers Meer habe ich so manchen Sturm erlebt und jeden überstanden. Es kommt darauf an, wie gut ein Schiff gebaut ist. Betrachten wir unsere Ehe also als ein Schiff. Es kann nicht so schnell sinken, wenn es stabil genug ist..."

Er schlug die Schafwolldecke zurück, kam zum Sitzen auf – und nahm nun meinen linken, verformten Fuß in seinen Schoß. Ich spürte, wie er den Klumpen von allen Seiten zärtlich befühlte.

„Kitzelt das?"

Ich hätte es lieber gehabt, wenn er mein ungeliebtes Körperteil rasch wieder unter der Decke verborgen hätte, aber ich ließ ihn gewähren. Es kitzelte wirklich ein wenig. Befremdlich. Meine eigenen Hände hatten sich immer gescheut, diesen verunstalteten Fuß zu berühren.

„Es war gestern sehr rücksichtslos von mir, dich zum Tanzen zu nötigen.", erklärte er reuig.

„Es war so wunderbar!" Ich streckte mich im Bett, wobei ich unseren ausgelassenen Tanz noch einmal erlebte. „Ich möchte sehr gern öfter zu tanzen versuchen – vielleicht ein wenig weniger wild."

„Heute musst du erst einmal Lyra spielen.", mahnte er mit gespielter Strenge.

„Jetzt gleich?"

„Nicht auf nüchternen Magen. Zunächst wollen wir Frühstück essen, dann gehen wir ein Stück in der Sonne spazieren – und danach möchte ich dich spielen hören. Nur für mich allein sollst du spielen."

Ich quälte mich hoch. Offenbar steckte er schon wieder voller Tatendrang.

„Was sind das eigentlich für Figuren, auf dem Anhänger an deiner Halskette?" Interessiert beäugte ich das auf seiner Brust baumelnde Schmuckstück.

„Das ist die Midgardschlange. Schau sie dir genau an. Dieses Scheusal wird vom Stärksten unserer Götter Thor bezwungen!"

„Warum trägst du dann so ein Scheusal als Schmuck?"

„Weil es uns Wikinger an den Triumph Thors über das bedrohlichste Ungeheuer erinnert. Ihr tragt doch ein Kreuz, weil es euch an den Sieg eures Gottes erinnert..."

Ich wiegte den Kopf. „Das ist etwas schwieriger. Christus starb ja am Kreuz..."

„Ebenso wie Thor, den der giftige Geifer der sterbenden Midgardschlange umbrachte, starb doch Christus einen Heldentod."

„Ja, wenn du es so willst. Christus besiegte sogar den Tod, indem er wieder auferstand zum ewigen Leben."

„Also bezwang er letztendlich das Kreuz, das ihr nun tragt." Runolf schmunzelte spitzfindig. „Unser und euer Glaube mag viele Unterschiede haben, aber, wie du siehst, auch manche Gemeinsamkeit."

„Du bist ein kluger Mann.", seufzte ich, während ich nach frischen Kleidungsstücken stöberte. Er war, wie bei Männern üblich, im Ankleiden wesentlich schneller.

Zum Frühstück ließen wir uns einige Köstlichkeiten bringen, die vom gestrigen Hochzeitsschmaus übriggeblieben waren. Dann lockte uns ein herrlicher Sommertag ins Freie. Runolf schien bereits wieder ein klares Ziel zu haben, wenn wir auch gemächlich gingen, quer über blühende Wiesen, vorbei an einer blökenden Schafherde. Welch wohltuende Ruhe, nach den Anstrengungen der Zeremonie und all der lärmigen Gesellschaft!

„Wie alt bist du?" Eine wichtige Frage, zu der ich bei all dem Hochzeitstrubel noch nicht gekommen war.

Er grübelte kurz nach. „Als meine Pflegeeltern mich übernahmen, war ich gerade wenige Tage auf der Welt. In dem Monat, wo ich zu ihnen kam, machte mein Pflegevater eine Kerbe in einen Balken am Türrahmen und jedes Jahr zu dieser Zeit eine neue Kerbe. Nach 15 Kerben verließ ich meine Pflegeeltern. Nun machte ich selbst meine Zeichen, in den Stiel meiner *skeggox*..."

„*skeggox*?"

„Meine Streitaxt. Ich hatte sie in meinem ersten Zweikampf erworben. Sie ist noch immer in meinem Besitz, und am Stiel zählt sie inzwischen sieben Schnitte..."

„Also bist du 22 Jahre alt."

Drohend hob er den Zeigefinger. „Wehe, du bist älter!"

„Und wenn?", blinzelte ich herausfordernd.

„Eine Ehefrau muss jünger als ihr Gemahl sein, denn sie soll ja möglichst lange schön bleiben für ihn!", stichelte er. „Also – wie alt bist du?"

„Erst 19 und damit hoffentlich noch jung genug für dich.", tat ich gekränkt. „Sag mir... wie sind eure Frauen?"

„Wikinger-Frauen? Groß und schwer wie Walrösser! Daheim verprügeln sie ihre Männer!", lachte er.

„Ach wirklich?" Ich legte den Kopf schief. „Jetzt verstehe ich. Deshalb ist euer großes Heer von zu Hause weggelaufen und hat sich in unser England geflüchtet!"

Er grinste. „Ganz recht. Wir sind hierher gekommen, weil es hier so anmutige Frauen gibt."

„Und warum verkauft ihr dann blonde Angelsächsinnen auf arabischen Märkten?" stellte ich ihn zur Rede. So hatte man es zumindest auf dem Markt in *Falsgrave* getratscht.

Er machte Halt, mit einer beschwichtigenden Geste. „Davon weiß ich nichts. Wenn wir Frauen zu Sklavinnen machen, dann nur die Dummen und Häßlichen, die gut genug sind, für uns zu arbeiten."

Darauf hätte ich einiges zu erwidern gehabt. Wehe den Dummen und Häßlichen, dachte ich jedoch nur, ohne auf dieser Angelegenheit weiter zu beharren. Zweifellos würde es noch so manches Weitere geben, über das wir im Laufe unseres Ehelebens Meinungsverschiedenheiten haben würden, doch schien es nicht klug, sich damit als Frischvermählte auseinanderzusetzen...

„Schau!" Er wies auf zwei bunte Schmetterlinge, die jetzt vor uns her flatterten. „Wie sie miteinander spielen!"

„Vielleicht haben auch sie ja gestern Vermählung gefeiert.", sprach ich bedeutungsvoll.

Ein ganzes Stück flatterten die beiden Schmetterlinge so fröhlich vor uns her – bis sie inmitten dichter Kornähren verschwanden. In dem Moment blieb Runolf wieder stehen, umfasste meine Hüften und zog mich mit einem sehr innigen Kuss zu sich heran. Als wir weiterschlenderten, behielt er den Arm um meine Schultern.

„Hat dir schon einmal ein Mann etwas bedeutet?"

fragte er unvermittelt.

Diese Frage hatte ich schon viel früher erwartet – die 'Geständnisfrage', die Männern ja so wichtig schien, wenn man den Erfahrungen anderer Ehefrauen lauschte.

„Und hast du schon einmal ein Mädchen so leidenschaftlich geküsst wie eben mich?", lautete umgehend meine Gegenfrage.

Darauf schwieg er erstmal; hatte ich ihn verlegen gemacht oder gar seinen Stolz verletzt?

„Ich hatte meine Stiefschwester gern.", antwortete er nach einigen Schritten. „Ich hätte sie zur Frau nehmen können. Ich versprach ihr, ein wohlhabender Mann zu werden und zu ihr zurückzukehren. Nun habe ich mein Versprechen gebrochen..."

In seiner Stimme schwang ein echter Selbstvorwurf. „Auch ich hatte einen sehr guten Jugendfreund, der vor Jahren fortzog und mir ein ähnliches Versprechen gab: Zurückzukehren und mich zur Frau zu nehmen, wenn er Ansehen erlangt hatte. Das ist nicht geschehen, und ich mache ihm daraus keinen Vorwurf. Wir waren doch beide so jung. Ich glaube, man sollte so jung keine solchen Versprechungen machen."

Er nickte und blieb abermals stehen. „Schau dich um."

In der Ferne sah ich den Mauerring von *Eoforwic*, die Siedlung der Händler sowie die von den Wikingern um die Stadt angelegten Erdschanzen. Wir hatten ein gutes Stück Strecke zurückgelegt. Vor uns lag eine kleine Mulde, umsäumt von dichten Weißdornbüschen und vereinzelten knorrigen Eichen.

„Wie gefällt dir dieser Platz?"

Ich blickte mich aufmerksam um, in der Erwartung, er wolle mir etwas Besonderes zeigen oder mich mit irgendetwas überraschen. Mir fiel jedoch nichts Außerordentliches auf – außer dass da vor uns einige frisch gefällte Baumstämme aufgeschichtet waren.

„Hier baue ich unser Haus!", strahlte er.

„Aber wir haben doch..."

„Ich will mein eigenes. Und da König Ivar bereits einiges Land um *Jorvik* ausgesondert hat, an Jarl Harald und andere verdiente Männer, hat der Jarl mir das hier zugestanden." Runolf ließ sich ins dichte Gras fallen. „Komm, lass dich bei mir nieder. Genau hier wird unser Haus stehen, sehr geräumig, mit Platz für viele Kinder!"

Mein frisch Angetrauter – ein unermüdlicher Pläneschmied. „Wirst du denn Zeit haben für den Hausbau?"

„Für dieses Jahr wird König Ivar nicht mehr auf Heerfahrt gehen. Wir überwintern in *Jorvik*. Jetzt ist Sommer, und wenn wir bald ans Werk gehen, ist unser Haus vor dem Winter fertig. Solange kann der Jarl uns beherbergen."

„Hast du genug Helfer zum Bauen?"

„Hast du all die Langhäuser gesehen, die wir hier rings um *Jorvik* bereits errichtet haben? Wir haben alle mit angefasst. Deshalb ist ein Haus auch schon fertig, sobald wir es in unserer Vorstellung gebaut haben."

Ich streichelte sein Haar, das ihn dicht wie eine Pferdemähne umgab. „Es ist so schön, dass erst einmal Frieden herrscht. Wenn es so bliebe..."

Er runzelte die Stirn. „Kaum wird das so bleiben, solange es noch etwas zu klären gibt zwischen uns und den Königen im Süden. Es wäre vernünftig von ihnen, uns ordentlich Danegeld zu zahlen; dann muss kein Blut vergossen werden, und das Geld können wir gut anlegen für unseren Hausbau..."

So, wie bereits der von *Mercias* König gezahlte Tribut für unser gutes Leben und unseren Hausbau nun angelegt wurde. Ein Gedanke, der mir doch einiges Unbehagen bereitete; ich hütete mich allerdings, mir davon etwas merken zu lassen.

„In *Northumbria* wird es friedlich bleiben, weil wir hier die neuen Herren sind.", fuhr er zufrieden fort. „Und das ist doch nicht so schlecht. Es werden bald viele neue Siedlungen gebaut. Wie du siehst, ist genug Platz für alle, Christen und unsereins..."

Es mochte sein. Die Besiedlung würde ein wenig dichter, die Wölfe weniger.

„Und immer mehr Wikingermänner werden Frauen aus *Northumbria* heiraten.", schmunzelte er. „Wir werden bald nichts Besonderes mehr sein, du und ich.

„Ihr seid ja auch schön und unwiderstehlich.", neckte ich, woraufhin er mich in die Seite kniff.

„Da liegt schon das erste Holz. Am liebsten würde ich sofort mit dem Bauen anfangen. Doch dieser Tag gehört nur uns beiden und unserem Glück..."

*

84

Eine Woche nach unserer Hochzeit verließen meine Eltern und mein Patenonkel Aethelfrid *Eoforwic* und uns; auf ihrem Rückweg nach *Falsgrave* schlossen sie sich einigen Händlern an, die denselben Weg zu machen hatten. So würde ihre Reise sicher verlaufen.

Ich war nun wirklich ganz allein in meiner neuen Welt. Mein frisch Angetrauter machte seine Verkündung wahr und stürzte sich mit solchem Eifer auf den Hausbau, dass ich von ihm nur in den Abendstunden etwas sah. Müde sank er dann auf die Bank und verlangte gutes Essen. Wenn ich ihm danach Rücken und Füße massierte, genoss er das wie ein schnurrender Kater Streicheleinheiten.

Er war ja nicht alleine rührig auf der Baustelle. Seine eifrigsten Helfer waren der Ire Aidan und der Sklave Thrym, der sicherlich für drei anpacken konnte. Sie dort besuchen und ihrer Arbeit beiwohnen, war mir untersagt und nur sonntags gestattet, wenn Runolf mich dorthin begleitete, um mir stolz zu zeigen, wie weit alles bereits gediehen war! Der Bau machte in der Tat beeindruckende Fortschritte.

Mir blieben genug Aufgaben. Etwas, woran ich mich freilich erst gewöhnen musste, war, dass ich nun von Bediensteten umgeben war – genauer gesagt: Von einem Dienstmädchen, das alle anstrengenden Hausarbeiten übernehmen sollte. Für mich, die daheim sämtliche Aufgaben mit meiner Mutter geteilt hatte – wie Spinnen, Weben, Nähen, Mehl mahlen und Kochen – eine neue Erfahrung. Die Sklavin Gaelle, die mit den (nach wikingischer Auffassung minderwertigen) Tätigkeiten wie Reinigung der Wohnräume oder Wäschewaschen betraut wurde, stammte aus dem Frankenreich. Genau wie der Riese Thrym war sie auf irgendeinem Sklavenmarkt in den Besitz der Wikinger gekommen. Abgesehen von anfänglichen Verständigungsschwierigkeiten kam ich mit ihr gut zurecht, und sie hatte bald einigermaßen Vertrauen zu mir gefasst. Es widerstrebte mir zutiefst, jemanden wie einen Sklaven zu behandeln und ihn damit in seiner Würde zu verletzen.

Gaelle begleitete mich gewöhnlich auf meinen Ausflügen ins nahe *Eoforwic*, wo wir ausgedehnte Erkundungszüge durch die Stadt unternahmen sowie vor allem ergiebige Einkaufsbummel auf dem prächtigen Markt – dort konnte man wirklich alles erstehen, was nicht nur das Herz begehrte, sondern im täglichen Leben auch benötigt wurde. Es war ein buntes Publikum aus Einheimischen und Nordleuten, und die Besucher drängten sich überall dicht um die Beschicker. An manchen Tagen traten sogar Gaukler und Musiker auf. Alles glich einem summenden Bienenkorb.

Wie sich herausstellte, kannte sich Gaelle auf dem Markt bereits recht gut aus; sie empfahl mir gewisse Seifen zur Körperpflege, die auf keinem Wikingermarkt fehlten, und woran sie natürlich selbst nicht wenig Interesse hatte; oder Kreide zur Zahnreinigung. Derlei Dinge hatten nie den Weg auf den kleinen Markt nach *Falsgrave* gefunden, und vor allem war ihr Preis nicht zu verachten! Hochwertige Seifen, Zahnkreide oder auch

Ohrenlöffel – derlei war sicher unerläßlich und erschwinglich für Gattinnen von Jarlen oder *aeldermen*. Allerdings hatte Runolf mir das Haushaltsgeld recht großzügig zugeteilt, so dass in meinem Beutel immer viele *shillings* klimperten. Dennoch – ich musste erstmal lernen, ein wenig verschwenderisch zu werden. Es galt, den Überblick zu behalten, damit es nicht an den wichtigen Dingen in unserem Haushalt fehlte, wie gutem Essen, damit der hungrige Bauherr nichts zu murren hatte...

Als Christin besuchte ich auch die Messe im altehrwürdigen *minster,* wo sich Jahrhunderte zuvor die northumbrischen Könige hatten taufen lassen. Da Gaelle ebenfalls Christin war, begleitete sie mich. Sonst kannte ich ja niemanden in *Eoforwics* christlicher Gemeinde – mit Ausnahme einer Familie, die Aethelfrid seit langem kannte und mir anempfohlen hatte. Sie waren redliche Leute, wie ich mich bei einem Besuch überzeugen konnte. Aethelfrid hatte mir versichert, ich könnte mich jederzeit ihrem Rat und ihrer Hilfe anvertrauen. Ich lebte in zwei Welten: Mit dem einen Fuß unter Heiden, mit dem anderen unter Christen. Da ich meine Eltern sowie Aethelfrid nur selten würde sehen können, lag mir recht viel daran, hier in *Eoforwic* Bande zu anderen Christen zu pflegen.

Einige Wochen später fand ich mich in guter Hoffnung. Wie gerne hätte ich zuerst meiner Mutter diese freudige Botschaft überbracht! Runolf, der werdende Vater, gebar sich so unbändig, dass er dies gleich zum Anlass nahm, ein kleines Fest zu feiern, rings um unser halbfertiges Haus! Er freute sich wie ein Kind über ein wundervolles Spielzeug – und alle wollte er an seinem Glück teilhaben lassen...

Zum Glück hatte er nicht so viele Gäste geladen wie zu unserer Vermählung. Ich hatte bald heraus, wen er zu seinen engsten Freunden zählte: Darunter den Iren Aidan, der ja auch Brautwerber für mich hatte spielen dürfen.

„Aidan ist mein Blutsbruder!", erklärte er mir. „Ein Blutsbruder ist weit mehr als nur ein guter Freund."

Mich interessierte natürlich, zu erfahren, wie er Aidan kennengelernt hatte. „Und was macht überhaupt ein Mann aus Irland unter euch Wikingern?"

„Unser König Ivar hat, bevor er mit seinem Heer hierher auf die Insel kam, seit vielen Jahren die Stadt *Dyflin* beherrscht, im Land der Iren.", führte Runolf aus. „Deshalb hat er auch irische Krieger in seinem Gefolge. Aidan ist übrigens ein sehr guter Kämpfer – und ein noch besserer Sackpfeifenspieler! Leider verträgt er keinen Met. Nur Ziegenmilch..."

Ich erinnerte mich, dass Aidan bei seinem Besuch bei uns auch Ziegenmilch getrunken hatte.

„Er kriegte darum auch den Namen Milchtrinker. Betrunken habe ich ihn wirklich nie gesehen, und es gab gewisse Leute unter uns, die ihn deswegen verachteten und als Schwächling ansahen. Die forderten ihn öfter heraus, bei Gelagen, wenn er sich nicht mit allen betrinken wollte. Einmal, als sie mit Würfeln spielten und Aidan immer wieder verlor, schütteten sie ihm Met über den Kopf und verspotteten ihn. Es gab heftigen Streit, bei dem Aidan einen Mann mit dem Schwert tötete. Einige forderten deswegen seinen Tod, doch es war ein gerechter Kampf gewesen, wie viele bezeugen konnten, die bei diesem Streit anwesend waren, darunter auch ich. Als Aidan sich später schlafen legte, schlich sich einer von deren, in deren Herz Gift wohnte, in der Nacht zu ihm hin, um ihn feige umzubringen. Das Schicksal wollte es, dass ich gerade wach geworden und aufgestanden war, um mein Bedürfnis zu erledigen. So war es nicht Aidan, sondern die feige Schlange, die durchbohrt am Boden lag..."

Das kalte Funkeln in Runolfs Augen offenbarte seine andere Seite: den gnadenlosen Krieger. Ich spürte, wie dieses vergangene Ereignis ihn noch immer aufwühlte.

„Seitdem sind Aidan und ich treue Brüder. Wir teilten mancherlei Gefahren."

„Aber seine Feinde... haben sie nicht versucht, sich an dir zu rächen?"

„Es waren die Leute eines gewissen Jarls, mit denen wir ohnehin nicht gut standen. Sie trennten sich wenig später von uns. Mögen es die Nornen verhüten, dass sich unsere Wege nochmals kreuzen..."

„Trinkt Aidan wirklich nur Ziegenmilch? Dann sollten wir uns eine Ziegenherde anschaffen."

„Er gibt sich auch mit Wasser oder dünnem Bier zufrieden – mit allem, was ihn nicht betrunken macht. Vielleicht hat er Sorge, nicht mehr gut Sackpfeife spielen zu können, wenn er berauscht ist." Runolf tippte mich an. „Ihr müßt beide vor mir spielen – du Lyra, Aidan seine Sackpfeife!"

„Zum Richtfest.", hielt ich ihn hin.

„Jetzt hat er ein Mädchen kennengelernt, aus *Jorviks* Händlerviertel. Ich glaube, sie stammt auch aus Irland. Ihren Namen wirst du dir gut merken können – sie heißt nämlich Lynne!"

„Dann freue ich mich, wenn er sie auch mir mal vorstellt."

„Vielleicht haben wir bald eine weitere Hochzeit.", fuhr Runolf gutgelaunt fort. „Aidan kann sein Haus gleich neben unseres bauen, damit seine und unsere Kinder miteinander spielen können."

Mein Gemahl liebte es, weit in die Zukunft hinaus zu schauen. Nun sollte erstmal unser Kind gesund zur Welt kommen. Mich beschäftigten viele Fragen. Ob Runolf es gewähren würde, dass ich unser Kind taufen ließ? Und sofern er es tat – ob man das Kind eines Heiden und einer Christin überhaupt taufen würde.?...

Das Jahr neigte sich zum Herbst, und ich verbrachte, wie auch daheim, viel Zeit damit, zu spinnen, zu weben und zu nähen, vor allem Wäsche für unser Kind. Da Gaelle mir die meisten Hausarbeiten abnahm, kam ich mit allem gut voran. Mein guter alter Webstuhl hatte zu meiner *morgen-gifu* gehört, zusammen mit der wertvollen Lyra, die mir dereinst von Patenonkel Aethelfrid geschenkt worden war.

Bei meinen regelmäßigen Besuchen in *Eoforwic*

hoffte ich immer wieder einmal, König Ivar dem Knochenlosen zu begegnen, um endlich das Geheimnis seiner 'Knochenlosigkeit' lösen zu können. Manchmal wagte ich mich sogar in die Nähe des Königshofs im Herzen der Stadt, doch flößten mir die grimmigen Gestalten schwer bewaffneter Wachen hinreichend Respekt ein. Im Vergleich zu ihnen, fand ich, wirkte mein Runolf wie eine äußerst zahme Ausgabe von Raubtier – doch erinnerte ich mich wieder an den Spruch unseres Priesters: „Selbst der zahmste Nordmann bleibt ein Wolf!"

„König Ivar kommen höchstens die Jarle nahe.", hatte mich Aidan bei einem seiner Besuche getröstet. „Nicht mal unser großer Runolf kam bisher in den Genuss, ihm den Saum zu küssen."

„Vielleicht kannst du mir ja was sagen über seine Knochenlosigkeit.", bat ich.

Er lachte auf. „Geschmacklos, nicht wahr? Nun, das ist eine lange Geschichte: Sie begann offenbar mit einem Fluch. Ivars Mutter, die Gemahlin des mächtigen Königs Ragnar Lodbrok, war eine große Seherin. Nach der Vermählung mahnte sie ihren Gemahl, mit ihrer Entjungferung drei Nächte zu warten, sonst würde einer ihrer Söhne mit einem … andersartigen Körper geboren."

„Hatte sie solches geträumt?"

„Geträumt oder gesehen – des Königs Leidenschaft mochte nicht drei Nächte aufgespart sein, und so traf Ivar der Fluch." Aidan seufzte. „So erzählt man es sich zumindest. Ich kann dir nur sagen, was ich von zuverlässiger Seite hörte:

91

nämlich dass Ivars sämtliche Gelenke außerordentlich biegsam sind, als hätte er einen Schlangenkörper. Ivars Körper mag anders beschaffen sein als der gewöhnlicher Menschen. Das hat seinem Ruhm jedoch nicht Abbruch getan, im Gegenteil: Ivar hat seinen Vater gerächt; er hat *Dyflin* und *Jorvik* erobert und wird für seine Klugheit ebenso gerühmt, wie er für seine Unbesiegbarkeit gefürchtet wird!"

Diese Ausführungen hätten unserem Priester in *Falsgrave* gar nicht gefallen; war er sich doch sicher gewesen, dass anstelle von Knochen Satan Ivars Körper zusammenhielt!

Im darauffolgenden Frühjahr brachte ich ein Mädchen zur Welt, in unserem neuen, aus Holz und Lehmflechtwerk errichteten Heim, das wir rechtzeitig hatten beziehen können.

An jenen Frühlingstag zurückdenkend, erlebte ich noch einmal das Gefühl vollkommenen Glücks, ein schönes, gesundes Kind in meinen Armen zu halten; ich sah das vor Anstrengung gerötete, schweißgetränkte Gesicht der Hebamme, Runolf mitten unter uns, sobald die Kleine mit Geschrei ihre Ankunft in unserer Welt verkündete. In der Nähe hatte er gelauert und gewiss ein Gebet nach dem anderen an Göttin Freya gesandt, dass alles gut verlaufen möge; wie er dann ans Bett trat, mich sehr zärtlich streichelte und das winzige Bündel „entführte", um es – natürlich zuerst – seinem Blutsbruder Aidan zu zeigen...

Wieder einmal ein Anlass, auf gut wikingisch zu feiern! Wir Frauen – Gaelle, die Hebamme und ich – hörten die Männer vor dem Haus johlen; eine Sackpfeife erklang, und man trank auf Mutter, Kind und Familienglück.

Meine Tochter erhielt den Namen Hilda. Lange Beratungen hatten Runolf und ich hinsichtlich der Namenswahl geführt, die schließlich zu einem einvernehmlichen Abkommen führten: Ein Mädchen durfte einen angelsächsischen Namen erhalten, ein Sohn hingegen einen wikingischen. Hilda war erstens der Name einer berühmten Äbtissin aus unserem *Northumbria*; zweitens war er, auch für meinen Gatten, gut auszusprechen.

Runolf hatte sich hinreichend über

angelsächsische Wörter ereifert – wie schrecklich allein *Eoforwic* klänge gegenüber *Jorvik,* oder Aethelbert gegenüber Olav; in seiner Sprache wäre alles kürzer und wohlklingender. Nun, so sicher war ich da nicht. Dachte man etwa an die Wunderwaffe seines Gottes Thor, *mjöllnir,* oder an den sagenhaften Baum *yggdrasil...*

Auch die Frage der Taufe war geklärt. Die kleine Hilda würde in *St. Peter* getauft, und mein Vater, der sich mit Mutter unverzüglich auf die Reise zu uns begeben hatte, sobald die Nachricht unseres Nachwuchses nach *Falsgrave* gelangt war – er würde ihr Taufpate.

Meine Eltern hatten viel zu bestaunen – nicht nur ihr Enkelkind, sondern auch unser Heim. Sie fühlten sich sogleich sehr wohl. Stolz führte sie Runolf durchs sowie ums Haus, und er versäumte nicht, auf die in Drachenköpfe auslaufenden Giebelbalken hinzuweisen, die er selbst geschnitzt hatte.

Mutter erzählte von *Falsgrave.* Voller Bedauern musste ich erfahren, dass Ulrica im vergangenen Winter gestorben war, nachdem sie einige Zeit krank darniedergelegen hatte. Myrcan blieb nach wie vor verschollen. Und Patenonkel Aethelfrid ließ herzliche Grüße ausrichten, mit den besten Wünschen. Das Leben in meiner alten Heimat ging seinen ruhigen Gang.

In ganz *Northumbria* herrschten nunmehr bereits das zweite Jahr beschauliche Zeiten. Nicht so im Süden der Insel, im Königreich *East Anglia,* das die Wikinger sich für dieses Jahr als Ziel ihrer

Kriegswut auserkoren hatten.

Vier Jahre zuvor war ihre Flotte an der Küste *East Anglias* gelandet, und König Edmund hatte sie seinerzeit mit Pferden sowie der Zahlung von Danegeld abgewimmelt. Weshalb sie ihm nun auf den Pelz rückten, schien mir nicht klar. Runolf, der als junger Familienvater vom diesjährigen Feldzug freigestellt worden war, dafür der hiesigen Besatzung zugeteilt, meinte, dass König Edmund gewisse Absprachen mit den Königen von *Wessex* getroffen hätte, zwecks eines Bündnisses. Nun hatte er die Heuschrecken im Land!

Und er hatte ihnen nichts entgegenzusetzen! König Edmund wurde nicht nur in der Schlacht besiegt, sondern fand in der Gewalt seiner Feinde einen furchtbaren Tod, der ihm einen Platz unter den großen Märtyrern Englands sichern sollte: Gefoltert und enthauptet war er worden, mit dem Namen Christi auf den Lippen!

„Warum so ein Hass, warum?", war es aus mir herausgebrochen. Ich fühlte selbst große Reue darüber, König Edmund einst 'Memme' geschmäht zu haben. Und froh war ich, dass mein Runolf an dieser Schreckenstat nicht beteiligt, sondern hier an meiner Seite war!

„Warum hat man König Edmund so schrecklich umgebracht?" Ich konnte mich einfach nicht beruhigen.

Mein Gemahl starrte gegen unsere Hauswand, die mit hübschen Webstücken geschmückt war. Was sollte er dazu sagen, da er bei alldem nicht zugegen gewesen war? Ihm wollte ich ja auch nichts vorwerfen...

Einige Zeit später sollte er mir erklären, weshalb König Edmund einen solchen Tod gestorben war: Gefangene besiegte Herrscher würden auf diese Weise dem Heidengott Odin geweiht, als eine Art Opfer. Meine Ansicht über derart grausige Wikingerrituale behielt ich lieber für mich; ich dachte auch daran, dass mein eigenes Volk in seiner heidnischen Zeit wahrscheinlich Ähnliches praktiziert hatte...

Von König Edmunds Martyrium lenkte Runolf das Gespräch auf etwas anderes: „Sind deine Eltern gut versorgt?"

„Ich nehme es an. Sie haben nichts von Schwierigkeiten erzählt."

„Wenn es mal anders sein sollte, dann können sie sicher sein, von mir Unterstützung zu erhalten. Ich bin ja nun ihr Sohn."

Ich nickte. Selbst falls sie in Schwierigkeiten geraten würden – Vater wäre viel zu stolz, um irgendetwas zu erbetteln. Nie würde er von seinem Schwiegersohn Geld annehmen, das vorher aus *Northumbria* oder *Mercia* herausgepresst worden war.

Manchmal überkam es mich in jenen Tagen, und ich weinte – freilich nur, wenn ich allein war. Ich weinte bei der Vorstellung von König Edmunds Schicksal, auch beim Gedenken an meinen Bruder, der in irgendeiner der vielen Gassen von *Eoforwic* im Kampfgetümmel niedergehauen worden war. Dann fragte ich mich auch, ob Runolf und mich nicht zu viel trennte, anstatt verband. Und ich betete: Lass meine kleine Hilda in eine bessere Zeit hineinwachsen, Gott!

Später schämte ich mich dann wieder meiner Zweifel. Was mich selbst betraf, hatte ich doch keinen Grund, mich zu grämen. Wenn Runolf nicht bei der Garnison beschäftigt war, verbrachten wir zusammen mit unserem Kind viel Zeit miteinander. Besuch bekamen wir oft von Aidan mitsamt seiner Gefährtin Lynne. Nach wie vor besorgte das Mädchen Gaelle unseren Haushalt, und mit ihrer Hilfe legte ich neben dem Haus ein Gärtchen an, so, wie ich es von daheim kannte.

Irgendwann bemerkte ich, dass Gaelle sich merkwürdig verhielt. Sie hatte die Angewohnheit, sich in irgendwelchen Winkeln des Hauses zu verstecken, selbst wenn ich sie einlud, mit mir und dem Kind im Garten zu verweilen.

„Was ist eigentlich mit dir?", stellte ich sie schließlich zur Rede. „Wieso gehst du nicht raus in die Sonne, so wie ich? Fühlst du dich nicht wohl?"

Gaelle hielt die Hand vor den Mund, um ein Kichern zu verbergen. Offenbar hatte sie Geheimnisse.

„Kommt dir irgendetwas hier merkwürdig vor? Willst du es mir nicht sagen? Du kannst mir doch vertrauen, das weißt du."

Wieder kicherte Gaelle. „Draußen lauert ein Ungeheuer."

Ich zuckte heftig zusammen. Ungeheuer – sofort schossen meine Gedanken zu Myrcan!

„Wo ist da draußen ein Ungeheuer? Zeig es mir sofort!", überwand ich meinen Schock.

„Im Kornfeld sitzt es – ganz riesig und unheimlich! Manchmal auch in der dicken Eiche..."

Ich forderte sie auf, mir unverzüglich ins Freie zu folgen – auf Ungeheuer-Jagd. Glaubte sie etwa an die Roggen-Muhme? Dahinten war nämlich ein Roggenfeld. Oder die Mittagsfrau? Ich wollte es endlich genau wissen.

Gleich darauf schien heraus, was oder wer sich hinter dem Ungeheuer verbarg: Nicht schnell genug konnte sich nämlich der Riese Thrym hinter dem knorrigen Stamm der ältesten Eiche verstecken.

„Thrym! Was schleichst du hier herum?", rief ich rüber. Sein kahles Haupt lugte halb hinter dem Baumstamm hervor. Zack, hatte er sich wieder unsichtbar gemacht! Neben mir gluckste und kicherte Gaelle wie ein kleines Mädchen. Allmählich stieg in mir eine Ahnung auf.

„Das ist ein harmloses Ungeheuer.", meinte ich achselzuckend, um mich dann wieder ins Haus zurückzuziehen. Durch den Türspalt beobachtete ich, wie es draußen weiterging: Nach einer ganzen Weile schoss Thrym plötzlich hinter der Eiche hervor und begann, Jagd auf Gaelle zu machen, die mit Geschrei zur Haustür eilte. Da ich aber – sehr gemein – die Tür zuhielt, rannte sie ums Haus. Thrym tobte hinterher. Die Jagd rings ums Haus dauerte einige Runden und setzte sich schließlich ins Roggenfeld fort. Dann war Ruhe, von beiden nichts mehr zu sehen.

Aus der Kammer vernahm ich jetzt das Geschrei der kleinen Hilda und begab mich erstmal zu meinem Kind, das aus dem Mittagsschlaf erwacht war. Ich hob es aus der Holzkrippe, die Runolf in seinem ungebremsten Eifer auch noch gezimmert hatte, in meine Arme. Höchste Zeit, die Kleine abzuhalten, wie ich feststellte...

Als die Sonne bereits tief im Westen stand, fand sich Gaelle wieder ein – brav und still, mit einem prächtigen Strauß Feldblumen in der Hand. Rotwangig drückte sie sich um die Kochstelle herum.

„Das ist aber ein liebes Ungeheuer, das Blumensträuße verschenkt.", schmunzelte ich.

„Ganz liebes Ungeheuer.", nickte Gaelle verschämt, während sie nach einem Behältnis für die Blumen stöberte. Ich freute mich für die beiden. Für sie als Sklaven der Wikinger hatte die Welt bisher doch nicht so sonnig ausgesehen...

Zwar war Thrym nicht Bestandteil meines Haushalts, doch ich erlaubte ihm, mit Gaelle zusammen zu sein, sobald sie ledig von Aufgaben war. Gaelle hatte ohnehin freie Stunden, meist nachmittags sowie auch sonntags erhalten – dann konnte sie sich Dingen widmen, die ihr Freude bereiteten. Thrym war dafür so dankbar, auf unserem Grundstück seine Liebesstreifzüge durchführen zu können, dass er auch mir mal einen großen Blumenstrauß mitbrachte.

„Aus welchem Land kommst du, Thrym?", fragte ich ihn.

Er deutete in Richtung Osten und sagte ein mir unverständliches Wort. „Nach *Dyflin* gebracht auf Markt. Aidan kaufen Thrym."

Ich verstand. In Dublin, das wusste ich von

Aidan, unterhielten die Wikinger einen riesigen Sklavenmarkt.

„Mag Thrym Gaelle?", zwinkerte ich.

Er grinste breit, und ich roch Knoblauch. „Thrym mag Gaelle. Du gut. Thrym mag auch dich."

Runolf hätte dieser Unterhaltung gewiss nicht viel abgewonnen. Dabei hatten gerade Thryms Bärenkräfte sehr dazu beigetragen, dass unser schönes Haus rasch beziehbar war. Immerhin war er so großzügig, Gaelles und Thryms Liebesbeziehung zu dulden.

Einmal spottete er: „Das Walross und die Robbe!"

Ich kannte ihn mittlerweile gut genug. Hinter seiner Grobheit verbarg sich eine gutmütige Natur. Er würde es noch lernen, Menschen und Dinge von einer anderen Seite zu betrachten – man musste nur Geduld haben.

Irgendwann stichelte er: „Lehrt euer Christus auch: Liebet eure Sklaven?"

„Für Christus darf kein Mensch Sklave sein.", erklärte ich so vorsichtig wie möglich. „Jeder Mensch bedeutet Christus gleich viel."

„Hm", furchte er die Stirn. „Warum gibt es dann bei euch Christen so viele Sklaven?"

Diese Frage war allerdings berechtigt. „Viele Christen – ja, auch in meinem Volk – leben nicht nach Christi Lehre. Das ist bedauerlich."

„Aber ein Leben ganz ohne Sklaven? Es wäre viel weniger bequem.", sinnierte er, behaglich auf unserer Bank ausgestreckt. „Und wozu wären die *Thraells* sonst gut?"

„Nun – dafür könnte man doch Bedienstete

nehmen. Sie arbeiten all das, was wir nicht schaffen, erhalten aber wenigstens Lohn."

Er schnaubte. „Dann müssen wir aber sparsamer leben, mein gutes Eheweib! Nicht mehr so viel Geld ausgeben auf *Jorviks* großem Markt..."

„Ich bin schon sparsam, mein Lieber. Im Übrigen wird uns auch unser Garten einiges einsparen. Wir brauchen also nicht mehr so viel Danegeld..."

Er zwickte mich ins Ohrläppchen. „Du bist wirklich sparsam! Ich bin froh, nicht mit der Frau von Jarl Harald verheiratet zu sein! Für ihre Schönheitspflege verbraucht sie mehr, als wir je im Jahr erbeuten..."

Da mochte etwas dran sein – auch wenn er wieder mal übertrieb.

„Diese Frau ist nicht gut für Jarl Harald.", fuhr er verdrießlich fort. „Sie kostet zu viel: Zähne färben, Haare färben, immer neue Kleider, immer Ansprüche!"

Ich schmunzelte. „Der Jarl hat sie sich ja nun ausgesucht."

„Er hat nur gesehen, was sie vorne hat: Dicke Euter!", grummelte mein lieber Gemahl.

Ich legte den Kopf schief. „Auf solche dicken Euter legen doch aber die meisten Männer Wert, nicht wahr?"

Darauf blieb er mir eine Antwort schuldig, der Gute. Wie auch immer – der Jarl schien ihm so viel zu bedeuten wie ein eigener Vater.

Als unsere kleine Tochter ihre ersten Schritte machte und ihre Neugier jeden Winkel auf unserem Grundstück zu erkunden begann, ereignete sich das, was ich seit langem bang erwartete: An Runolf erging die Aufforderung, sich zusammen mit seinem Jarl dem Heer anzuschließen – ein neuer Feldzug war geplant: gegen *Wessex*, jenes Königreich, das bislang dem Eroberungsdrang der Wikinger am hartnäckigsten widerstanden hatte.

König Ivar der Knochenlose selbst war überraschend nach Dublin zurückgekehrt, wo während seiner Abwesenheit ein Verwandter regiert hatte. Den Oberbefehl hier in *Northumbria* hatte er seinem Bruder Halfdan übertragen – einem laut Runolf nicht minder fähigen Kriegsherrn.

„Sie haben alle Ragnar Lodbroks kühnes Blut!", hatte mein Gatte geschwärmt. „So fürchte ich, *Wessex* kommt nicht billiger davon als *Mercia* oder *East Anglia*..."

Ich unterließ es, zu diesen Dingen meine Meinung zu sagen. So oder so hatte Runolf dem Ruf des Königs zu folgen, und mir war nichts wichtiger, als dass er wohlbehalten heimkehrte. Andererseits wünschte ich dem Königreich *Wessex* nicht jene Verheerungen, die seine Nachbarn hatten erleben müssen. König Ethelred von *Wessex* besaß den Ruf eines umsichtigen Herrschers. Es blieb also zu hoffen, dass er ähnlich wie *Mercia* zu einer einvernehmlichen Einigung mit den Wikingern kam – und so womöglich jenem abscheulichen Opferritual entging, das den König von *East Anglia* ereilt hatte!

„*Wessex* ist zäh – da ist jeder tüchtige Krieger unentbehrlich!", hatte mein Gemahl vollmundig erklärt. Der Wolf in ihm schien wieder erwacht, nachdem er lange vor sich hingeschlummert hatte.

Er berührte mich zärtlich. „Abends im Feldlager werden meine Gedanken bei euch sein – bei Hilda und dir. Übe du eifrig mit ihr laufen und viele Worte sprechen. Aber bringe ihr nicht *Eoforwic* bei, sondern *Jorvik!*", gebot er lachend.

Jetzt musste auch ich lachen, da er bei dem Wort *Eoforwic* wieder einmal über seine eigene Zunge stolperte.

Als er dann vor unserem Haus Abschied nahm, sah ich ihn erstmals in vollem Kriegsschmuck: In einer Lederbrünne, den Helm mit Nasenschutz auf dem Haupt, das Langschwert umgegürtet, einen dunkelgrünen Wollmantel um die Schultern. Am Sattel seines Rosses hing die gefürchtetste Wikingerwaffe: Die langstielige Streitaxt.

„Auch der zahmste Wikinger bleibt ein Wolf!" Immer wieder musste ich an diesen Ausspruch unseres Priesters in *Falsgrave* denken. Welch prächtiges Bild bot Runolf – würde er nur nicht gegen unsere Nachbarn rücken...

Schweigend standen wir noch eine Weile ineinander vertieft. Natürlich wusste er um meinen Zwiespalt, so sehr ich dies vor ihm zu verbergen suchte.

„Aidan zieht an meiner Seite. Aber wir lassen euch nicht ohne männlichen Schutz. Thrym soll während unserer Abwesenheit bei euch wohnen – das wird ihm nicht schwerfallen, doch wehe, er vernachlässigt seine Pflicht!"

„Ganz gewiss tut er das nicht!", entgegnete ich rasch, noch ziemlich überrascht.

Mit großen Augen schaute die kleine Hilda derweil zu ihrem furchterregend eisenstarrenden Vater auf. Noch einmal hob er sie in seine Arme, drehte sich fröhlich lachend mit ihr im Kreise. Lange und innig drückte er dann mich an sich. Als er sein Ross bestieg, spiegelten sich Sonnenstrahlen auf seinem Helm.

Er trabte davon, um bald wieder Teil jenes schrecklichen Heeres zu sein, dass nunmehr seit fünf Jahren England schlimm heimsuchte...

Noch am selben Tag stellte sich der Hüne Thrym mit einem Fellsack voller Gepäck ein. Natürlich bekam er in unserem Haus einen schönen Platz für sich zugewiesen, und Gaelle war der glücklichste Mensch auf der Welt!

Wir zwei Frauen waren in der Tat froh darüber, dass ein männliches Wesen uns Gesellschaft leistete. Da Runolf das Haus so in die Landschaft hineingebaut hatte, ein Stück weit abseits anderer Wohnquartiere, herrschte in mondlosen Nächten absolute Finsternis und Stille um uns rum, abgesehen von den Lauten, die allerlei Tiere abgaben: Käuze, Raben oder Wildschweine, die sich, von nahen Waldstücken kommend, schon mal zu uns verirrten und dann alles umgruben. Auch Dachse und Füchse statteten uns Besuche ab, angelockt von unserer Abfallgrube, die sie emsig durchwühlten, und wo sie immer etwas Schmackhaftes auftrieben. Vierbeinige Wikinger...

Thrym hatte sich angeboten, nachts Wache zu halten, um ungebetene Gäste zu verscheuchen, aber ich hatte eine bessere Idee: In unserem Haushalt fehlte ein Hund!

„Hund gut!", zeigte sich Thrym begeistert. „Ich gehe holen!"

Und schon stapfte er ab, offenbar mit einer klaren Vorstellung, woher er einen Hund beschaffen könnte. Tatsächlich schleppte er noch am selben Tag an einem Strick um den Hals einen struppigen Gesellen an. Das Tier wedelte uns schüchtern an und leckte mir die Hand, als ich es vorsichtig streichelte. Die grauen Haare um seinen Fang verrieten, dass er bereits einige Jährchen Hundeleben hinter sich hatte...

„Auf *Jorviks* Straßen überall Hunde. Fressen Abfall und pinkeln in Gosse. Der ein bisschen gut.", erklärte Thrym überzeugt. „Beißt nicht wie andere."

In der Stadt liefen wahrhaftig Mengen von herrenlosen Hunden rum, immer auf der Suche nach Fressbarem und einem Ruheplätzchen. Unser neuer Gefährte hatte gewiss so manchen Floh; dennoch fassten wir sogleich Zuneigung zu ihm und hießen ihn willkommen.

„Welchen Namen geben wir ihm?", fragte ich in die Runde. „Habt ihr Vorschläge?"

Thrym grinste. „Jorvik!"

Da begann Gaelle zu kichern. „Warum nicht?", zuckte ich die Achseln. Dann bekam Jorvik erstmal eine gute Portion zu fressen. Seinen Schlafplatz erhielt er im Ställchen, neben unserem zweirädrigen Karren, und er lebte sich rasch bei uns ein. Bald begannen allzu dreiste Nachtbesucher unser Grundstück zu meiden. Nicht, dass Jorvik eine sehr schöne Hundestimme hatte – aber sie war nachdrücklich genug für seinen Dienst.

Zum Frühjahr und Sommer hin waren wir Drei damit beschäftigt, unseren Garten zu vergrößern; außerdem legten wir einen Hühnerhof an, in den bald gackerndes Federvieh einziehen konnte. Thrym pflanzte mehrere Apfelbäume, und er stellte auf der Seite, wo keine Weißdornhecken unser Grundstück begrenzten, die Umfriedung aus Flechtwerk fertig, die Runolf bereits begonnen hatte. Unser Hof mauserte sich.

Wenn Thrym und Gaelle verliebte Spaziergänge in der Feldmark unternahmen und ich von keiner Tätigkeit abgelenkt war, geriet ich ins Grübeln. Die hier anlangenden Nachrichten aus dem Süden waren verworren. Mal wurde von einem glänzenden Sieg der Wikinger, mal von einer schlimmen Niederlage gesprochen. Die Kampfhandlungen schleppten sich hin. *Wessex* gedachte sich in der Tat nicht so leicht zu beugen wie *Mercia* oder *East Anglia*. Endlich langte die Meldung vom Waffenstillstand an. Erbittert, aber unentschieden war gekämpft worden. Insgesamt neun Feldschlachten waren geschlagen worden. Man durfte gar nicht daran denken, wie es nach diesem Treiben im armen *Wessex* aussehen mochte...

Meine inständigen Gebete wurden erhört. Runolf und auch Aidan kehrten wohlbehalten wieder. Mein Gemahl war im Gesicht so zugewachsen dass sich unsere kleine Tochter zunächst erschreckt hinter mir versteckte, bevor sie ihren Vater erkannte und sich von ihm in die Arme heben ließ.

Sein erster Weg danach war in den Badezuber, um Staub und Schweiß runterzuschrubben. Bevor er in frische Kleider schlüpfte, nahm ich seine glücklicherweise nur leichteren Verletzungen in Augenschein und behandelte sie mit Salben und Ölen.

Er blinzelte mich an. „Hier wurde fleißig gearbeitet, wie ich sehe."

„Ohne Thrym hätten wir all das nicht geschafft! Was sagst du zu unserem Hofhund?"

„Hat er schon ein paar Füchse gestellt? Ich werde mir anschauen, ob er als Jagdhund taugt!"

Seine anfänglich heitere Stimmung entpuppte sich nur als dünne Schicht. Als wir am Abend auf unser frisch bereitetes Ehelager stiegen und uns zärtlich aneinanderschmiegten, schaute er ernst zur Decke hin.

„Wir hatten hohe Verluste. Jarl Harald ist gefallen."

Sein bewunderter Gefolgsherr gefallen! Für ihn schien es offenkundig so schlimm, wie seinen eigenen Vater verloren zu haben!

„Es sind viele Jarle gefallen, außer Harald! Sie fielen alle als tapfere Krieger, mit dem Gesicht zum Gegner!", fuhr er mit schweren Atemzügen fort. „Ohnehin wären sie nie auf der Streu ihres Lagers gestorben und können nun in Valhalla unter den ehedem tapfersten Kämpfern Platz nehmen!"

Mit solchen Reden tröstete er sich nur scheinbar

über Geschehenes hinweg. Zärtlich versuchte ich seine düsteren Gedanken zu verscheuchen. Trotz so langer Trennung hatten wir in dieser Nacht keinen Beischlaf. So sehr ich mich danach sehnte – ich drängte ihn nicht. Er musste, so schien es, erst einmal zurückfinden ins friedliche Leben...

Der Wunsch nach Vergeltung schwebte düster über unserem Familienglück. Ich war sicher: Wenn Runolf im kommenden Frühjahr das Streitross bestieg, würde er als Rächer ausziehen – als Rächer seines verehrten Gefolgsherrn...

Gelegentlich sprach er von Jarl Harald, und ich begriff, welche Bedeutung sein Vorbild für Runolf gehabt hatte. Sehr jung noch war er in dessen Gefolgschaft getreten und unter ihm zu einem verwegenen Kämpfer gereift. Ungezählte Gefahren hatte er mit jenem durchgestanden – ob nun auf rauer See, bei der Überfahrt an die Küsten Englands, oder bei ihren zahllosen Raubzügen, die sie zu verschworenen Kampfgefährten geschmiedet hatten. Der Jarl war für ihn gewissermaßen das gewesen, was Patenonkel Aethelfrid für mich war – Letzterer allerdings ein Vorbild für Friedfertigkeit und Milde. Wie Runolf von Jarl Harald ein kostbares (von Myrcan so abscheulich entweihtes) Schwert erhalten hatte, so hatte ich von Aethelfrid die kostbare Lyra erhalten, die mir ähnlich viel bedeutete, wie einem Wikinger sein Langschwert!

„Jarl Harald kämpfte immer an der Spitze der Tapfersten. Wäre ich nicht gerade selbst im Zweikampf verwickelt gewesen, dann hätte mein Schild den tödlichen Schwerthieb abgefangen!" Nach wie vor schien Runolf den schicksalhaften Moment zu erleben.

Solch fürchterliches Schlachtgetümmel mochte ich mir gar nicht vorstellen. Andererseits wollte ich Runolfs Empfindungen verstehen können. Es lag ihm viel daran. Ich selbst hatte ja von Jarl Harald kaum etwas gewusst und ihn nicht sehr oft gesehen. Am eindrücklichsten war mir in Erinnerung, wie er auf unserer Hochzeit aufgetreten war – voll unnahbarer Würde, ähnlich unseren *aeldermen,* die sich so ohne Weiteres auch nicht zum Volk herabließen. Immerhin hatte aber Jarl Harald die Vermählung seines Gefolgsmanns mit meinesgleichen erlaubt. Für ihn war ich also seines tüchtigsten Kämpfers würdig...

„Was wird nun aus Jarl Haralds Frau?", begehrte ich zu wissen.

„Sie wird zu ihrem ältesten Sohn ziehen, der auf den Orkneys ein Hofgut hat – so hörte ich es zumindest." Runolf räusperte sich. „Ich sprach einmal respektlos über sie und tat nicht gut damit. Inga ist eine mutige Frau, die Jarl Harald auf vielen Feldzügen begleitete, trotz aller Entbehrungen. Sie verschmähte es, daheim auf ihn zu warten. Da nahm sie sogar das Leben im Heerlager auf sich."

„Hättest du gerne, dass auch ich das tue?"

„So gern ich dich immer nah bei mir hätte – das würde ich nie verlangen. Inga ist eine Wikingerfrau, daran gewöhnt, unter rauen Wikingerkriegern zu leben..."

Ein Anflug von Eifersucht kam in mir auf. Die robuste Inga hatte natürlich zwei gesunde Füße, und sie war so stolz, wie man sich eine Wikingerfrau vorstellen mochte.

„In jedem unserer Winterlager hat Inga an der Seite von Jarl Harald ausgeharrt und ihn bei guter Laune gehalten.", schilderte Runolf weiter. „Viele beneideten ihn darum; andere bedauerten ihn, weil die Beischläferinnen nicht ganz so frei kommen und gehen konnten wie bei den meisten, denn ein bisschen brav musste er ja sein an seines Eheweibes Busen. Sie hat seine Kleidung geflickt und warme Umhänge für ihn genäht; ihre Dienerin hat gekocht. Der Jarl hatte es wie daheim..."

„Aber mitgekämpft hat Inga doch nicht..."

„Vielleicht hätten wir dann besser dagestanden gegen *Wessex*!" Er ergab sich einem kurzen Ausbruch von Heiterkeit. „Wie ich dir schon mal sagte, verprügeln Wikingerfrauen ihre Männer lieber daheim!"

„Ich würde im Lager Lyra für dich spielen und dazu singen."

„Das wäre wunderbar – aber ich könnte es nicht genießen! Ein großes Heerlager ist wie ein brodelnder Kessel! Da werden unanständige Lieder gesungen, da gibt es häufig Gelage und Geraufe. Inga hat das alles für Jarl Harald ertragen. Nun ist sie Witwe – und ich bin wieder ein Waisenkind..."

Es klang sehr rührend. „Du hast immer noch deinen Blutsbruder Aidan.", versuchte ich zu trösten. „Und vielleicht wirst du dich ja einem anderen tapferen Jarl anschließen."

Unsere kleine Tochter war mir eine große Hilfe dabei, Runolfs Gedanken aufzuhellen und abzulenken von den zweifellos blutrünstigen Bildern in seiner Erinnerung. Er war wieder ein überaus zärtlicher Vater und Ehemann – allerdings ohne die Unbeschwertheit, die er in der Anfangszeit unserer Ehe an den Tag gelegt hatte.

Als aber die Nachricht vom Tod König Ethelreds

von *Wessex* zu uns drang, war Runolf wieder auf dem Sprung wie ein Raubtier, und nicht nur er: Man wetzte das Eisen; bald erklangen wieder die Kriegshörner. Die Stunde der Vergeltung war gekommen, um, wie mein Gemahl es ausdrückte, *„die Nahrung des Wolfes mit dem Schwert zu vermehren!"* Befand er sich innerlich bereits wieder auf dem Schlachtfeld?

Abermals ein inniger Abschied, ein trauriges Winken meiner kleinen Tochter, als er in vollen Waffen davonritt. Nicht lange, nachdem er fort war, stellte ich fest, dass ich wieder schwanger war. Wohl dem Vertrauen, das ein neues Leben in solche Zeiten geleitete...

Es stimmte mich heiter, dass Gaelle und Thrym ein festes Paar geworden waren und Leben in meinen Haushalt brachten. Unzertrennlich waren auch Hund Jorvik und die kleine Hilda. Nachsichtig duldete er es, wenn sie frech an seinem Schwanz zog oder auf ihm herumturnte. Doch wehe, er rannte sie um – da flossen schon mal die Tränen...

Nach wie vor besuchte ich die Messe im *minster* von *Eoforwic.* Einmal, nach Ausklang des Gottesdienstes, als alles nach draußen strömte, da bekam ich im Gedränge ein Getuschel mit:

„Northumbria wird bald wieder frei sein, so Gott mit uns ist... König Alfred wird die Heiden in seinem Reich zertrümmern, wir hier ihre Überreste..."

Momentan beunruhigte mich das Gehörte. Da mir der Zusammenhang aber nicht ganz klar war, brachte ich all dies mit dem neuen König von

Wessex, Alfred, dem Bruder seines verstorbenen Vorgängers Ethelred, in Verbindung. König Alfred war in der Tat der neue Hoffnungsträger in ganz England. Als Unterbefehlshaber hatte er bereits mehrere Treffen mit den Wikingern bestanden, alle siegreich oder zumindest unentschieden. Auch in diesem Jahr hatte er sich bislang auf dem Feld behauptet. In der Tat raunte man: „König Alfred wird ganz England von dieser Heimsuchung befreien! Er wird die Barbaren in ihre Tierhöhlen zurückscheuchen – diese Wilden, die den 'Blutadler' auf König Aella und König Edmund zeichneten..."

Was man sich unter dem 'Blutadler' vorzustellen hatte, sollte mir erst später enthüllt werden. Er war Teil des grausigen Wikingerrituals, besiegte Könige ihren Göttern zu opfern, was Runolf mir dereinst erläutert hatte; wohlweislich ohne den 'Blutadler' zu erwähnen! Welch gräßliche Folter sich dahinter verbarg, erfuhr ich letztendlich durch andere Christen in eben unserer Gemeinde: Das Öffnen des Rückens und Herausbrechen der Rippen des Opfers!

Und solches hatte auch König Aella ereilt!

König Alfred m u s s t e die Wikinger bezwingen, wenn er nicht selbst auf ihrem blutigen Altar entbeint werden wollte...

Es war ein verhangener Herbsttag, der eigentlich ganz ruhig begonnen hatte; für einige Besorgungen war Thrym in die Stadt geschickt worden; allerdings kehrte er verfrüht und in größter Eile aus *Eoforwic* zurück – mit Aidans Gefährtin Lynne im Gefolge!

„In *Eoforwic* ist ein Aufstand ausgebrochen!" stieß Lynne atemlos hervor. „Sie haben Erzbischof Wulfhere verjagt und König Egbert auch! Alles erhebt sich!"

„Überall Kampf!", ergänzte Thrym erregt.

Mein Herzschlag schien für einen Moment auszusetzen; ich vermochte keinen klaren Gedanken zu fassen. Da aber kamen mir die Gesprächsfetzen, die ich nach der Andacht im *minster* aufgeschnappt hatte, wieder zu Bewusstsein!

„Ihr könnt hier auf keinen Fall bleiben!", drang Lynne aufgeregt auf uns ein. „Sie zerstören alles, was den Heiden gehört! Ihre Wut ist maßlos!"

Mein Volk erhob sich – und ich konnte darüber nicht jubeln! Nichts hatte ich insgeheim mehr gefürchtet als diesen Augenblick – und dann vergessen, dass solches einmal geschehen könnte...

Lynne zog mich ungeduldig am Ärmel. „Packt das Notwendigste zusammen! Ihr könnt bei uns unterkommen!"

„Aber..." Noch immer nicht handlungsfähig ließ ich meinen Blick umherschweifen. All das, was wir mit so viel Mühe und Liebe geschaffen hatten, einfach zurücklassen? „Du bist doch selbst jetzt in Gefahr, Lynne, du als Aidans Gefährtin!"

„Das Händlerviertel wird man in Ruhe lassen.“ erklärte sie ungerührt. „Mein Vater ist hier seit langem ansässig. Bitte, Gwen! Ihr dürft nicht länger säumen!“

Plötzlich spürte ich einen Schwindel im Kopf; gerade noch rechtzeitig stützte mich die umsichtige Gaelle. Auf wackligen Knien steuerte ich zu unserem Abort, wo ich mich übergab und dann zusammensank, so elend fühlte ich mich.

Als Gaelle mich zurückgeleitete, hatte sich Lynne bereits daran gemacht, einige wichtige Gebrauchsgegenstände zusammenzusuchen. Gaelle übernahm das Zusammenpacken von Kleidung, Wäsche und warmen Decken, während ich schwer atmend auf unserer Bank wieder zu Kräften zu kommen hoffte. Mein Blick suchte Hilda – still drückte sie sich nahe der Feuerstelle herum; die plötzliche Aufregung war ihr sicher unheimlich, und mitten in alldem ihre Mutter so schwach...

Gaelle beugte sich zu ihr. „Wir fahren in die Stadt, Liebes. Jetzt gleich, und du kommst mit!“

„Denk an Hilda und dein ungeborenes Kind!“, bestürmte mich Lynne von neuem. „Ein Haus kann man wieder aufbauen!“

Mein Blick streifte das Holzkreuz, das ich neben dem Hauseingang an die Wand gehängt hatte; unsicher bewegte ich mich darauf zu, um es abzunehmen. Meine Finger krampften sich um das glatte Holz, während die andere Hand sich schwer auf die Krücke stützte.

Gaelle hatte derweil, was ihr am Unentbehrlichsten schien, in einen großen

Leinensack zusammengestopft. Nun schaute sie sich um. „Den guten Schinken werden wir auch nicht hier lassen, und das frisch gebackene Brot. - Thrym? Wo steckt er?"

„Schon draußen." Lynne machte aufgeregte Gesten. „Nimmst du die Kleine, Gaelle? Gib mir das Gepäck! Den Hausschlüssel?"

Ich nahm den schweren Schlüssel in meine zitternden Hände. Als wir alle draußen waren, schloss ich die Tür. Meine Augen glitten zu den mit Drachenköpfen verzierten Giebelbalken über mir. Das Zeichen der Wikinger, weithin sichtbar! Von Runolf so kunstvoll geschnitzt. Tränen überfluteten mein Gesicht, während ich den Schlüssel in meinem Beutel verstaute. Da war noch das Kreuz, das ich zusammen mit der Krücke umkrallte...

In einer Eingebung hängte ich das Kreuz um den Griff der Haustür. Vielleicht würde dies Schlimmes fernhalten von unserem Heim?

Lynne zog mich mit sich, während Thrym und Gaelle mit Hilda an ihrer Hand schon durchs Holztor waren. „Draußen wartet mein Bruder mit einem kleinen Wagen."

In dem mit zwei robusten Eseln bespannten Gefährt fanden wir alle knapp Platz, da Thrym, mit dem hechelnden Jorvik auf dem Schoß, für zwei zählte! Hilda, die fast zwischen uns verschwand, schaute besorgt von einem zum anderen.

Ich musste dagegen ankämpfen, noch einmal zu erbrechen, als ich einen letzten Blick zurück auf unser Grundstück warf.

„Thrym noch Hühner gefüttert.", versuchte der

Riese ein Grinsen. „Fressen für einige Tage da."

„Danke, Thrym.", erwiderte ich matt.

„Wir müssen einen Umweg nehmen.", meldete Lynnes Bruder über die Schulter. „Leider über holprige Wege, aber es ist sicherer. Die Hauptwege sind voller aufgewiegeltem Volk. Ich hoffe, dass wir von der anderen Seite zum Händlerviertel gut durchkommen..."

Nach wie vor rang ich mit der Übelkeit, die mich so hilflos machte in einer derartig bedrohlichen Lage. Gaelle drückte meine Hand. Ohne all diese Menschen um mich herum hätte ich mich wahrer Verzweiflung ergeben! An einem für mein Volk so bedeutsamen Tag...

Der Widerstand hatte sich in den nördlichen Gegenden *Northumbrias* zusammengeballt. Unbemerkt wie ein Schwelbrand. *Ealdermen* und die Überreste unserer Königsfamilie hatten ihn gelenkt. Die lange Abwesenheit der wikingischen Hauptstreitmacht, ihr zähes Ringen mit König Alfred war ausgenutzt worden. Man hatte Erzbischof Wulfhere den wohlwollenden Umgang mit dem Feind so wenig verziehen, dass sogar er vor dem Zorn der Aufständischen ins benachbarte *Mercia* fliehen musste, ebenso wie Ivars 'Schoßhündchen' König Egbert.

Eoforwic gehörte wieder dem Volk von *Northumbria!*

Ich hingegen musste mich versteckt halten wie das Kaninchen in seinem Bau. Man war in großer Wut, forderte berechtigtermaßen Rache für den Tod unserer Könige Osbert und Aella. Jedes Barbaren-Liebchen, selbst eine schwangere gehbehinderte Frau, lief Gefahr, dass man ihr das Haupthaar abschnitt und sie nackt durch die Straßen peitschte!

Derartige Aussichten setzten meinem ohnehin schon angeschlagenen Zustand zu. Wie frei von Misslichkeiten war meine erste Schwangerschaft verlaufen – in welch widrige Umstände würde nun mein zweites Kind geboren! So, wie die Verhältnisse lagen, würde es unter dem beengten Dach von Lynnes Vater zur Welt kommen.

In London hatte nämlich das große Heer sein Winterquartier aufgeschlagen, also in nächster Nachbarschaft zu *Wessex* – um dann, sobald der

Winter wich, einen neuen Vorstoß zu führen. Über den Winter hatte *Northumbria* also kaum Angriffe auf seine wiedererlangte Freiheit zu fürchten.

Das erste Christfest ohne Runolf an meiner Seite. Wenn wir Weihnachten feierten, begingen die Wikinger ihr Yule- oder Mittwinterfest, zwölf Tage lang. Für mich als Christin war es ziemlich befremdlich, dass Runolf sich in einen übermütigen Gaukler verwandelte, mit Tiermasken vor dem Gesicht herumhüpfte und „yule, yule" rief. Wie er mir veranschaulicht hatte, sollte das die Freude darüber zum Ausdruck bringen, dass nun die Tage wieder länger wurden, die Sonne „neu geboren" war! Meine besinnliche Weihnachtsstimmung hatte da einen schweren Stand und dauerte kaum länger als die Christmesse.

„Aber ihr feiert doch die Geburt eures Erlösers!", hatte Runolf mir vorgehalten. „Das müßte doch ein Anlass sein zu großer Fröhlichkeit!"

Was blieb mir übrig, als mich von der Narretei anstecken zu lassen – außer zur Bewirtung meiner Ahnen sowie zum hemmungslosen Yultrinken...

Im Winterquartier ging es sicher ähnlich ausgelassen zu. Armes London, wenn tausende raue Kehlen „Yule, Yule" brüllten und dazu mit Schwertern auf ihre Schilder rasselten! Da flossen doch Met und Bier in Strömen, und jedermann (zweifellos auch gewisse brave Ehegatten) frönte der Kurzweil mit einer leichtlebigen Maid im Arm. Wo auch immer die Wikinger bisher Winterlager gehalten hatten, dort sah es nach ihrem Abzug aus wie eine von Schafen kahlgefressene Weide – so wurde jedenfalls berichtet.

Sicher konnte auch König Alfred von *Wessex* das diesjährige Weihnachtsfest nicht genießen, mit den Wölfen sozusagen auf seiner Türschwelle....

Noch war draußen die Witterung mild; der eine oder andere Wintersturm war schon durchgezogen. Die Ernte unseres Gärtchens hatten wir vor unserer Flucht ja noch eingebracht und ein Gutteil an Wintervorräten angelegt – leider nur für die Ratten und sonstige Nagetiere!

In den ersten Tagen unseres Exils im Händlerviertel hatten wir auf einmal Thrym vermisst!

„Er ist die Hühner füttern gegangen.", gestand Gaelle verlegen. „Das Futter hatte ja nur für wenige Tage gereicht."

Guter Thrym – welcher Gefahr setzte er sich da aus, wegen unserer Hühner!

Alle atmeten wir auf, als er abends wieder auftauchte, mit einem Beutel voll leckerer Sachen aus unserem Vorratshaus. Er strahlte.

„Haus noch gut. Kreuz an Tür."

Ich sank in Lynnes Arme; die Tränen ließen sich nicht mehr halten.

Noch stand also das Haus. Doch für wie lange? Irgendwann würden Plünderer den Weg dahin finden.

„Es steht ein wenig abseits und ist von den Hauptwegen nicht gut einsehbar.", meinte Lynne aufmunternd. „Wenn man nicht weiß, dass da überhaupt ein Haus steht, zieht man dran vorbei."

„Rund um den Königshof ist schlimm gewütet

worden.", erzählte Lynnes Vater ernst. „Nun scheinen sich die Wogen ein wenig zu glätten. Weihnachten naht ja auch..."

„Haus so lange alleine nicht gut.", brummelte Thrym.

„Aber du kannst doch jetzt nicht alle paar Tage da hinlaufen, nur um die Hühner zu füttern!", hielt Lynne ihm vor. „Eines Tages packt man dich. Lass die Hühner doch einfach frei!"

Gaelle schaute mich eindringlich an. „Thrym und ich – wir haben uns etwas überlegt..."

Der Hüne nickte. „Gaelle und ich zurückgehen in Haus. Wenn einer kommen, wir sagen, wir Besitzer. Wir Christen."

Bestätigend hielt Gaelle ein kleines Silberkreuz hoch, das sie um den Hals trug. Es war mein Geschenk an sie.

„Aber man wird euch trotzdem da nicht in Ruhe lassen!", ereiferte sich Lynne. „Jeder sieht doch, dass das ein Wikingerhaus ist!"

Beide ließen sich nicht beirren. „Wir sagen: Wikinger weggelaufen. Wir essen viel Knoblauch. Keiner kommen wieder!" Ein derart schallendes Gelächter brach aus Thrym, dass Hilda ihn mit großen Augen musterte.

Gaelle nickte eifrig. „Uns wird man schon nichts tun. Angst haben wir jedenfalls nicht."

„Aber ich... ich habe Angst um euch!", schaltete ich mich mit Nachdruck ein. „Ich würde es mir nie verzeihen, wenn..."

„Wir Jorvik mitnehmen. Wir bewachen Haus.", unterbrach mich Thrym stur. „Morgen gleich hingehen."

Lynne und ich tauschten hilflose Blicke. Dann tat ich etwas, was ich nie zuvor getan hatte: Mit der ganzen Autorität einer Herrin verbot ich es meinen beiden Bediensteten.

Am nächsten Morgen, vor Tau und Tag, waren beide fort – mit Jorvik.

„Ich habe sie wegschleichen hören.", flüsterte Lynne. „Ich weiß, ich hätte sie aufhalten müssen..."

Es war seltsam, aber jetzt, wo die Dinge so standen, kam in mir auf einmal Ruhe auf. Das Haus war nicht mehr verlassen, allem schutzlos preisgegeben. Es moderte über den Winter nicht dahin, als ein Paradies für Spinnen, Ungeziefer und Ratten. Wer wusste denn, wie lange unser Exil andauern würde...

Im geschäftigen Händlerviertel von *Eoforwic* brachte ich meinen Sohn zur Welt.

Als wäre alles um uns herum nicht schon kläglich genug gewesen: Das Kind kam mit einer Verformung am Fuß, der meinen gleichend, zur Welt! Nun war also geschehen, wovor ich insgeheim immer wieder Ängste ausgestanden hatte – dass mein Makel unter den Nachkommen wieder auftauchen würde.

Immerhin war das Schicksal insofern gnädig, als es Runolf den Anblick eines Sohnes mit angeborener Missbildung ersparte. Er war fern, ahnte nicht, dass zu aller Beschwernis sich noch eine weitere gesellt hatte. Vielleicht würde er seinen Nachwuchs nie je zu Gesicht bekommen, falls es König Alfred tatsächlich gelang, die Wikinger aus England zu vertreiben...

Sollte ich mir das wirklich wünschen? Ich erinnerte mich, wie zärtlich er am Morgen nach unserer Vermählung meinen verwachsenen Fuß liebkost hatte. Warum also unterstellte ich ihm die Herzlosigkeit, seinen Sohn zurückzuweisen? Es wäre doch dieselbe Herzlosigkeit gewesen, mit der seine eigenen Eltern ihn als Kind ausgesetzt hatten...

Ich hasste mein eigenes Verzagen, die Schande, die ich mir vielleicht nur selbst einredete. Lynne erkannte sehr wohl, was in mir vorging.

„Es ist ein munterer Junge!", ermutigte sie mich. „Schau seine aufgeweckten Augen! Er wird dir Freude bereiten."

Sie schien fast sogar ein wenig neidisch auf mein

Mutterglück. Ständig trug sie den Kleinen umher und gab ihn nur ungern zurück, wenn er gestillt werden musste.

„Beten wir zu Gott, dass unsere Männer heil heimkehren – auch wenn das neue Aufstände gibt.", äußerte Lynne leidenschaftlich. „Ich möchte ebenfalls Mutter werden – und dann lasse ich Aidan nicht mehr in der Welt umherziehen!"

Zweifelnd blickte ich sie an. „Ob er sich einfangen lassen wird?"

„Sofern er mich wirklich liebt..." Lynne strich sich ihre kastanienbraunen Locken aus dem Gesicht. Wirklich – sie und Aidan gaben ein schönes Paar ab. „Und einmal muss Schluss sein mit diesen Kämpfen! Es reicht doch, wenn sie sich *Northumbria* zurückholen! Hier können sie alle seßhaft werden! Warum nur müssen Männer immer so unersättlich sein?"

Lynnes Gesellschaft tat gut. Sie war – als Tochter eines umtriebigen irischen Händlers – eine zupackende lebensfrohe Frau. Man konnte wirklich über nichts klagen in ihrem Haushalt.

„Gib mir wieder den Kleinen!", bettelte sie. „Wie süß er ist! Hast du schon einen Namen für ihn?"

Ich schlug die Augen nieder. „Er soll von seinem Vater einen Wikingernamen bekommen."

„Sein Vater ist weit weg – und dein Sohn kann ja so lange nicht namenlos bleiben! Also überlege dir etwas – und bloß keinen Wikingernamen! Es sei denn, du willst uns den Henker ins Haus holen!"

Das war einsichtig. Wer wusste denn, wie sich unsere Zukunft gestalten würde?

„Und getauft werden muss er!", beschied Lynne energisch. „Du musst das ja nicht Runolf beichten, wenn er..."

Plötzlich sank sie, die Hände vors Gesicht gepresst, nieder.

„Oh, Gwen! Wären wir doch nie diesen Männern begegnet!"

Das hatte ich mir einige Male schon vorgestellt: Mein Leben ohne die Begegnung mit Runolf. Zweifellos wäre vieles leichter gewesen – nicht ständig dieser zermürbende Zwiespalt; das Gefühl, nirgendwo richtig hinzugehören. Selbstvorwürfe, sich einem Mann hinzugeben, dessen Volk derart barbarische Riten wie den 'Blutadler' ausübte...

Lynne hielt im Schluchzen inne. „Lass uns nun einen Namen überlegen – fürs Erste zumindest."

„Aethelfrid." murmelte ich. „Er soll auf Aethelfrid getauft werden. Runolf muss diesen Namen ja nicht benutzen. Aethelfrid soll sozusagen sein 'Schutzname' werden. Das werden auch unsere Männer verstehen."

„Das müssen sie verstehen!" Lynne umarmte mich. „Wir werden das schaffen! Mit Gottes Hilfe!"

Wie sehr ich es bedauerte, meinen Eltern keine Nachricht schicken zu können, dass sie um einen Enkel reicher waren. Für den Augenblick schien es zu gefährlich.

Von Zeit zu Zeit ließ sich der gute Thrym bei uns sehen – sobald er sein kahles Haupt zur Tür reinsteckte, war ich außer mir vor Erleichterung. Er und Gaelle – sie ließen es sich gutgehen in unserem Haus, als ob tiefster Frieden herrschte. Beide hatten da Weihnachten gefeiert, von Vorräten zehrend. Gelegentlich ging Thrym mit Jorvik auf Jagd, und dann gab es Enten- oder Hasenbraten.

Hilda, die vor allem Hund Jorvik vermisste, drängelte jedesmal, dass Thrym sie mitnahm „nach Hause". Wie sollte ich ihr veranschaulichen, dass es einfach nicht möglich war, dass es völlig unsicher war, ob wir jemals dorthin zurückkehren konnten.

„Hat man euch denn bisher ungestört gelassen da draußen?" Lynne mochte es nicht glauben.

„Einmal," Thrym spreizte seine Finger, „so viele Reiter kommen. Fragen, wer wohnen. Schauen auch in Haus. Haben Waffen. Aber wieder gehen. Sagen noch, uns später wegjagen."

Mein Herz hämmerte. In der Weihnachtszeit war man gnädig. Aber danach...

Wenigstens hatten Thrym und Gaelle in unserem Haus noch schöne Wochen, dachte ich, während ich klein Aethelfrid stillte. Er wurde im neuen Jahr getauft, mit Lynnes Bruder als Taufpaten. All dies wäre ohne die vielen Verbindungen ihres Vaters nicht so leicht möglich gewesen. Ich dankte Gott, mich im Kreise so guter Freunde geborgen zu wissen.

Öfter entsann ich mich auch meiner Spaziergänge auf die Klippe. Die Gwen von damals war ein einsames Mädchen gewesen. Nun war sie zweifache Mutter, und ihr Dasein war so voller Aufregungen, dass sie sich beschauliche Ruhe kaum noch vorstellen konnte.

*

Der Vergeltungszug König Halfdans traf *Northumbria* mit ganzer Wucht.

König Alfred hatte sein *Wessex* mit Nachdruck gegen die Feinde verteidigt – doch zu glauben, dass er sie gleich noch aus England rauswarf, hatte sich als eitle Hoffnung erwiesen! Die Wikinger ließen *Wessex* als Beute fahren und zogen in Eilmärschen gen Norden, um sich ihren alten Stützpunkt zurückzuerobern.

„Wirft man die Dänen vorne raus, kommen sie hinten gleich wieder rein.", war alles, was Lynnes Vater dazu zu sagen hatte. Offenbar hatte er es von vornherein gar nicht anders erwartet...

Neue Verwüstungen, Brandschatzungen im ganzen Land! Diesmal stieß man bis in die äußersten nördlichen Zipfel unseres Königreichs vor, um Glutnester dortiger Widerstandsherde gründlich auszuräuchern. Wieder einmal hatte das gemeine Volk – allen voran die Bauern – Schlimmes auszustehen. Wenn ich nur eine Ahnung gehabt hätte, wie es meiner Heimat *Falsgrave* erging, meinen Eltern sowie Aethelfrid...

Die Stimmung war gedrückt. Hilda, die Haus und Garten mitsamt Hund Jorvik vermisste, quengelte beständig in den beengten Verhältnissen unseres Exils. Damit schien sie noch ihren kleinen Bruder anzustecken, dessen Gebrüll die Wände zum Erzittern brachte.

„Schau dir die beiden an – kleine, aufmüpfige Wikinger!", meinte ich zu Lynne. „Na, ihr werdet aufatmen, wenn ihr uns los seid!"

Die vorübergehende Regierung von *Eoforwic* war

im Nu von den Eroberern verscheucht worden. Nun hieß es alles zusammenpacken und zurück ins Heim, das von Thrym und Gaelle bis dahin so tadellos verwaltet worden war. Beide hatten in der Tat unangefochten dort ausgeharrt!

Eine unsagbare Unruhe ergriff mich. War Runolf unter den Heimkehrern? Würde er seinen Sohn annehmen, mit jenem unübersehbaren Makel? Allerlei ziemlich alberne, unnütze Vorstellungen kreisten mir im Kopf rum.

Und dann stand auf einmal Aidan in der Tür! Lynne, die fast vor Freude starb, warf sich in seine Arme. Mich blickte er fast entgeistert an.

„Was tust denn du bei uns zu Hause?"

Ja, was tat ich wohl hier? Lynne setzte ihm sogleich den Kopf zurecht.

„Sie musste bei uns Unterschlupf suchen, weil ihr euch da unten im Süden verbissen habt, anstatt auf uns hier oben aufzupassen!"

Beschwichtigend hob Aidan die Hände. „Nun sind wir ja da – und bleiben es auch!" Darauf nahm er erstmal seine Sackpfeife, um ein fröhliches Begrüßungsstück zu spielen. Als er sein Instrument wieder ablegte, zwinkerte er mir zu.

„Nun aber geschwind nach Hause – in die Arme deines treuen Gatten, des großen Helden! Er hat die Befreiung von *Jorvik* höchstpersönlich geleitet!"

Mein Herz machte einen Hüpfer!

„Und er möchte jetzt als großer Held gefeiert werden!", lachte der Ire. „Also los, zusammenpacken und ab!"

Quirlig turnte klein Hilda zwischen unseren

Füßen herum. Der von ihr ersehnte Tag war endlich da – nach Hause, und dann noch von Vaters Armen empfangen!

Nun brachte uns der kleine Wagen im Sommer also wieder zurück in unser Daheim. Bäume und Büsche standen in sattem Grün. Jorvik lief uns mit Freudengebell entgegen. Die Hühner pickten emsig in ihrem Hof. Und vor der Tür wartete der Hausherr, der sich seines Kriegsschmucks bereits entledigt hatte.

Schon von ferne sah ich, wie sehr sein Gesicht von der Sonne verbrannt war. Langsam schritten wir aufeinander zu, beinahe feierlich - ich mit Gaelle an meiner Seite, die das Bündel mit meinem Sohn trug, er voll stolzem, erwartungsvollem Ernst.

Das Herz schlug mir bis zum Hals – zunächst hatte er nur Augen für mich, zog mich mit sanftem Nachdruck an seine Brust. Ich sah einige neue Narben an Kinn und Hals; die Furchen um seine Nasenwurzel waren stärker ausgeprägt. Eng umschlungen standen wir eine Weile, ohne ein Wort zu sprechen.

Schließlich nahm er das Bündel, das ihm Gaelle überreichte; behutsam schlugen seine rauen Hände das schützende Linnen beiseite. Still in sich versunken schaute er den Kleinen an, der seinen Vater mit einem munteren Lallen begrüßte. Wie eine Marter kam mir dieser Moment vor, eine zermürbende Ewigkeit...

Jetzt begannen Runolfs Finger kitzelnde Bewegungen zu machen, wobei eine stille Heiterkeit seine Mundwinkel umspielte. Alles in mir entspannte sich nach und nach. Das Bündel in den Armen behaltend wandte er sich zum Haus.

„Gehen wir hinein."

Drinnen stand bereits ein reichhaltiges Mahl gerichtet, neben der Herdstelle. Überall an den Wänden sah ich frische Blumengebinde oder Kränze aus Mistel; allerdings wehte mir auch ein strenger Knoblauchduft in die Nase...

„Es ist kein Wunder, dass Plünderer diesen Platz gemieden haben!", schmunzelte Runolf. Thrym und Gaelle drückten sich verschwörerisch grinsend im Hintergrund rum und ließen uns dann wohlweislich allein, um draußen ihre Zweisamkeit zu genießen.

Hilda hatte ihren Vater ganz in Beschlag genommen; dicht neben ihm auf der Bank stillte ich den Kleinen. Meine Tochter musste natürlich zeigen, was sie alles schon gelernt hatte. Später gesellte sie sich dann zu Jorvik, um ihn ein wenig zu necken.

Nach dem Stillen nahm mir Runolf das Bündel gleich wieder ab. „Du hast ihm einen Namen gegeben?"

Ich nickte. „Um ihn zu schützen, ließ ich ihn auch taufen. Der Name, den ich ihm gab, sollte nur für die Dauer deiner Abwesenheit sein. Du kannst ihm nun seinen richtigen Namen auswählen."

„Er soll Harald heißen.", sprach mein Gemahl mit Bestimmtheit. „Deinen Namen kann er als Zweitnamen behalten. Wie ist er?"

„Aethelfrid."

Zustimmend neigte er seinen Kopf. „Ich bin sehr

glücklich, zurückzukehren als Vater eines Sohnes. Er wird ein so tüchtiger Mann wie Jarl Harald. Und ein so weiser Mann wie Aethelfrid."

Ich schämte mich all dieser Befürchtungen, die ich monatelang mit mir herumgeschleppt hatte. Runolf würde seinen Sohn lieben – so innig, wie er mich liebte.

Als unsere beiden Kinder später zu Bett gebracht worden waren, erzählte er stolz von der Rückeroberung *Eoforwics.*

„Den Oberbefehl über unseren Trupp hatte eigentlich einer der Jarle – da er aber noch eingeschränkt war von den Folgen einer Kampfverletzung, übertrug er mir beim Angriff auf *Jorvik* viel Verantwortung." Runolf blinzelte mich schmunzelnd an. „Nun, man wusste, wie gut ich die Gegebenheiten hier kenne, und das zahlte sich auch aus. Wir hatten nicht allzu viel Mühe, uns Zugang zur Stadt zu verschaffen. Einzig um den Königshof wurde heftiger und länger gekämpft. Aber auch da hatten wir bald die Oberhand." Ernst schaute er im Raum umher. „Es war nicht klug von *Northumbria,* sich gegen uns zu erheben, uns in den Rücken zu fallen. Nun trifft sie Halfdan Ragnarssons Zorn umso schlimmer..."

Ich schluckte. Immer wieder Rache, wie ein rollendes Rad, das nicht mehr zum Stehen zu bringen schien...

„Wegen *Falsgrave* musst du dir keine Sorgen machen. Es liegt weit weg von jenen Orten, wo sich noch Widerstand verschanzt hat." Er holte tief Luft. „Es tut mir leid. Ein Wikinger läßt sich das, was er einmal besessen hat, nicht wegnehmen."

„Sobald alles wieder zur Ruhe gekommen ist, werde ich meine Eltern zu Besuch einladen.", entgegnete ich. „Damit sie ihren Enkel nicht erst kennenlernen, wenn er schon einen Bart hat."

Er klopfte meine Hand. „Ich war sehr in Sorge um euch. Ich werde Lynne und ihrer Familie nicht vergessen, was sie für euch getan haben."

„Vergiss nicht Thrym und Gaelle – wenn die nicht unser Heim gehütet hätten, ich wage nicht daran zu denken, in welchem Zustand du es wiedergesehen hättest."

Runolf äußerte dazu nichts; ich wunderte mich nur, dass Thrym weiterhin bei uns wohnen blieb, obwohl er ja Aidans Sklave und somit sein Besitz war. So ganz nebenbei erwähnte mein Gemahl einige Zeit später, er hätte sich mit Aidan dahingehend geeinigt, dass Thrym künftig bei uns wohnen durfte.

„Ich wollte Thrym Aidan abkaufen, aber er hat ihn mir geschenkt! Was sagst du dazu?", schmunzelte er. „Nun stecke ich allerdings tief in seiner Schuld! Thrym hat Aidan seinerzeit ganz schön was gekostet!"

„Das, was Thrym wert ist, als Mensch, kann man nicht in Geld ermessen.", bemerkte ich dazu.

„Ich hätte ihn gern unter meinen Kämpfern.", überlegte Runolf. „Er ersetzt glatt einen ganzen Rammbock, und König Alfred mitsamt seinem Heer würde er in Fetzen reißen! Freilich, für Hilda, Harald und dich gibt es keinen vortrefflicheren Beschützer!"

Ich seufzte still. Offenbar war es für einen Wikinger sehr schwer, nicht an Eroberung und Schlachtengedröhn zu denken...

König Halfdan lohnte Runolf seinen kühnen, erfolgreichen Einsatz bei der Rückeroberung von *Eoforwic* damit, dass er meinen Gatten vom nächsten Feldzug freistellte – stattdessen erhielt Runolf Aufgaben in bedeutsamer Stellung eines Stadtkommandanten sowie natürlich einen guten Anteil an Beute und Danegeld.

„Nur die Jarle bekommen mehr!", hatte mein Gemahl stolz getönt. Für mich gab es opulenten Schmuck: Ein mit Tierfiguren verziertes Armband aus Silber, Gewandspangen sowie ein mit Marderpelz eingefasster Umhang für den Winter. Thrym und Gaelle wurden auch gleich neu eingekleidet, wenngleich nicht ganz so vornehm wie die Hausherrin...

Übermütig umfasste Runolf meine Hüften, um sich mit mir zu drehen, wie im Tanz. „Meine Königin!"

Ganz vermochte ich meinen Zwiespalt und gewisse Vorbehalte gegenüber diesen Geschenken wohl nicht zu verbergen, da er gleich darauf mir versöhnlich die Hand auf die Schulter legte.

„Meine Geschenke sind nicht aus northumbrischer Beute. Ich schwöre: Es sind keine Dinge dabei, die mal Besitz von Angehörigen deines Volkes waren."

Dann aber gehörten sie zumindest Christen aus *Mercia* oder *Wessex*. Dennoch rührte mich seine einfühlsame Anwandlung.

Runolfs Rückkehr und die Geburt von Harald-Aethelfrid wurden gebührend gefeiert – mit Aidan und Lynne sowie ihrem Anhang als Gästen.

Sackpfeife und Lyra erklangen. Klein Hilda versuchte mit Jorvik zu tanzen, was zur allgemeinen Heiterkeit natürlich sehr beitrug, und unser Söhnchen strampelte vergnügt dazu mit den Beinchen.

„Wikinger, Northumbrier und Iren vereint – es geht doch!", klatschte Lynnes Vater in die Hände. „Lasst uns ein Vorbild sein, dann wird – ich versichere es euch – *Jorvik* zu einer blühenden Handelsmetropole heranwachsen, auf die ganz England neidvoll blickt!"

Wir Frauen gaben ihm natürlich uneingeschränkt recht. Rache und ewige Beutegier vergrößerten nur Elend und Schaden für alle Einwohner dieses Landes...

„Seid klug – bescheidet euch mit *Northumbria* und *East Anglia*!", fuhr Lynnes Vater mit seiner leidenschaftlichen Predigt fort. „*Wessex* ist ein zu starker Gegner – das wird euch zermürben auf Dauer, und dann gibt's wieder Aufstände..."

Runolf hob die Brauen. „Du magst recht haben. Zu verfügen darüber hat aber allein König Halfdan. Und der wird nicht ablassen von einem Gegner, der ihm so die Zähne zeigt. Er ist nun mal vom Blut Ragnar Lodbroks!"

„Ihr wollt die ganze Insel – von der Südküste bis hinauf ins Land der Britonen! Ich aber sage euch: Das wird ein Traum bleiben!", mahnte Lynnes Vater. „Nicht, dass ich's euch missgönnen würde; bringt ihr Wikinger doch bekanntermaßen den Handel in Schwung..."

Aidan zwinkerte ihm zu. „Seit *Jorvik* in unserer

Hand ist, läuft es mit deinen Geschäften immer besser, nicht?"

Lynnes Vater räusperte sich. „Die Aussichten sind wahrlich vielversprechend. Allein was ihr aus *Dublin* gemacht habt..."

„Das werden wir auch aus *Jorvik* machen!", versicherte Runolf. „Und wir würden es gern aus *Lundenwic* sowie noch manch anderem Platz hier machen. Denn wenn es etwas gibt, worin wir sogar noch besser sind als mit dem Schwert, dann ist es der Handel!"

Aidan zog Lynne an sich. „Das müßtet doch vor allem ihr Frauen bestätigen! Die schönsten Schmuckstücke aus den fernsten Ländern der Welt werden euch auf Wikingermärkten geboten, nicht wahr? Hübsche Glasperlen aus Ägypten, Seide aus Arabien..."

„Vielleicht solltet ihr die weiblichen Einwohner Englands, darunter auch König Alfreds Gemahlin, auf eure Märkte einladen, und sie werden ihre Männer beknien, euch die Oberhoheit abzutreten!" Lynnes Vater bedachte dies alles mit seiner leichtlebigen Art.

„Ihr Engländer seid vortreffliche Kunstschmiede," blinzelte mir Runolf zu. „Warum aber fertigt ihr so schöne Stücke, nur um eure Tempel damit auszuschmücken, anstatt euch selbst?"

„Das Gleiche wäre für irische Kirchenschätze zu sagen.", schmunzelte Aidan. „Was für eine Pracht in unseren Kirchen und Klöstern so gehortet wird! Allein die prächtigen Buchmalereien! An denen können sich doch nur die wenigen Lesekundigen erfreuen – also die frommen Priester!"

„Lasst uns daher all das Schöne aus den dunklen Mauern hervorholen! Unsere Künstler arbeiten es ein wenig um – und es findet gut Absatz!", erklärte Runolf. „Es ist ohnehin nicht ganz zu verstehen, wieso eure christlichen Priester die Anspruchslosigkeit loben, selbst aber derartig viel Zierrat sammeln..."

Ich dachte an unsere kleine Kirche in *Falsgrave*, in der kaum Schmuck zu finden war – mit Ausnahme einiger geschnitzter Ornamente. Anders sah es freilich im *minster* von *Eoforwic* aus, das über prächtiges liturgisches Gerät verfügte sowie kostbare Altardecken. Nicht umsonst wohl waren Kirchen und Klöster begehrte Plünderziele der Wikinger...

Herausfordernd fasste ich Runolf ins Auge. „Sind eure Märkte also deshalb so gefragt, weil ihr sie immer mit reichlich Beutegut aus ganz Europa versorgt?"

Er lachte kurz auf, wurde dann aber gleich wieder ernst. „Beute belebt unsere Märkte – das ist richtig. König Ivar und Halfdan kamen hierher, um ihren Vater zu rächen. Der große Plan dahinter aber war: Ein wikingisch beherrschtes England, der Aufbau eines großen Handelsverkehrs, nicht nur mit Irland! Die Voraussetzungen hierfür sind hervorragend: Zwischen allen wichtigen Plätzen gibt es sehr gut ausgebaute Straßen, was schon unserem Heer zugute kam..."

Die Straßen der alten Römer, eine ihrer vielen bedeutsamen Hinterlassenschaften in unserem

Land, neben steinernen Bauten...

„Von solchen Straßen kann man in Jütland oder meiner Heimat nur träumen!", seufzte Runolf. „Eine Reise über Land ist bei der Unwegsamkeit sehr beschwerlich..."

Lynnes Vater dankte, als ich ihm noch ein wenig Bier nachschenkte. „Lasst uns auf ein gutes Gelingen aller Pläne trinken – vor allem aber auf baldigen Frieden! Der beste Freund des Handels ist nämlich der Frieden."

In der Runde hoben alle ihre Becher. „Wohl gesprochen.", nickte Runolf. „So sehr ein Wikinger sein Schwert liebt – er liebt keine allzu lang sich hinziehenden Auseinandersetzungen, sondern mehr den raschen Erfolg, dem ein gutes Leben folgen muss!"

Hörte ich da eine gewisse Kriegsmüdigkeit heraus? Später, auf dem Ehelager, musterte ich die vielen alten und neuen Wunden, die Runolfs Körper bedeckten. Manche mochten ihm noch Beschwernis bereiten, worüber er natürlich kein Wort verlor. Es schien eine gewisse Ruhe in ihn eingekehrt zu sein. Viel erreicht hatte er bereits, als ein ruhmvoller, von seinem König geehrter Kämpfer. Mehr gab es, wie er selbst verlauten ließ, kaum zu erstreben für einen Mann seiner Herkunft, vom Stand eines *karl*. Nie würde er, bei allem Ehrgeiz, die Stellung eines Jarl einnehmen, der gewöhnlich ansehnliche Güter oder eine stolze Ahnenreihe vorzuweisen hatte.

Er nahm sich viel Zeit für seine beiden Kinder; er schnitzte für sie Spielzeug, zimmerte einige neue Möbel oder besserte, mit Thryms tatkräftiger Hilfe,

Schäden aus. Heftige Stürme setzten schon mal unserem dicken Reetdach zu; kürzlich erst waren wir knapp einem Blitzschlag entgangen, der sich eine der hohen Eichen nahe unserem Grundstück auserkoren und diese in eine Fackel verwandelt hatte – sehr zum Schrecken von Hilda und auch Hund Jorvik. Letzterer lief einige Zeit danach mit eingezogenem Schwanz rum, und unsere Tochter fand den rußgeschwärzten Stamm so gruslig wie ein böses Fabelwesen.

Meine Mutter traf diesmal allein ein, da mein Vater zur Zeit krank darniederlag. Er befand sich, wie ich erleichtert vernahm, bereits wieder auf dem Weg der Besserung, war aber natürlich nicht reisefähig. Onkel Aethelfrid hatte es übernommen, sich während der Abwesenheit von Mum um ihn zu kümmern.

Falsgrave war in der Tat von Vergeltungszügen König Halfdans verschont geblieben sowie auch die Nachbarsiedlungen. Hier und da waren Weiler oder Höfe in Flammen aufgegangen, wo Stammsitze aufständischer *aeldermen* vermutet wurden.

Wenn Gaelle an meiner Seite Harald-Aethelfrid durch die Feldmark spazieren trug, begleitete uns meine Mutter. Bei einem dieser Ausflüge traute ich mich endlich, nach dem Befinden von Coelreds Familie zu fragen. Dabei erfuhr ich endlich, was aus meinem einstigen Jugendfreund geworden war: Bereits vor Jahren war er an den Hof von König Alfred von *Wessex* gegangen; dort bekleidete er mittlerweile eine hohe Stellung. Bei seiner Klugheit und Zielstrebigkeit etwas kaum Verwunderliches.

„Sicher hat er an der Seite König Alfreds gegen die Wikinger gekämpft.", sprach ich halb zu mir selbst. Was für eine Vorstellung, dass sich Coelred und mein Runolf im Gefecht möglicherweise nahe gewesen waren...

Ich erfuhr darüber hinaus, dass Coelred seit längerem mit der Tochter eines einflussreichen *thane* verheiratet war, die mit ihm und zwei Kindern in *Wessex* lebte. Ein ähnliches Schicksal, dachte ich und hoffte, dass er ebenso glücklich war wie ich.

Mutter hatte Harald-Aethelfrids verwachsenen Fuß sicher nicht übersehen, darüber aber kein Wort verloren.

„Er hat genau den Farbton deiner Haare.", sagte ich. „Die Augen hat er von Runolf."

„Erzieh ihn zu einem guten, tüchtigen Mann.", lächelte Mutter. „Wenn nur die Zeiten besser wären..."

„Als Stadtkommandant ist Runolf nicht mehr ständig auf Heerfahrt unterwegs.", bemerkte ich. „Er ist ausgeglichener seitdem. Ich glaube, er hätte nichts dagegen, wenn die Verhältnisse so blieben. Nun, er nähert sich seinem vierten Jahrzehnt. Neulich zeigte er mir das erste graue Haar, das er in seiner Mähne entdeckt hat. Dafür habe ich mich über meine ersten Falten erschreckt..."

Als Mutter schließlich wieder abreiste, in Begleitung zuverlässiger Leute aus *Eoforwic*, die in dieselbe Richtung mussten, versprach ich ihr, zu Besuch nach *Falsgrave* zu kommen, sobald unser Söhnchen seine ersten Schritte machen konnte.

Ich ahnte ja noch nichts vom Fortgang der Ereignisse...

Es hatte dem König des uns benachbarten Reiches *Mercia* nichts genützt, dass er die Wikinger wiederholt mit Danegeld großzügig abgespeist hatte. Sie wollten sein Land! *Mercia* entging nicht dem Schicksal *Northumbrias* und *East Anglias*: Da es keinen Feldherr vom Format König Alfreds hatte, wurde es vom gefräßigen Rachen der Eroberer geschluckt! Um dem Schicksal König Edmunds zu entgehen, also einer blutrünstigen Opferung, floh sein Oberhaupt gleich bis nach Rom ins Exil!

Von all diesen Erfolgen offenbar übermütig gemacht zog König Halfdan unverzüglich weiter gen Norden, ins Land der Britonen, die er sich mit einzuverleiben gedachte.

Diese Entwicklungen sollten für unsere Familie schwerwiegende Folgen haben. Eines Tages stellte sich Aidan bei uns ein – ohne seine Sackpfeife im Gepäck und so ernst, wie ich ihn noch nie erlebt hatte. Die beiden Männer ließen sich am Hausfeuer nieder, in eine angeregte Unterhaltung vertieft. Draußen ging ein heftiger Schauer nieder, so dass die Kinder und ich uns in den hinteren Teil des Hauses zurückgezogen hatten. Während ich Hilda zeigte, wie die Arbeit an so einem Webstuhl vonstatten ging, krabbelte Harald-Aethelfrid munter auf Fellen und Binsenmatten herum.

Die gedämpften Stimmen beider Männer drangen zu mir rüber. Ihre Stimmung schien angespannt; kein Lachen, keine Scherze, wie sonst.

Aidan blieb noch zum Abendessen. Auch hier verhielt er sich beinah abwesend. Runolfs düster-umwölkte Miene gefiel mir ebenso wenig.

Stand wieder ein Feldzug unmittelbar bevor?

Als Aidan sich verabschiedet hatte und unsere beiden Kinder schlafen gelegt worden waren, winkte mich Runolf an seine Seite, auf die Bank neben der Feuerstelle. Nach wie vor mit sorgenschwerem Ausdruck legte er den Arm um meine Schultern.

„Zieht ihr wieder in den Kampf?", wagte ich geradewegs zu fragen.

„In diesem Jahr nicht mehr. Es sind andere Dinge in Bewegung. König Halfdan kämpft gegen die Britonen. Er wird dann ganz nach *Dyflin* zurückkehren, da sein Bruder Ivar dort verstorben ist und es einige Leute gibt, die Ragnar Lodbroks Söhnen die Königswürde streitig machen."

„Und wer wird dann sein Nachfolger hier in *Northumbria*?"

„Er wird einen der Jarle als seinen Beauftragten auswählen, da natürlich alles hier Eroberte unter der Regentschaft von Ragnars Söhnen bleibt. Den Oberbefehl des Heeres hat Halfdan allerdings Jarl Guthrum übertragen."

Runolf hatte den Namen in so finsterem Unterton ausgesprochen, dass es mich hellhörig machte.

„Du kennst diesen Jarl Guthrum?"

„Ja, ich kenne ihn von früher her.", sprach er verhalten. Das Flackern des Herdfeuers zauberte bizarre Formen auf sein Gesicht. „König Halfdan war nicht gut damit beraten, ihn zu seinem Oberbefehlshaber zu machen. Ich hätte bessere Urteilskraft von ihm erwartet. Nun liegen die Dinge so, und wir müssen uns dareinfinden..."

„Ist Jarl Guthrum... dein Feind?" Eindringlich

fasste ich ihn ins Auge.

Sein bärtiges Kinn war auf die Brust gesunken. „Nun – weniger er selbst als vielmehr gewisse Männer, die ihm Gefolgschaft leisten. Ich hatte dir einmal erzählt, wie Aidan und ich Blutsbrüder wurden...“

Ich nickte und begriff. Es fröstelte mich.

„Die Männer, die damals den Streit mit Aidan begannen, beim Würfelspiel, waren Leute unter Guthrums Befehl. Zwei fanden durch unsere Hand den Tod, wohlverdient...“

Ich schmiegte mich enger an ihn. Der ganze Raum schien von Düsternis, beklemmenden Vorahnungen erfüllt.

„Jarl Guthrum ging kurz darauf mit seinem Anhang andere Wege, für einige Jahre. Später schloss er sich dem großen Heer wieder an, und König Ivar machte ihn nach der Eroberung von *East Anglia* zum dortigen Statthalter.“, fuhr Runolf fort. „Nun aber, wie gesagt, ist Guthrum mit der vollen Befehlsgewalt über die Streitkräfte ausgestattet worden.“

„Du fürchtest seine Rache? Vielleicht hat er die Geschehnisse von damals längst vergessen.“

Mein Gemahl lächelte bitter. „Ein gutes Ross vergisst nie, wann und über wen es sich mal geärgert hat. Gewiss befinden sich in seiner Gefolgschaft mittlerweile manch andere Leute, doch sicher noch der eine oder andere üble Geselle, von jenem Schlag, den man nicht ehrenvoll nennt. Mit solchen umgibt sich, das ist wohlbekannt, Jarl Guthrum gern. Seine Verachtung von Christen steht den Lodbrok-Söhnen in nichts nach. Er war einer von denen, die König Edmunds Leib mit Lanzen spickten, und soll auf sein abgeschlagenes Haupt gespien haben..."

Jene abscheuliche Hinrichtung des Königs von *East Anglia*, sein Martyrium, das ganz England hatte erschaudern lassen!

Runolf schaute zum Feuer. „Ich sollte dich mit derlei nicht belasten..."

„Wir haben uns gelobt, Freuden wie auch Sorgen miteinander zu teilen." Ich kämpfte dagegen, mir meine Unruhe anmerken zu lassen. „Aidan und du – wie wollt ihr euch jetzt verhalten?"

„Wir werden unseren Aufgaben weiterhin nachgehen. Wenn ich auch meine Stellung als Stadtkommandant Halfdan Ragnarsson verdanke, so unterstehe ich doch künftig Jarl Guthrums Weisungen sollte er meine und anderer Leute Teilnahme am Feldzug gegen *Wessex* fordern."

Ich drückte seine Hand. „Das heißt, du wirst dein Amt dann aufgeben müssen? Aber hier muss doch alles geregelt bleiben, solange der König fern ist und das Heer im Süden kämpft..."

Er schwieg dazu. Ich wurde das Gefühl nicht los, dass ihm sowie Aidan mehr über die derzeitigen Verhältnisse bekannt war, als er mir gegenüber offenbart hatte – wohl um mich nicht noch mehr zu beunruhigen.

Ich horchte. Alles um uns war still. Die Kinder schliefen beide bereits fest. Hand in Hand wandten auch wir uns nun zur Bettstatt. Schlaf fanden wir jedoch nicht sogleich...

*

Nun stand erstmal der Winter ins Haus. Alle Kriegstätigkeit ruhte – was Runolf und ich ebenso begrüßten wie sicherlich im Süden König Alfred von *Wessex*...

Unser alter Jorvik war vor kurzem verstorben – bei einer Beißerei mit einem wehrhaften Dachs, den er auf nächtlichem Raubzug ertappt hatte, war Jorvik erheblich verletzt worden und hatte sich nicht mehr erholt.

Um Hildas Kummer ein Ende zu bereiten, waren wir uns einig: Ein neuer Hund musste her. Allerdings musste es für Runolf ein vorzüglicher Jagd- sowie Wachhund sein. Mit Thrym zog er los – und wir erlebten keine geringe Überraschung, als sie gleich zwei Welpen anschleppten: Einer schwarz-braun, der andere braun-weiß gefleckt.

„Bruder und Schwester!", strahlte Thrym. „Trennen nicht gut!"

Runolf hatte für das Gespann auch gleich die passenden Namen: Geri und Freki – was 'der Gierige' und 'der Gefräßige' bedeutete!

„Geri und Freki sind Odins beide Wölfe.", legte er dar. „Und da Götter nur tadellose Begleiter haben, so werden wir unsere Auswahl nicht zu bereuen haben."

Natürlich dauerte es nicht lange, bis die beiden tollpatschigen Zuzügler Hildas Herz erobert hatten. Da sie in ihrem Übermut aber einigen Schaden anrichteten, blieb ich hart: Ins Haus durften sie keine Pfote setzen! Sogleich widmete sich Runolf der strengen Schulung von Geri und Freki, um ihnen ihre Unartigkeiten auszutreiben und sie zu lehren, vor allem vom Hühnerstall fernzubleiben, dafür aber auf Marder Jagd zu machen. Mein Mann sollte allerdings der einzige bleiben, dessen Befehl sie gehorchten; auch vor Thrym zeigten sie einigermaßen Respekt – mir und Gaelle aber tanzten sie ganz schön auf dem Kopf herum; zu leicht ließen wir uns von ihren Hundeaugen zur Nachsicht bestechen.

Ich beobachtete, welch energischer Lehrmeister in Runolf allein bei der Erziehung der Junghunde zum Vorschein kam. Wenn auch kein Jarl, so war er zweifellos zum Führen geboren, und sein engstes Gefolge, seine Mannen, hatten Achtung vor seiner Autorität. Sein Amt als Stadtkommandant übte er ebenso sachverständig wie zupackend aus – er wollte, wie er sich ausdrückte, König Halfdan möglichst gut vertreten.

Der Winter zog vorüber. Harald-Aethelfrid übte gerade die ersten ungelenken Schritte an meiner Hand, als an Runolf der befürchtete Ruf erging, die Waffen anzulegen und sich zusammen mit anderen in *Northumbria* stationierten Kontingenten unter der Standarte von Jarl Guthrum einzufinden, der mitsamt der Hauptstreitmacht sein Winterquartier in *Gloucester* aufgeschlagen hatte. Das ewig widerspenstige *Wessex* sollte nachhaltig gezüchtigt werden.

Ohne viel Worte machte sich mein Mann abmarschbereit. Gaelle packte ihm reichlich Räucherschinken und sonstige Wegzehrung aus unserer Vorratskammer zusammen. Am Morgen des Abschieds wusch ich ihm noch – was er sehr gern hatte - die Haare und kämmte sie in Form. Hilda, die schon allerlei Fragen stellen konnte, erklärte er, auf seinem Pferd eine sehr weite Reise zu machen, um gefährliche Drachen zu bekämpfen.

„Die Midgardschlange?", fragte unsere Tochter aufgeregt.

Runolf herzte sie. „Nein, so gefährlich ist der Drachen nicht – er ist kleiner und weniger giftig."

Unsere Blicke kreuzten sich. Was wohl König Alfred von solchem Vergleich gehalten hätte? Vielleicht zielte das Drachenbild aber gar nicht auf ihn ab...

Runolfs Unbeschwertheit war nur eine dünne Schicht, die andere Gefühle überdeckte. Lange genug waren wir miteinander verheiratet, um einander in den Grund der Seele schauen zu können.

Er blieb zu Hilda hinabgebeugt. „Versprichst du mir, gut auf deinen kleinen Bruder aufzupassen?"

„Natürlich passe ich auf Harald Hinkebein auf!", rutschte es aus ihr raus. Während Runolf nur die Stirne kraus zog, hob ich den Zeigefinger.

„Den Namen möchten wir nicht mehr hören!", mahnte ich. „Er ist gar nicht schön!"

Verschämt verbarg Hilda ihr Gesicht hinter der Puppe, die ich ihr aus Stroh und Lumpen als Weihnachtsgeschenk gefertigt hatte. Fragend schaute sie von mir zu ihrem Vater. „Warum ist der Name böse?"

Beide lächelten wir versöhnlich. Unsere Tochter

148

hatte sich wirklich nichts Schlimmes dabei gedacht. Es schien besser, darüber kein Wort mehr zu verlieren...

Und dann war er schon fort. An jenem Tag zog noch ein heftiger Sturm auf, der mir wie ein unheilvolles Vorzeichen erschien.

Meine zahlreichen Aufgaben als Hausherrin und Mutter füllten mich so aus, dass ich glücklicherweise nur abends im Bett zum Grübeln kam. Hilda nahm vorerst nicht mehr das Wort Harald Hinkebein in den Mund. Bereitwillig vertrat sie mich, um ihrem Bruder beim Laufenüben beizustehen. Runolf hatte noch vor seinem Aufbruch eine stabiles Rollgestell für seinen Sohn gezimmert. Es zeigte sich, dass Harald-Aethelfrid sich recht geschickt anstellte – er lernte, so schien mir, rascher als ich seinerzeit, mit der Beeinträchtigung umzugehen. Beharrlich erkundete er zunächst das Hausinnere, bis ihn sein Unternehmungsdrang in Hof und Garten führte. Wikingerblut...

Gaelle und Thrym traten mit einem ernsten Anliegen vor mich. Sie wollten heiraten und baten um meine Erlaubnis.

„Von meiner Seite steht dem nichts entgegen.", erklärte ich. „Sicherlich wird auch Runolf einverstanden sein."

Thrym knetete seine fleischige Nase. „Vielleicht lieber warten auf Herrn."

Gaelle schaute ungeduldiger drein. „Es wäre so schön, diesen Sommer..."

Ich wurde hellhörig. Mein Hausmädchen war

doch nicht etwa in guter Hoffnung. Daher ihr verstohlenes Getue in der letzten Zeit?

Jener aufgewühlten Zeiten zum Trotz schien alles um mich herum in einer wahrhaft lebensbejahenden Stimmung! Bei einem ihrer Besuche beichtete mir nämlich auch Lynne, dass sie schwanger war!

„Wenn Aidan zurück ist, heiraten wir!", verkündete sie mit lodernder Entschlossenheit. „Darum hoffe ich, dass endlich der entscheidende Sieg über König Alfred erfochten wird!"

Wohl ihrer Zuversicht! So sehr auch ich um einen guten Ausgang bangte – insgeheim wünschte ich dem tapferen König und Volk von *Wessex*, dass sie sich weiterhin behaupteten und die Wikinger ihre Gelüste auf den Westen Englands endlich aufgaben...

Lynne brachte auch immer die neuesten Nachrichten mit, die im Händlerviertel sowie auf dem großen Markt von *Eoforwic* im Nu die Runde gemacht hatten. Dabei merkte ich, dass Aidan mit seiner Gefährtin über gewisse Dinge gesprochen haben musste, die auch Runolf mir ehedem anvertraut hatte.

„Vielleicht ist der König von *Wessex* gar das geringere Hindernis.", meinte Lynne einmal. „Dieser neue Befehlshaber... Guthrum... Aidan und Runolf genießen nicht wirklich seine Gunst – weißt du darüber Näheres?"

Ich berichtete ihr von unserem Gespräch. „Besser wäre es gewesen, König Halfdan hätte hier nicht alles so zurückgelassen. Aber er muss ja nun in *Dublin* die Nachfolge seines verstorbenen Bruders Ivar antreten. - Wer ist eigentlich nun neuer Stadtkommandant von *Eoforwic?*"

Dazu war auch Lynne nichts Genaues bekannt. „Es sieht so aus, dass es zur Zeit keinen Kommandanten gibt. Vielleicht hat man sich noch nicht auf einen Nachfolger geeinigt. Dein Runolf ist offenbar schwer zu ersetzen..."

Das hätte er gern gehört, dachte ich. Wenn er nur zum Herbst hin gesund zurückkehrte, dann konnte er ja sein Amt wiederaufnehmen.

Im Süden hatten die Wikinger neuerlich herbe Niederlagen gegen König Alfred einstecken müssen und waren nun offensichtlich so geschwächt, dass sie einem Friedensabkommen zustimmten, bei dem es sogar zum Austausch von Geiseln kam. Angeblich hatte sich Jarl Guthrum verpflichten müssen, *Wessex* künftig nicht mehr zu behelligen.

Zumindest für uns waren das nicht die schlechtesten Botschaften; wir harrten nun der Heimkehrer. Der Herbst rückte an. *Eoforwic* füllte sich jedoch nur mit einem kleinen Teil Wikingerkrieger.

Und dann kam Lynne angeeilt - völlig aufgelöst!

„Sie sind unter den Geiseln – Aidan und Runolf! Wir brauchen sie nicht zu erwarten!"

Ich suchte sie zu beruhigen. Wenn sie sich unter den König Alfred ausgelieferten Geiseln befanden, dann waren sie zumindest unversehrt, lebten beide...

„Als Geiseln geschieht ihnen ja nichts. Der König von *Wessex* hat den Ruf eines ehrenvollen Mannes.

Er behält sie nur als Unterpfand, solange solches nötig ist."

„Aber wie lange?" Lynne raufte sich ihr prachtvolles Haar. Ich schaute auf die Wölbung ihres Bauches und dachte dabei an Harald-Aethelfrids Geburt zurück. Würde nun auch Lynnes Kind in Abwesenheit des Vaters zur Welt kommen?

Also kein freudevoller Empfang, kein Begrüßungsfest mit Sackpfeife und Lyra. Nachts tasteten meine Hände auf dem neben mir schon so lange leeren Lager umher. Traurig schaute Hilda oft zum Hoftor, an dem auch Geri und Freki, mittlerweile ausgewachsene, stattliche Hunde, auf ihr Herrchen lauerten.

„Hat der böse Drachen Vater besiegt?", fragte meine Tochter bang, wobei sie sich an mich drückte.

„Nein – das hat er nicht. Aber dein Vater muss für eine längere Zeit weit weg von uns bleiben, weil er eine wichtige Aufgabe hat.", schwindelte ich. „Wir müssen jetzt viel Geduld haben. Er kommt wieder, ganz gewiss..."

Harald-Aethelfrid nahm alles eher still auf – still, und doch sehr aufmerksam. Wenn seine grau-blauen Augen mich so eindringlich ansahen, glaubte ich, Runolf vor mir zu haben, und dann musste ich mich sehr bezähmen, um nicht den Tränen freien Lauf zu lassen. Dass es ihm nur gut erging, als Geisel an König Alfreds Hof...

Kurz vor Weihnachten gebar dann zunächst Gaelle ihr Kind – einen Jungen, der allerdings nur über die Festtage lebte und schon zu Beginn des neuen Jahres starb. In tiefster Gram vergrub sich Gaelle tagelang an Thryms Seite, führte nur die notwendigsten Hausarbeiten aus. Der Hüne zeigte sich standhaft und gefasst.

„Ist Gottes Wille."

Nur wenige Wochen später kam Lynne nieder – mit einer Fehlgeburt. Es schien, als ob Gott uns alle einer besonders strengen Prüfung unterziehen wollte. Die Männer fern, um mich herum nur Traurigkeit!

Trotzdem besuchte ich, soweit möglich, in *Eoforwic* weiterhin die Messe, nunmehr zusammen mit meiner Tochter Hilda, die ja für ein Leben mit christlichen Werten erzogen werden sollte. Da ich wie die meisten Menschen hierzulande nicht lesen und schreiben konnte, dafür aber ein gutes Gedächtnis hatte, erzählte ich meinen Kindern die Gleichnisse Jesu. Sie hatten freilich von Runolf bereits einiges über die heidnischen Götter gehört, so dass ihnen manches verwirrend erscheinen mochte.

„Jesus ist Gottes Sohn. Also ist er Odins Sohn.", mutmaßte Hilda einmal. „Denn Odin ist der höchste Gott."

„Im Glauben deines Vaters ist er das.", antwortete ich. „Im Christenglauben gibt es nur einen Gott, nicht so viele, und er ist voller Liebe für uns Menschen."

„Trinkt Gott auch Met wie Thor?", wollte nun Harald-Aethelfrid wissen. Für mich eine neue Herausforderung.

153

„Ich glaube, dass Gott gar nichts zu essen und zu trinken braucht, weil er weder Hunger noch Durst kennt."

Während Hilda darüber ernstlich nachzusinnen begann, zog mein Sohn einen Flunsch. „In *Asgard* gibt es viel Gutes zu essen und zu trinken, vor allem Met! Ich finde das schöner!"

Ja – die Wikingergötter mit ihren allzu menschlichen Eigenschaften sowie vor allem ihren Zauberwaffen und Zaubertieren – das übte auf Kindervorstellungen natürlich einen besonderen Reiz aus! Darüber hinaus verstand es Runolf trefflich, die erstaunlichsten Geschichten vom Treiben in *Asgard* spannend zu erzählen!

„Thor kann seine Ziegen essen, wenn er hungrig ist, und sie dann mit seinem Hammer berühren und sie wieder lebendig machen!", schwärmte Harald-Aethelfrid.

„Jesus kann Brot vermehren und schwer Kranke heilen.", versuchte ich dagegen zu halten. „Sogar Tote kann er wieder auferwecken."

Hilda musterte mich ernst. „Gaelles Kind konnte er aber nicht wieder lebendig machen."

„Vielleicht kann er aber meinen Fuß gut machen.", hoffte mein Sohn. „Und Vater vor dem Drachen beschützen."

Ich holte tief Luft. Viele Ansprüche. „Gott kann nicht immer alle Wünsche erfüllen, und die Menschen können nicht sicher wissen, warum das so ist. Warum Gaelles Kind wieder zu Gott berufen wurde. Es gibt Glück, und es gibt Leid. Wir nennen das Schicksal, und auch das liegt in Gottes Hand."

Ich hatte Gott zumindest dankbar zu sein für zwei so aufgeweckte Kinder; auch betete ich für Gaelle sowie Lynne, dass ihnen solches Glück künftig ebenfalls zuteil würde. Dass es dauerhaften Frieden gab und wir unsere Männer alsbald wohlbehalten wiedersahen...

Doch unsere schwere Prüfung stand erst am Anfang!

Diesmal war es nicht aus dem Mund von Lynne, dass ich die neuesten, wahrlich erschütternden Nachrichten erhielt: Zwei Männer aus Runolfs Gefolge suchten erstmalig unseren Hof auf – finstere hochgewachsene Gestalten, die mich zunächst nicht wenig in Schrecken versetzten, ehe sie sich vorstellten. Was sie berichteten, entsetzte mich derart, dass ich fast zusammengebrochen wäre!

Jarl Guthrum hatte sämtliche Geiseln, die er von König Alfred seinerseits als Faustpfand für den Frieden erhalten hatte, umgebracht – darunter einige erlesene *aeldermen*!

„Er hat vor König Alfred auf den Heiligen Ring des Thor geschworen, dass er den Frieden einhält!", sprach der wortführende Krieger finster. „Nun hat Jarl Guthrum gesagt, ein gegebenes Wort, selbst ein Schwur in Thors Namen, braucht nicht eingehalten werden bei einem Christen!"

Ich spürte die Erregung, die beide beherrschte. Solcher Wortbruch, solche Heimtücke – das war ihnen ebenso klar wie mir – mussten die schlimmsten Folgen haben für ihren Anführer Runolf!

Mein Mund war trocken. Sie schauten mich an, als erwarteten sie von mir Rat oder Hilfe – ich war doch weitaus ohnmächtiger als sie...

„Jarl Guthrum hat es von Anbeginn geplant!" stießen sie mit zornlodernden Blicken hervor. „Deshalb hat er nur solche Leute als Geiseln ausgewählt, denen er nicht wohlgesonnen war! Wir wissen es!"

Also hatte er nicht vergessen, dachte ich. So sah nun seine Rache aus! Denn zweifellos würde König Alfred mit gleicher Münze zurückzahlen...

„Wir wollen Jarl Guthrums Befehl nicht anerkennen – aber es ist gefährlich, auch wenn er weit weg ist. Seine Leute hier sind wachsam." äußerten die beiden. „Wir haben keinen Rat..."

„Ich habe auch keinen Rat!", stammelte ich verzweifelt. Da schoss mir ein Gedanke durch den Kopf.

„Ich kenne einen einflussreichen Mann im Gefolge des Königs von *Wessex*..."

Beide tauschten einen raschen Blick.

„Wir werden noch heute Nacht beide losreiten, um uns im Tausch gegen Runolf und Aidan anzubieten!", entschieden sie jetzt voll leidenschaftlicher Entschlossenheit. „Wir reiten ohne Pause, und unsere Pferde wechseln wir in *Mercia*. - Du, Frau, gib acht. Die Augen der Raben spähen überallhin!"

„Ich bete für euch!", entgegnete ich mit bebender Stimme. „Wartet: Jener Mann am Königshof... er heißt Coelred und stammt aus meinem Heimatort *Falsgrave*. Nennt ihm meinen Namen!"

Beide neigten ihr behelmtes Haupt. „Sollte jemand kommen und Fragen stellen: Wir waren nicht hier. Du weißt nichts. Sei vorsichtig, wenn du nach *Jorvik* gehst."

Gleich darauf sprengten sie aus dem Tor. Wie gelähmt, einer Säule gleich, stand ich da – eine ganze Weile lang. Verzweifelt suchte ich mein Wirrwarr von Gedanken zu ordnen, zwang mich zur

Ruhe.

Wie sollte ich die nächsten Wochen, Monate mit solcher Ungewissheit überstehen?

Ihre Warnungen waren unmissverständlich – und ich nahm sie sehr ernst. Etwas in mir wappnete sich; ich spürte, dass ich die nächste Zukunft nur mit viel innerer Stärke würde meistern können...

Nur die Kinder durften nichts von alldem merken. Äußerlich musste unser Alltag wie gewohnt weitergehen. Einzig Thrym und Gaelle zog ich ins Vertrauen. Ich brauchte dem Riesen nicht einzuschärfen, ein wachsames Auge auf Haus und Hof zu haben. Auch Geri und Freki flößten als Wachhunde mittlerweile Respekt ein.

„Niemand kommen Schaden machen!", knurrte Thrym. „Ich schlagen tot!"

Die Besuche in *Eoforwic* hatte ich, der Warnungen eingedenk, eingeschränkt. Als ich vom Aufbruch der Truppen hörte, die sich im Süden mit der im Winterlager verbliebenen Hauptstreitmacht vereinen wollten zu einem neuen Feldzug gegen *Wessex*, beschloss ich, endlich wieder einmal die Messe im *minster* zu besuchen. Und unbedingt musste ich Lynne treffen! Wir bedurften jetzt unseres gegenseitigen Beistandes.

Am Morgen jenes furchtbaren Tages, den ich nun schildern werde, marterte ich mich wieder mit denselben Fragen: Wie lange brauchte wohl ein eiliger Reiter von hier bis nach *Wessex*, an den Königshof? In den letzten Wochen hatte es überall reichlich geregnet; hier und da mochten Flüsse über die Ufer getreten, Wege unpassierbar sein, Umwege unvermeidlich. Jene beiden, die so entschlossen waren, ihr Leben für das ihres Gefolgsherrn herzugeben, würden sich von nichts abhalten lassen, zu ihrem Ziel zu gelangen und damit letztendlich in ihren Tod zu reiten. Es rührte mich an, wühlte meine Empfindungen auf, dass ich kaum meine Gedanken davon losreißen konnte.

Dann aber störte Thrym mich und die Kinder beim Frühstück mit der Meldung, dass Geri und Freki ausgerissen waren!

„Bestimmt Wild riechen und jagen!", keuchte der Riese. „Ich suchen gehen. Ich finden."

Weg war er. Sicher fand der die Ausreißer bald, denn ihm gehorchten sie ja halbwegs.

Da das Wetter trocken war, schickte ich die Kinder nach draußen. Hilda machte sich daran, frisch gelegte Hühnereier einzusammeln; Harald-Aethelfrid patschte mit einer Rute ausgelassen in den Pfützen auf dem Hof herum. In Kürze hatte er sich mit Schlamm bespritzt – und schonte auch seine Schwester nicht. Als die nämlich mit den Eiern im Korb an ihm vorbeikam, kriegte sie einen Schwall voll Dreck ab.

„Lass das, Hinkebein!", schimpfte sie wütend. Außerordentlich keck und aufmüpfig schaute Harald-Aethelfrid zu mir auf, obwohl er recht unsicher auf seinen ungleichen Füßen stand. Eine Haltung, die mir sehr vertraut schien.

„Määh!", äffte er eine Ziege nach.

Nicht ich war es, die den gegenseitigen Lästereien ein Ende bereitete, sondern rasch nähertrappelnde Pferdehufe. Schon hielten durchs Hoftor drei Reiter Einzug.

Abermals einige von Runolfs Gefolgsleuten? Doch so rüde wie diese Ankömmlinge waren jene nicht herangeprescht, über einige von uns gepflanzte Setzlinge rücksichtslos hinweg. Erst kurz vor mir und den Kindern brachten sie ihre Tiere zum Halten. Noch mehr spritzte der Dreck als eben bei Harald-Aethelfrids Spiel. Alle drei wichen wir unwillkürlich einige Schritte zurück, wobei ich die Hand meines Sohnes noch zu fassen kriegte.

Die Besucher waren sämtlich behelmt, und ich sah keine sehr freundlichen Mienen darunter. Kurz schauten sie sich um, offenbar nach weiteren Anwesenden. Aber da waren nur wir – Gaelle befand sich beim Wäschewaschen am nahen Fluss *Ouse*, und Thrym suchte die ausgerissenen Hunde!

Der mittlere Reiter, ein sehniger Mann mit vernarbtem hagerem Gesicht, nahm jetzt seinen Helm ab. „Ein schöner Platz, den sich Herr Runolf da ausgesucht hat!", rief er gespielt beeindruckt aus. „Mit einem schönen Weib gleich dazu, wie man sieht!"

Das troff nur so vor Ironie, doch war ich darum bemüht, zumindest äußerlich ungerührt zu erscheinen.

„Dabei hat doch König Halfdan noch gar keine Landverteilung vorgenommen, oder?" Der Sprecher drehte sich zu seinen Begleitern. „Da scheint sich so mancher das Land also selbst zugeteilt zu haben..."

Mit einem eleganten Sprung war er vom Pferderücken runter. Rau lachend schnippte er mit den Fingern dicht vor Harald-Aethelfrids Nase. „Haah!"

Mein Sohn zuckte zurück; verdutzt, aber nicht

161

wirklich eingeschüchtert schaute er dem Mann nach, der mit großen Schritten durch die halb offene Haustür nach drinnen stapfte! Mich zur Ruhe zwingend folgte ich ihm, mit Hilda neben mir. Die anderen beiden waren in meinem Rücken auch abgesessen, blieben aber draußen zurück.

Sie fühlen sich stark, wühlte es in mir, jetzt, da Runolf und auch noch Thrym abwesend sind. Unser ungebetener Gast rieb sich zunächst am Herdfeuer die Hände, um sich dann dreist auf die Felle der Herdbank zu lümmeln. Da saß er, die Beine weit gespreizt, mit herausforderndem Funkeln in den Augen.

Mit aufeinandergepressten Lippen starrte ich auf sein rostfarbenes Kraushaar. Neben mir hielt Hilda ihren kleinen Bruder an der Hand.

„Entzückend!", entblößte er gelbliche Zähne zu einem öligen Grinsen. „Ganz entzückende Kinderchen, hehe..."

Nachlässig bediente er sich und stopfte sich die Reste unseres Frühstücks ins Maul. Schon jetzt hätte ich ihm ins Gesicht springen können! Er hingegen blinzelte höhnisch auf meine Krücke.

„Es waren einmal," begann er kauend, „zwei Reiter, die ritten viele Meilen, bis ihre Gäule fast tot unter ihnen zusammenbrachen. Doch leider, leider... kamen sie zu spät..."

Das durchbohrte mich wie der Stich eines scharfen Messers. Fester krallte sich meine linke Hand um die Krücke; die andere ballte sich zur Faust, dass die Nägel sich ins Fleisch bohrten. Ich spürte es nicht.

162

„Diese beiden edlen Reiter boten dem König von *Wessex* ihren Kopf – nur wollte man ihn nicht. Nun ja," der Sprecher spuckte auf den Boden, „Eindruck hat das durchaus gemacht bei einem so guten Christen wie Alfred, denn er hat barmherzig gehandelt und von zwölf Männern elf freigelassen, deren Köpfe eigentlich rollen sollten. Sie waren ja auch entbehrlich..."

Meine Stirn glühte wie im Fieber. Er wischte sich die Hände an der Hose ab.

„Der große, edelmütige Alfred – ihm schlachtete man zwölf seiner besten Männer ab, und er ließ elf Nichtsnutze frei! Was sind Christen doch für Narren!"

Er schenkte sich aus dem Krug auf dem Tisch Wasser in den Becher, aus dem vorhin ich getrunken hatte. Ein Würgreiz stieg in mir hoch.

„Elf Männer begnadigt – und einer, der keine Gnade fand... Wieso fand er keine Gnade? Nun ja, alles hat seine Gründe und selbst König Alfreds Edelmut Grenzen. Dieser eine..." Er hielt inne, mit geheuchelt mitleidigem Ausdruck. „Du solltest die Kinder für einen Moment rausschicken. Was ich jetzt zu erzählen habe, dafür sind sie noch zu jung..."

Halb benommen schüttelte ich den Kopf.

Er hob die Brauen. „Du solltest sie wirklich rausschicken. Nimm wenigstens Rücksicht auf ihre zarte Seele!" Wieder schlürfte er aus meinem Becher.

„Ich hatte dir mehr Muttergefühl zugetraut, Weib! Nun gut – nicht ich, du bist jetzt herzlos. Denn es wird auch für deine Ohren nicht angenehm, was dein Runolf sich so geleistet hat..."

„Geh!", forderte ich mit so viel Nachdruck, wie ich vermochte.

Verächtlich lachend schüttelte er den Kopf. „Du willst doch wissen, warum König Alfred ausgerechnet deinen Gatten nicht schonte..."

Ich spürte die beklommenen Blicke meiner Tochter. Sie war alt genug, dieser Unterhaltung folgen zu können...

„Ja, wer... angelsächsische Nonnen dazu zwingt, an seinem Schwanz zu lecken..."

„Schweig und geh!", zischte ich.

„Es ist ja auch alles gesagt." Er erhob sich, zufrieden damit, den Rest meines Gleichmuts zusammengetreten zu haben. „Du wirst verstehen, dass so etwas keine Nachsicht verdient! Wäre ich du, ich würde daran keinen Gedanken mehr verschwenden! Es gibt bessere Männer hier, genug zur Auswahl..."

Mit schmierigem Grinsen stiefelte er dicht an mir vorbei Richtung Tür. Als er die Hand ausstreckte, um Harald-Aethelfrid durchs Haar zu fahren, wich der blitzschnell aus.

„Wer bist du, der solche Verleumdungen in mein Haus trägt?", fragte ich, ohne mich umzuwenden, in dem kältesten Ton, der mir möglich war.

„Eirik, neuer Befehlshaber von *Jorvik* – Nachfolger deines ruhmreichen Gatten Runolf Rotfleck..."

Ich hörte die Pferde davontraben. Dann sackte ich zusammen.

Halb benommen dakauernd nahm ich wahr, wie Hilda gleich darauf aus der Tür davonrannte; Harald-Aethelfrid.hockte sich still neben mich. Ich kämpfte gegen meine Schwäche an. Dass meine Kinder mich so schwach und hilflos sahen, hätte nicht geschehen dürfen!

Als Gaelle, von meiner Tochter herbeigeholt, ins Haus stürzte, hatte ich mich schon zum nächsten Stuhl geschleppt. Meine Hände, mein Gesicht – alles schweißüberströmt! Gaelle tupfte den Schweiß auf meiner Stirn mit einem Leinentuch ab; sie zitterte selbst am ganzen Leib.

„Gwen – was waren das für Männer? Hilda sagte..."

„Böse Männer!", ertönte es aus dem Hintergrund. Wir alle schauten zu Harald-Aethelfrid, der jetzt neben dem Feuer stand, mit zusammengekniffenem Mund. Auf einmal schlug er mit der Weidenrute, die er immer noch in der Hand hatte, um sich, haute den Becher, aus dem unser widerlicher Besucher getrunken hatte, zu Boden und auf dem Tisch herum. „Böse Männer!" stieß er nochmals hervor.

„Die bösen Männer sind weg.", sprach Gaelle fest.

Freilich schreckten wir alle auf, als draußen rasch näherstapfende Schritte vernehmbar wurden. Zu unserer riesengroßen Erleichterung war es Thrym, der eintrat. Verblüfft, uns in solch aufgelöster Verfassung vorzufinden, stockte er. Vom fremden Geruch erregt stürmten auch Geri und Freki ins Haus, wo sie rund um Tisch und Bank alles argwöhnisch abschnupperten. Dann wuselten sie um mich herum, froh, kein Hausverbot zu haben.

Gaelle hatte kaum das Wort „fremde Männer" in den Mund genommen, als in Thrym alles zu einer bedrohlichen Wut anschwoll.

„Was sie machen mit dir, Gwen? Du musst sagen!"

„Sie rührten mich nicht an... aber sie sagten schlimme, furchtbare Dinge über Runolf...", hob ich matt an.

„Aah! Die Hunde fortgelockt! Mich auch fortgelockt!", tobte der Hüne. „Wie viele waren hier? Und waren von *Jorvik*?"

Ich hörte nicht hin, da ich abgelenkt war – von dem Speichel, den uns Eirik der Widerliche dagelassen hatte! Neuerlich kroch ein Würgereiz in mir hoch. Gaelle musste umgehend alles um die Feuerstelle reinigen!

„Erst kümmern wir uns um dich.", sprach Gaelle mit Nachdruck. „Sobald es dir besser geht, beseitige ich alle Spuren dieses Widerlings! Quittensamen und Knoblauch vertreiben das größte Übel!"

„Was sagen über Herrn?", knurrte Thrym. „Du nichts glauben! Sofort vergessen!"

Ich nickte, mir bewusst, dass dies nicht gelingen würde. In den darauffolgenden Tagen wurde ich krank. Nicht mehr als eine Erkältung, doch fühlte ich mich erbärmlich. Gaelle und Hilda waren rührende Krankenpfleger.

Mit sehr ernster Miene hinkte einmal auch Harald-Aethelfrid an mein Krankenlager.

„Nicht zu nah, sonst steckst du dich an.“, mahnte ich heiser.

Ich sah, dass er eine neue, größere Rute in der Faust hatte. „Thrym schnitzt mir ein Schwert!“, erklärte er mit trotziger Stimme. „Ich habe auch ein richtiges Messer. Wenn die bösen Männer wiederkommen, steche ich sie tot! Ich beschütze dich! So, wie Tyr mit dem Fenriswolf kämpft!“

Nicht nur vom Husten tränten mir die Augen. Da war etwas in meinem Sohn, was man einem Jungen seines zarten Alters nicht zugetraut hätte – etwas, das ich auch bei Runolf zuweilen gesehen hatte, wenn sein Stolz gekränkt war. Diese Zeiten, diese Ereignisse verlangten Kindern viel ab, doch Harald-Aethelfrid schien es gar zu stärken. Mit seinen gerade fünf Jahren wollte er mein Beschützer sein...

Hilda ihrerseits hatte zu vieles, was Eirik andeutete, begriffen. „Kommt Vater gar nicht mehr zu uns zurück?“, fragte sie mit traurigem Ausdruck. „Ist er gefangen oder... in *valhalla*?“

Ich nahm sie in den Arm. „Wir dürfen daran nicht denken. Was dieser Mann erzählt hat, sind schlimme Lügen. Wir müssen geduldig sein – bis wir etwas Sicheres über Runolfs Schicksal wissen.“

Mir fiel wieder jener Traum ein, den ich am Morgen nach unserer Vermählung erzählt und gedeutet hatte: Ein eindrücklicher Traum, in dem ich ein vom Sturm aufgewühltes Meer sah, sich an Klippen brechende Wellen. Und was für eine Finsternis! Am Ende aber war die Sonne durch die Wolken gebrochen...

Meine Sonne war Runolf. Eirik der Widerliche hatte ja nicht gesagt, dass mein Mann hingerichtet worden war; nur, dass König Alfred ihn nicht freigelassen hatte!

„Denk nur nicht mehr an das, was diese Männer dir gesagt haben – ich will es auch nicht wissen!", suchte mich Gaelle aufzurichten.

Allabendlich schickte ich inständige Gebete für meinen Mann zu Gott. Zumindest, so wusste ich ja, war Aidan gerettet – doch wo mochte er sich befinden? Unbedingt musste ich Verbindung zu Lynne aufnehmen. Allerdings war es momentan ja viel zu gefährlich, sich in die Stadt zu begeben, wo man jederzeit Eirik oder seinen Schergen über den Weg laufen konnte!

Fieberhaft begannen wir Pläne zu schmieden, wie man es bewerkstelligen könnte, Lynne eine Nachricht zukommen zu lassen. Wir brauchten Gewissheit, um für unsere eigene Zukunft vorzusorgen, für den schlimmsten Fall...

Der Schutz meiner Kinder musste nunmehr an oberster Stelle stehen.

Einige Zeit danach wurden wir nachts von Geris und Frekis heftigem Gebell geweckt.

Im Nu war Thrym auf den Beinen; wir sahen seine turmhohe Gestalt bewehrt mit der Holzfälleraxt zur Haustür huschen; während ich noch einen Umhang umwarf, in banger Erwartung dessen, was da draußen lauerte, hatte der Hüne vorsichtig die Tür geöffnet, um erstmal durch den Spalt zu spähen. Das Hundegebell war in ein unablässiges Knurren übergegangen.

Auf einmal streckte sich Thrym und öffnete die Tür weit. „Ein Freund!", rief er uns strahlend über die Schulter zu.

Dieser Freund, der nun im Türrahmen erschien, entpuppte sich als – Aidan! Kaum war er hereingehuscht, verriegelte Thrym die Tür wieder. Gaelle und ich starrten den Iren an wie einen Geist – wie solch einer wirkte er auch im schummrigen Licht der Talglämpchen. Er war in einen groben, kuttenartigen Umhang gehüllt, dessen Kapuze er eben abgezogen hatte.

Wir sahen sogleich: Bewegte Ereignisse hatten an ihm ihre Spuren hinterlassen. Tief eingefallen waren seine Wangen, das lange dunkle Haar zerwühlt und verfilzt. Heftige Strapazen mussten hinter ihm liegen.

Noch mehr Talglichter wurden entzündet, und wir kamen auf Bank und Stühlen zusammen. Ich schaute hinter mich. Die Kinder waren vom Hundegebell und unserem Treiben natürlich auch wach geworden und spähten auf ihrem Lager aufgesetzt neugierig zu uns rüber.

169

„Zündet kein Feuer an!", wisperte Aidan. „Es ist besser, wie die Katze in der Nacht unsichtbar zu bleiben in solchen Zeiten!"

Er atmete schwer. Sein Blick war zu mir gewandert. Im Schoß hatte ich die Hände gefaltet. Wie stark hatte ich jetzt zu sein?

Endlich begann er zu berichten, in gedämpftem Ton. „Gestern Nacht erreichten wir *Jorvik*. Wir sind nur nachts gereist, von *Winchester* aus... gleich nach unserer Freilassung..."

„Die anderen Geiseln und du.", ergänzte ich. Er nickte, die Augen unverwandt auf mich gerichtet. „Es tut mir leid, Gwen, aber wir sind nicht alle zurück..."

Ich schluckte. „Runolf behielt man dort..."

„Also weißt du es bereits." Er senkte den Blick. „Von wem?"

„Eirik, dem neuen Stadtkommandanten." Allein der Klang dieses Namens auf meiner Zunge schmeckte widerwärtig!

Ein zischender Laut entfuhr Aidan. „Was hat euch diese Schlange erzählt? Hat er sich hierher, vor dein Angesicht gewagt?"

„Ich schlagen tot, wenn noch einmal kommen!", grummelte Thrym. „Schlimmes erzählen Herrin. Sie krank davon!"

Aidans Augen funkelten wild. „Sag mir, was er dir erzählt hat!"

Ich schaute noch einmal zu den Kindern, die nach wie vor unsere Zusammenkunft verfolgten.

„Er hat Abscheuliches erzählt. Ich weiß, es sind alles Lügen..."

„Lügen ... über Runolf!" Der Ire ballte die Fäuste. „Lügen, die auch am Hof König Alfreds verbreitet wurden!" Seine Hand langte rüber zu mir, legte sich auf meinen Arm. „Deshalb musste er in der Gewalt des Königs zurückbleiben! Niemand weiß, was seitdem geschehen ist – aber uns bleibt Hoffnung..."

Alles in mir entkrampfte sich; ich schloss die Augen. Es war richtig, nicht von der Hoffnung zu lassen!

„Eirik behauptete, Runolf wäre..."

„Das käme ihnen gelegen!" stieß Aidan zähneknirschend hervor. „Ja, die Lanzen der Königlichen waren bedrohlich auf ihn gerichtet; er allein wurde abgesondert und in den Kerker abgeführt, während König Alfred uns großmütig die Freiheit schenkte und damit auf berechtigte Rache verzichtete. Aber... kurz bevor man uns gehen ließ, da trafen zwei von Runolfs Gefolgsleuten ein – sie schafften es, zu König Alfred vorzudringen. Als wir sie noch einmal sprechen konnten, erfuhren wir, dass sie sich zum Austausch gegen Runolf und mich anbieten wollten, und dass dies nicht ohne Eindruck auf den König geblieben war; er hätte gesagt, niemand würde solches auf sich nehmen für einen unwürdigen Mann..."

Sie hatten es also tatsächlich geschafft! Und möglicherweise ihren Gefolgsherrn gerettet.

„Runolf mag augenblicklich in Ketten liegen – wenigstens aber ist er nicht gehängt, sicher nicht.", fuhr der Ire fort. „Einer seiner beiden Männer, Svejn, bestand darauf, sich der Gewalt des Königs auszuliefern, bis das Schicksal seines Gefolgsherrn entschieden wäre. Tjorvi kehrte mit uns zurück, um euch beizustehen, worauf Runolf bestanden hatte."

„Vielleicht," entgegnete ich, auf einmal voll innerer Ruhe, „ist Runolf momentan in Alfreds Gewalt, in seinem Kerker gar sicherer als in Freiheit..."

„Er war sehr standhaft, bei seiner Verhaftung." Aidan nahm, zu unserer aller Verwunderung, einen tiefen Schluck aus dem Krug voll Met, der neben der Bank auf einer Holzablage stand. „Den Kopf stolz erhoben ließ er sich binden. Er war ja nicht in Kenntnis der Gründe, die zu seiner Festnahme führten. Er ging davon aus, der König wolle zumindest einen von uns als Opfer für Jarl Guthrums schändlichen Wortbruch, die Ermordung der 12 Geiseln. Und er sagte, er würde es annehmen."

Mir bebten die Knie. Auch ich genehmigte mir jetzt einen Met.

„Mich bat er... deinen Schutz zu übernehmen." Das fahle Talglicht ließ die Höhlen in Aidans Wangen noch tiefer erscheinen. „Das werde ich natürlich tun, solange er nicht hier ist."

„Ich muss an König Alfreds Hof.", murmelte ich. „Ich muss Runolf beistehen. Ich ertrage das Warten nicht mehr!"

Aidan drückte meinen Arm. „Viel zu gefährlich! Wir mussten schon so sehr auf der Hut sein! Ich werde nun, wo das Wichtigste mitgeteilt ist, auch gehen, zurück in mein Versteck..."

„Wo haltet ihr euch versteckt?"

„Auf einem Hofgut, einige Meilen von hier. Wir stehen in Verbindung mit Runolfs altem Gefolge und noch anderen, die Guthrum berechtigt zürnen. Derer sind nicht wenige, und wir schmieden Pläne. Haltet ihr euch nur ruhig einstweilen..."

Ich brachte Aidan zur Tür. Wachsam hoben Geri und Freki, vor dem Hundestall kauernd, ihre Köpfe.

Der Ire zögerte. Mit einer Hand lehnte er sich an den Türsturz. „Was hat Eirik die Schlange gesagt, dass es dich krank machte?"

Mein Blick glitt zu Boden. Allein der Gedanke daran erfüllte mich mit Ekel.

Aidan holte tief Luft. „Sie zwangen ihn, es zu tun, genauso wie mich und andere. Guthrums Mannen wüteten in dem Kloster wie Wölfe in einer Schafherde. Erst soffen sie sich im Weinkeller voll, und dann fielen sie über ihre Opfer her. Wir hörten ihre Schreie. Ein paar versuchten, sich in Sicherheit zu bringen, und wir wollten sie schützen. Aber die anderen waren mehr Männer. Sie lachten uns als Spielverderber aus. Sie drohten, die Nonnen wie Gänse zu schlachten, wenn wir nicht mitspielten. Sie zerrten die Äbtissin vor Runolf..." Er stockte, sichtlich angewidert von jenen Erinnerungen. „Sie hielten ihr ein Messer an die Kehle und stellten uns vor die Wahl: In der Lust oder im Blut zu baden!"

Ich presste die Hände vors Gesicht. Eiriks hämische Fratze – sie schien sich zu ergötzen an diesem Grauen!

„Um ihren Tod nicht zu verantworten, tat er es, und sie hatten ihren Spaß! Dann kam ich dran...

173

bis es endlich vorbei war." Er schlug mit der Faust gegen den Türrahmen.

„Das ist dein Tod, Eirik!"

Dann streifte er die Kapuze wieder über und verschwand wie eine Katze im Dunkel der Nacht.

Als eine Woche gänzlich ohne neue Nachrichten verstrichen war, überwand ich sämtliche Bedenken. Mit Gaelle an meiner Seite besuchte ich *Eoforwic*. Thrym war dazu angehalten, während unserer Abwesenheit Heim sowie Kinder zu bewachen. Auf seinen Schutz konnte man bauen; wenn allerdings die Feinde in Übermacht anrückten, würde nicht einmal seine Bärenstärke etwas ausrichten können.

Allzu lange schon war ich nicht mehr in der Messe gewesen; zudem fiel man unter den zahlreichen Gottesdienstteilnehmern weniger auf. Gaelle und ich hatten weite, unauffällige Umhänge angelegt und unseren Kopf mit Hauben verhüllt. Nun saßen wir im gut gefüllten *minster*, der Predigt von Erzbischof Wulfhere lauschend. Nach Niederschlagung des Aufstandes war er nach *Eoforwic* in seine frühere Stellung zurückgekehrt. Offenbar waltete er nach wie vor als Vermittler zwischen heidnischen Besatzern und *Eoforwics* christlicher Bevölkerung. Dass das religiöse Leben seinen ungestörten Fortlauf nahm, trotz aller Mißstände, war gewisslich sein Verdienst.

Bei dieser Gelegenheit traf ich auch jene Familie, mit der mich seinerzeit Aethelfrid bekannt gemacht hatte. Lange hatten sie mich vermisst, wie sie kundtaten. Nach der Messe luden sie uns in ihre Behausung ein. Ich, die so lange regelrecht ausgesperrt aus der Stadt gewesen war, genoss das Beisammensein in ihrem Kreise.

Und unsere Gespräche sollten aufschlussreich sein: Man deutete uns gegenüber an, dass unter den Einwohnern von *Eoforwic* größere Verbitterung herrschte denn je. Zwar hatte man halbwegs angefangen, sich mit den Wikingern als Herren abzufinden – unter dem nunmehrigen Stadtkommandanten Eirik wurde die Geduld der Einwohner jedoch arg geprüft! Eiriks Gefolge führte sich nur allzu oft wie 'die Axt im Walde' auf. Seine Mannen verlustierten sich in lautstarken Gelagen, um sich, das Blut vom Met erhitzt, in *Eoforwics* Straßen abzureagieren. Orgien und Schlägereien waren an der Tagesordnung. Hatte dies alles unter König Ivar sowie Halfdan noch Maß gehabt, so drohte es nurmehr auszuufern.

„Ihr Hauptquartier im Königshof ist ein einziges Sodom und Gomorrha! Ständig läßt sich Eirik neue Huren kommen, und auch seine Günstlinge wechseln die Beischläferinnen wie das Hemd.", schilderte man uns. „Wohl dem, der abends keinen Fuß mehr raussetzen muss. Die Wüstlinge vergewaltigen selbst halbe Kinder."

Als ich an unseren Heimweg dachte, wurde mir angesichts solcher Verhältnisse so mulmig, dass ich mich gemahnte, rechtzeitig vor Anbruch der Dunkelheit aufzubrechen.

„Es waren bessere Zeiten unter deinem Mann als Kommandant.", bekam ich zu hören. „Ist er denn wieder in *Wessex*, beim Heer?"

Ich nickte knapp. Wie gut es tat, zu hören, dass man sich hier gern an Runolf erinnerte – unsere Gastgeber waren immerhin Northumbrier! Sollte ich sein Schicksal erzählen? Was hätte es genützt?

Unsere Unterhaltung wurde vertraulich. „Hier ist einiges im Gange. Unter den Menschen wächst der

Grimm gegen solche Zustände! Nein, zu einem Aufstand reicht nicht mehr die Kraft – doch, wie man hört, sind selbst unter den Heiden nicht wenige über Eirik erbost. Es ist also möglich, dass man sich zusammentut, um zumindest seiner Tyrannei ein Ende zu bereiten. Wenn wenigstens das erreicht würde... aber darüber muss Stillschweigen gewahrt werden, vorerst..."

„Uns kam Ähnliches zu Ohren.", erklärte ich. „Viele Wikinger, darunter auch Runolf, halten Eirik für einen schlechten Mann. Es kann also gelingen, ihn abzusetzen. Dafür müssen wir alle zusammenstehen."

„Wir setzen große Hoffnung auf Bischof Wulfhere, der dahingehend bereits Verbindungen aufgenommen hat. Auch die Händler bekunden immer mehr Unmut; mit ihnen könnte man ebenfalls rechnen. Eiriks Spione aber lauern überall, so dass geheime Zusammenkünfte ein großes Wagnis sind..."

Als ich mit Gaelle unsere Freunde verließ, stand die Sonne bereits weit im Westen. Es blieb somit keine Zeit mehr, nach Lynne und ihrem Vater zu sehen. Wir mussten einen Schritt zulegen, um die Stadt hinter uns zu lassen – bevor das Nachtleben erwachte und zwielichtige Gestalten sich auf den Straßen tummelten. Voller Ungeduld wartete sicher schon unser treuer Wächter Thrym...

Auf unserem Weg in Richtung Stadttor kamen wir an einigen Bettlern vorbei – lumpigen Gestalten, die am Straßenrand kauerten und beharrlich ihre Hand aufhielten. Für sie hatte ich ein paar *shillings*

177

über. Obwohl das ihr Elend kaum würde lindern können...

Einer der Bettler war eine ungewöhnlich massige Gestalt, nicht so ausgemergelt wie seinesgleichen sonst. Mir kam in den Sinn, dass er sich vielleicht nur als Bedürftiger getarnt hatte, um ein wenig Geld abzustauben, wie mir das schon erzählt worden war. Als ich, an dem vermeintlichen Täuscher vorübergehend, also keinen *shilling* zückte, fasste er plötzlich den Saum meines Umhangs. Mir entfuhr ein unterdrückter Schrei.

„Ruhig, Frau! Die Raben spähen überall hin!"

Diese Stimme kannte ich, und auch die Wortwahl! Zwischen den Falten seiner Kleidung erschien eine kräftige Hand, die mich mit knapper Geste heranwinkte.

„Keine guten Botschaften für Eiriks Feinde.", murmelte er in düsterem Ton. „Aidans Rachedurst war stärker als die Vernunft. Es wurde ihm zum Verhängnis..."

Mein Herzschlag schien zu stocken. „Was ist mit Aidan geschehen?"

„Er lauerte, nur mit einer Handvoll Leute, Eirik auf einem Jagdausflug auf, einige Tage zuvor. Er hielt es geheim, sonst hätten wir ihn aufgehalten. Nun stecken ihre Köpfe auf dem Hof der *konungsgurtha*. Und wir müssen unsere Pläne neu ordnen."

Er verstummte, als eine Gruppe Männer an uns vorbeizog. „Geh jetzt schnell nach Hause, Frau! Wir werden dir Nachricht schicken."

Derart gelähmt von solch grauenhafter Botschaft

vermochte ich kaum meine Füße in Bewegung zu setzen. Aidan tot!

Gaelle hatte sich bei mir untergehakt. „Wer war das?"

„Ein Freund." entgegnete ich mit tonloser Stimme. „Ein sehr tapferer Mann."

Der Abend rückte rasch heran. Daheim ging ich bald zu Bett. Still weinte ich die ganze Nacht vor mich hin. Ahnen hätte ich es müssen! Aidan war von Rache verzehrt gewesen; gelodert hatte er in jener Nacht, als er von uns schied. Eiriks Verleumdungen hatten umgehende Vergeltung gefordert...

Jetzt freilich war der Feind auf dem Sprung. Er wusste, was sich um ihn zusammenbraute. Er war gefährlich und unberechenbar wie ein verwundetes Tier.

Von Zeit zu Zeit erhielten wir Nachtbesuch; wir gewöhnten uns daran, selbst Geri und Freki, die irgendwann nur noch knurrten, wenn unser Verbindungsmann nahte. Es war meistens Tjorvi, der auch in die Rolle des Bettlers in *Eoforwic* geschlüpft war. Seine Meldungen machten uns Mut – demzufolge erhielten Eiriks Gegner mehr und mehr Zulauf, sogar von Northumbriern, darunter Bischof Wulfhere mitsamt dem Klerus von *Eoforwic* sowie einem Großteil der Händler.

Die Gewitterfront ballte sich also – doch konnte man noch nicht losschlagen. Es mussten nämlich auch immer die Verhältnisse an der Kriegsfront in *Wessex* im Auge behalten werden. Jarl Guthrum hatte dort gegen König Alfred in diesem Jahr bereits empfindliche Rückschläge sowie Verluste erlitten – darüber hinaus hatte eine Riesenflotte von über 100 Schiffen, die die Verteidiger von der Seeseite her angreifen und ablenken sollte, in einem gewaltigen Sturm an der Südküste Englands Schiffbruch erlitten! Tjorvi und viele andere betrachteten das als ein Zeichen, dass Kriegsgott Thor ihnen zürnte, wegen des gebrochenen Friedenseides, der von Guthrum immerhin auf Thors Heiligen Ring geschworen worden war. Selbst in dessen Heer schien Uneinigkeit Einzug gehalten zu haben; einige Jarle grollten dem Heerführer, weil ihn offenbar sein Kriegsglück verlassen hatte. Ein entscheidender Sieg König Alfreds war somit nur eine Frage der Zeit und das Zünglein an der Waage...

Wie Tjorvi uns erläuterte, konnte Guthrums sinkende Gunst jenen, die seinen Statthalter Eirik stürzen wollten, nur in die Hände spielen. Also musste man geduldig sein, durfte nicht so überstürzt handeln wie Aidan, der dafür mit dem Leben bezahlt hatte.

Lynne musste Schlimmes durchstehen! Wie ich ihr jetzt fehlte – ihr, die uns seinerzeit mit ganzer Kraft beigestanden hatte...

Hilda betete eifrig für ihren Vater, mal zu Odin, mal zu Christus. Harald-Aethelfrid hingegen vertraute lieber ganz dem Beistand der handfesten Wikingergötter.

„Mein Vater besiegt die Midgardschlange – und den Fenriswolf – und die Riesen!", verkündete er überzeugt. „Thor ist auf seiner Seite!" Wohl seiner

Unerschütterlichkeit...

Das Rollgestell hatte er schon seit längerem nicht mehr angerührt, sondern bewegte sich nunmehr ohne jegliche Gehhilfe. Er schien gar stolz auf sein Hinken! Ich merkte: Er war mehr ein Harald als ein Aethelfrid. In wenigen Jahren würde er scharfe Waffen führen und im Pferdesattel sitzen. Er vermisste seinen Vater sehr.

Es brach frühmorgens über uns herein: Diesmal ein Dutzend bewaffnete Reiter, die voll rücksichtslosem Ungestüm auf unser Grundstück drangen. Thrym, der immer als Erster angekleidet war, rannte ihnen mit der Axt entgegen, während wir mit den Kindern an der Hand, spärlich bekleidet, im Schutz des Hauses zu den Büschen hin zu hasten suchten.

In seinem draufgängerischen Sturm warf Thrym den vordersten Reiter mitsamt Pferd um; dem nächsten hieb er den Arm ab, bevor er von kräftigen Lanzenstößen gefällt wurde und von den Hufen in den Staub getreten. Schreiend hielt Gaelle in der Flucht inne, so dass ich sie verzweifelt weiter drängte. Freilich, unser Versuch zu fliehen war nicht mehr als kläglich – im Nu hatten sie uns eingeholt, zerrten uns mitsamt Kindern auf den Hof zurück, vor ihren Anführer Eirik den Widerwärtigen!

Sein Triumph war heute vollkommen; er badete sich förmlich darin. Als Gaelle sich losreißen wollte, um zu Thryms blutüberströmter, reglos daliegender Gestalt zu eilen, wurde sie so brutal geschlagen, dass sie hinstürzte. Schluchzend blieb sie am Boden kauern.

„Lass die da!", Eirik machte eine wegwerfende Geste. „Auf die kommt's mir nicht an!"

Mein Zorn hätte gereicht, ihm in die höhnische Fratze zu speien – um Hildas und Harald-Aethelfrids willen musste ich mich bezähmen...

„Was wollt ihr? Was haben wir euch getan?"

Er nestelte an seinem Gürtel. „Womöglich den

falschen Leuten Gastfreundschaft gewährt." Er gab ein Zeichen, woraufhin eine Handvoll Mannen das Haus stürmten. „Sie sehen sich ein wenig um – nach Ratten, oder Spuren von Ratten..."

Die einzige Ratte, die ich hier sehe, steht vor mir, dachte ich. Nicht Angst um meinetwegen, einzig Angst um die Kinder beherrschte mich. Beiden, die sich im festen Griff jeweils eines bärbeißigen Schergen wanden, sandte ich ermutigende Blicke.

„Ich hatte nämlich vor einiger Zeit eine wenig freundliche Begegnung." Eirik spuckte auf den Boden. „Mit einem Mann, der in diesem Haus gerne gesehen war. Leider wird er fortan nicht mehr kommen können..."

Mir fielen die Worte des falschen Bettlers Tjorvi ein. Aidans unbeherrschte Rachgier hatte nicht nur ihn selbst das Leben gekostet – uns alle hatte er damit in höchste Gefahr gebracht!

Schweigend harrten wir draußen aus, während aus dem Innern des Hauses Rumpeln, Klopfen und Gepolter hinabfallender Gegenstände zu hören war. Unweit von mir waren einige Mann dabei, sich um ihre von Thryms Angriff übel zugerichteten Kameraden zu kümmern. Und jetzt erst nahm ich, am Hofrand, Geris und Frekis leblose Körper war. Auch sie waren von dem Ansturm einfach überrannt worden!

Endlich kamen sie wieder raus, mit Äxten und Kurzschwertern in der Faust. „Sollen wir Feuer legen?", riefen sie.

Eirik trat mir gegenüber. Mit zusammengepressten Lippen starrte ich an ihm vorbei – auf die halb offene Haustür. Nun also war es soweit...

Er rieb sich das stopplige Kinn. „Er hat sich viel Mühe gegeben, dein Runolf – wenn er auch ein wenig voreilig war." Jetzt winkte er die Männer herbei. „Das können wir später noch erledigen! Den kleinen Wolf aber," er deutete auf Harald-Aethelfrid, „nehmen wir mit!"

„Nein!" Mein Schrei gellte durch die Luft. Hämisches Gelächter antwortete als Echo.

„Es wird Zeit, dass er unter Männer kommt!" Belustigt beobachtete Eirik, wie sich mein Sohn widerspenstig im Griff seines Bewachers aufbäumte, mit den Füßen um sich strampelnd und mit Zähnefletschen. „Schaut euch den Jungwolf an! Noch Milchzähne, will aber schon beißen!"

„Üb nicht an unschuldigen Kindern deine Rache!", flehte ich. „Nimm mich!"

„Es geschieht ihm ja nichts Böses.", erklärte Eirik mit geheuchelter Unschuldsmiene. „Es ist sogar zu seiner Sicherheit. Derweil wirst du dir überlegen, ob du den falschen Leuten weiterhin Unterschlupf gewährst, und ob du uns nicht lieber verrätst, wo die Verschwörer sich noch verkrochen halten, wer alles zu ihnen gestoßen ist. So kannst du deinen Wolfswelpen wieder zurückbekommen. Ein guter Handel, oder?"

Meine Gedanken rasten. Bei Gott, sie wussten von den Plänen, die gegen sie im Gange waren – wahrscheinlich hatten sie es durch Folter aus Aidan und seinen Leidensgenossen herausgepresst!

Eirik machte ein paar Schritte auf und ab. Er schien sich zu besinnen.

„Gut – wir nehmen auch dich mit.", entschied er schließlich. „Das ist unsere beste Versicherung!"

Ich sah das Entsetzen in Gaelles Gesicht. In mir selbst war auf einmal alles voll kalter Ruhe.

„Nein, lass mich nicht allein!", wimmerte Gaelle. Achtlos schubste man Hilda neben sie, während man meinen Sohn und mich zu den Pferden hin schob. „Seid tapfer!", rief ich beiden zu. „Gott ist mit euch!"

Als wir, von den Entführern in die Mitte genommen, forttrabten, warf ich einen letzten Blick zurück. Meine Tochter und Gaelle hielten sich eng umfasst. Was nur verlangte das Schicksal meinem Kind da ab? Allein mit unserem völlig verschreckten Hausmädchen, ihrem erschlagenen Gefährten sowie den toten Hunden!

In den Mienen der Menschen, an denen wir in *Eoforwics* Straßen auf dem Weg zum Königshof vorbeiritten, war so manches zu lesen: Mitleid, Verachtung, Hohn... Nicht jeder hielt mich also für eine erbarmungswürdige Gefangene, vielmehr für eine von jenen, die sich als neue Bettgenossin der Wikinger hergaben. Diejenigen, denen mein Gesicht bekannt war, mochten sich denken, dass mir recht geschehe – mir, die als eine der ersten Frauen *Northumbrias* einem Heiden um den Hals gefallen war...

Obwohl im festen Griff eines Schergen, vor dem ich im Sattel saß, verrenkte ich mir immer wieder den Kopf nach meinem Sohn, der mitsamt Aufpasser hinter uns ritt. Hatte er anfangs noch heftig gestrampelt und mit seinem Holzschwert um sich gefuchtelt, sehr zur Erheiterung der rauen Kerle, so starrte er jetzt voll zerknirschtem Trotz vor sich hin. Er hatte sich vorerst müde getobt, wie auch daheim, beim wilden Spiel. Was mochte wohl in seinem kleinen Kopf vorgehen, nachdem er ein solches Grauen miterlebt hatte?

In mir selbst schienen jegliche Gefühlsregungen erstorben. Es war vielleicht gut so; bewahrte es mich doch davor, wahnsinnig vor Schmerz zu werden. Meine ganze Kraft brauchte ich nunmehr für den Schutz Harald-Aethelfrids! Wenn schon alles andere nicht mehr zu retten war...

Durch das Haupttor ritten wir in den königlichen Bezirk ein, den Platz, wo früher die northumbrischen Könige Hof gehalten hatten, danach die berüchtigten Lodbrok-Erben Ivar und

Halfdan. In seiner Zeit als Stadtkommandant war auch Runolf hier ein und ausgegangen. Nun war dieser Platz zur Räuberhöhle hinabgesunken, wie man sogleich erkannte: Auf dem weitläufigen Innenhof lungerten Horden grimmiger Gesellen, die mir lüsterne Blicke nachwarfen. Einige johlten ausgelassen, rauften miteinander. Ein Gemisch aus Pferde- und Menschenausdünstung drang mir in die Nase.

Am Rande des Hofs standen viele Karren und Wagen, einige mit Fässern beladen. Ein Gefährt erregte meine Aufmerksamkeit jedoch besonders – darauf befand sich nämlich ein geräumiger Holzkäfig. War da ein Tier drin gefangen? Nein, denn was ich nun sah, waren zwei menschliche Hände, die sich um die Gitterstäbe krallten. Vom Rest des Körpers nahm ich nur schattenhafte Umrisse wahr, da wir schon vorüber getrabt waren...

Welche erbärmliche Kreatur, so fragte ich mich, mochten sie da wie eine wilde Bestie eingesperrt halten?

Wir hielten nun vor einem großen Holz- und Fachwerkbau, der auf ein steinernes Fundament gesetzt war. Alles saß ab, und gleich darauf führte man uns ins Innere des Gebäudes.

„Bringt die Dame in unser Gästezimmer, mitsamt ihrem bissigen Welpen!", hörte ich Eiriks ölige Stimme befehlen. Man drängte uns eine enge, knarzende Stiege hoch, in einen der Räume im Obergeschoss. Kaum dass hinter uns die Tür verriegelt war und wir endlich allein, umschlang ich

Harald-Aethelfrid, ihn an mich pressend wie das Kostbarste der Welt, und schloss fest die Augen.

So verharrten wir beide eine – wie mir vorkam – lange Zeit: stumm, reglos wie Statuen, uns gegenseitig Halt und Trost spendend. Bis mein Sohn schließlich in meiner Umarmung unruhig wurde.

„Mum...“

Ich öffnete die Augen. Verwundert schaute er an mir vorbei. Als ich mich umwandte, um mich erstmalig in unserer Unterkunft umzusehen, fuhr ich zusammen. Nahe der einzigen Fensteröffnung im Raum kauerte eine Frauengestalt!

Meine Lippen zuckten. „Lynne!...“

Ich richtete mich auf, befand mich gleich darauf bei ihr. Sie hingegen schien mich nicht wahrzunehmen, starrte durch mich hindurch, als wäre ich unsichtbar! Bleich wie ein Leichengewand war ihr Gesicht, und nur die ihre Brust bewegenden Atemzüge bezeugten, dass sie nicht leblos war!

Sie schien in einer furchtbaren Verfassung. Das lange, so schöne braune Haar strähnig und zerwühlt; behutsam strich ich es aus ihrem Gesicht, wobei ich mich dicht vor sie hockte. Noch immer regte sie sich nicht. Ihr Mund war halb geöffnet, die Lippen trocken und rissig. Und ihre Kleidung – Brust und Schultern nahezu entblößt...

„Lynne!“, hauchte ich. „Beim Allmächtigen! Was ist dir widerfahren?“

Liebevoll zog ich sie an mich. Ich spürte, wie Tränen meinen Hals befeuchteten. Sie hatte angefangen, still zu weinen.

„Jetzt sind wir beisammen, Lynne!", streichelte ich sie. „Du bist nicht mehr allein hier. Was auch immer uns droht – wir stehen es gemeinsam durch..."

Harald-Aethelfrid hatte, während ich ganz um Lynne bekümmert war, begonnen, unser Quartier zu erkunden. Er beäugte die Lagerstatt sowie das übrige spärliche Mobiliar in diesem Raum. Schließlich zog er sich einen der Stühle unter das kleine Schiebefenster, kletterte hinauf und schob den Holzschutz ganz zurück, um auf die Zehenspitzen gereckt nach draußen zu spähen.

„Sei vorsichtig, mein Kleiner!", mahnte ich.

Ein mattes Lächeln glitt nun über Lynnes Lippen. „Wie er gewachsen ist...", hauchte sie.

Ich streichelte wieder ihr Haar. „Er wird ein großer, starker Mann..."

Mit leeren Augen schaute Lynne zu mir auf. „Sie werden ihn vorher umbringen – so, wie sie Aidan und Runolf umgebracht haben."

Ich schüttelte den Kopf. „Runolf ist nicht tot – aber er ist weit weg, im Kerker des Königs von *Wessex*..."

„Wer wird uns also retten können?", murmelte Lynne.

„Es wird einen Aufstand geben, mit Bischof Wulfhere an der Spitze!", versicherte ich. „Die Wikinger selbst werden Eirik verjagen und einen anderen Kommandanten einsetzen."

Lynn deutete auf Harald-Aethelfrid, der nach wie vor am Fenster stand. „Er soll da nicht raussehen...

sie haben die Köpfe..."

Rasch erhob ich mich, um neben meinen Sohn zu treten. Aus der Öffnung konnte man in den Innenhof schauen. Zu meiner großen Erleichterung sah ich keine aufgespießten Köpfe – dafür aber den Wagen mit dem merkwürdigen Käfig, der mir schon vorhin aufgefallen war.

Beruhigt begab ich mich zu Lynne zurück. Dabei entdeckte ich auf dem Tisch einen Wasserkrug, den ich nahm und Lynne reichte. Nachdem sie reichlich getrunken hatte, erfrischte auch ich meine völlig ausgetrocknete Kehle. Dann kauerten wir eine Weile wortlos nebeneinander. Vom Hof und unteren Geschoss drangen raue Stimmen zu uns hoch.

„Wie lange bist du schon hier?", fragte ich schließlich.

„Ich habe es vergessen." Lynne atmete schwer. „Am Tag, nachdem sie Aidan..."

„Haben sie... ihn hier hingerichtet?"

Sie schüttelte den Kopf. „Er kam bereits bei seinem Überfall auf Eirik um. Sie zeigten mir seinen abgeschlagenen Kopf, bevor sie ihn da draußen aufsteckten..."

Ich presste die Hände vor meinen Mund. „Und... dein Vater?"

„Ihn hängten sie – vor meinen Augen. Sie brachten noch einige andre um, deren Namen ich nicht kenne, darunter auch Kleriker..."

„Christ blind them!", stieß ich voller Abscheu hervor.

„An mir nahmen sie anders Rache.", fuhr sie bitter fort. „Aber ich weiß, es ist niemand von ihnen, von dem ich schwanger bin..."

Ich packte ihre Schulter. „Du bist schwanger?"

„Aidan lag mir bei, kaum dass er von *Wessex* hier angelangt war. Vielleicht hat er geahnt, dass es das letzte Mal sein würde..."

„Und diese Viecher... haben sie dich geschändet?"

Sie setzte wieder den Krug an ihre Lippen. „Es ist mir einerlei. Was in mir heranwächst, konnten sie nicht schänden. Wenn sie dich holen kommen... lass es über dich ergehen. Es ist nichts. Der Tod wird uns ohnehin von allem erlösen..."

Ich blickte zu Harald-Aethelfrid. „Sprich jetzt nicht solche Dinge. Wir haben wenigstens noch uns – und wir dürfen ihnen keine Schwäche zeigen! Sie sind die Schwachen, weil sie uns Frauen als Geiseln halten und sich vor dem Aufstand ihrer Feinde fürchten!"

Ein zorniger Mut gab mir auf einmal Kraft; wenn er mich nur nicht wieder verließ...

191

An diesem Tag suchte uns niemand mehr auf – abgesehen von einem Bediensteten oder Sklaven, der uns noch einen Krug Wasser sowie ein halbes Brot als karge Mahlzeit hinstellte. Lynne und ich verbrachten die vielen Stunden bis zum Abend damit, uns Trost zu spenden. In der Nacht drängten wir Drei uns auf der Bettstatt zusammen.

Als sich in den frühen Morgenstunden im Innenhof das Leben zu regen begann, war Harald-Aethelfrid im Nu auf, um voller Neugier auf seinen Spähposten, den Stuhl unter dem Schiebefenster, zu klettern. Lynne und ich quälten uns hoch, richteten uns Haare und Kleidung, so gut es ging. Immerhin hatte man daran gedacht, uns eine große Waschschüssel hereinzustellen, damit wir uns ein wenig erfrischen konnten. Dass in unserem 'Gästezimmer' kein Spiegel auffindbar war, bedauerten wir keinesfalls, boten wir doch zweifellos einen kläglichen Anblick. Dieser Anblick war freilich noch viel zu gut für ein Scheusal wie Eirik...

Nach dem Aufstehen aßen wir die Reste der gestrigen Mahlzeit; kaum waren wir damit fertig, klopfte es nachdrücklich an die Tür. Schon traten zwei Männer in Lederwams ein, die mich und meinen Sohn aufforderten, ihnen zu folgen; Lynne beachteten sie nicht. Ich schloss meinen Umhang, nahm Harald-Aethelfrid bei der Hand – und hinab ging es die schmale Stiege. Man brachte uns in einen größeren Raum, der mehrere Fensteröffnungen hatte, einen Feuerplatz und die Wände mit Lanzen, Schilden und Tierfellen dekoriert. In der Mitte, am Kopfende eines schweren, langen Eichentisches sitzend erwartete uns Eirik der Widerliche. Während man uns näherschob, nagte er genüßlich an einer Fleischkeule und genehmigte sich schlürfende Schlucke aus einem Zinnkrug, der sicherlich Gegorenes enthielt. Schließlich wischte er sich gesättigt den Mund ab – ich schien jene erste, furchtbare Begegnung mit diesem Mann in unserem Haus wiederzuerleben!

Er lehnte sich in dem wuchtigen Stuhl zurück; die Mundwinkel herablassend verzogen beäugte er seine Gefangenen oder vielmehr – Geiseln. Seinem bohrenden Blick ausweichend bemerkte ich, dass Harald-Aethelfrid neben mir sich Mühe gab, ähnlich finster dreinzuschauen wie unser Gegenüber.

„Nun... wie war die erste Nacht unter unserem Dach?", begrüßte er uns mit einer Mischung aus Öl und Honig in der Stimme. „Gute Träume gehabt?"

Ich antwortete mit schnödem Schweigen. Die beiden wamsbekleideten Bediensteten, die uns herunter geleitet hatten, hatten mit reglosen Mienen an der Tür hinter uns Stellung bezogen. Durch die niedrigen Fensteröffnungen nahm ich halbwegs geschäftiges Treiben auf dem Hof wahr.

„Ich zumindest hatte sehr angenehme Träume.", fuhr Eirik selbstgefällig grinsend fort. „Ich träumte nämlich, dass König Alfred den Kopf deines ruhmreichen Gatten auf die Mauerzinnen von Winchester gespießt hat! Und dass derselbe Alfred nicht viel später unserem großen Heerführer

Guthrum den Steigbügel küssen musste!" Er ließ einen genussvollen Rülpser ertönen. „Deshalb habe ich heute prächtige Laune, zu eurem Glück. Der kleine Wolf," er zwinkerte meinem Sohn zu, „hat die Erlaubnis, ein wenig auf dem Hof zu spielen. Das ist doch nichts, nur an Weiberröcken zu kleben..."

„Was willst du mit dem Kind?", stieß ich hervor. „Lass ihn frei – und Lynne auch! Ihr ist genug angetan worden!"

Er hob die Brauen. „Bist du in der Lage, mir Order zu erteilen? So weit geht meine gute Laune denn doch nicht!" Er gab einem der Bediensteten ein Zeichen. „Bring den Wolfsbalg in den Hof raus; er kann da ein bisschen auf Erkundung gehen."

Da ich einsah, wie sinnlos es war, sich zu sträuben, nickte ich meinem Sohn zu. „Geh nur mit dem Mann mit. Schau dir die Pferde und Wagen an..."

Ich war froh, dass Harald-Aethelfrid sich nicht so widerspenstig zeigte wie gestern; offenbar schien der Hof mitsamt seinem Treiben, das er ja schon vom Fenster aus so aufmerksam verfolgt hatte, ihn zu locken.

Nun blieb ich allein mit dem mir verhassten Gegenüber zurück. Ich konnte mir denken, warum er den Jungen entfernt haben wollte, und machte mich darauf gefasst, die gleichen Entwürdigungen erdulden zu müssen, wie Lynne vor mir...

Eirik hatte Teller und Krug beiseite geschoben. Stirnrunzelnd nahm er Maß – bis sein Blick auf meinem linken Fuß verharrte.

„Hat deine Mutter Trollkünste betrieben?", fragte

er auf einmal.

„Meine Mutter ist eine gute Christin!", antwortete ich mit der größtmöglichen Festigkeit.

„Ich meine nur... Hexen gebären manchmal Kinder mit Missbildungen.", führte er trocken aus. „Oder ein Fluch lastet auf eurer Sippe. Der Kleine hat doch auch so einen Klumpen. Eigentlich schade – man hätte ihn zu einem tüchtigen Kämpfer ausbilden können..."

Ich biss auf meine Lippe. Vielleicht würde mein 'verhexter' Fuß ihn von seinen Gelüsten fernhalten. In solchem Fall wäre mein Makel ein Segen statt Fluch!

Er hatte die Ellbogen auf den Tisch gestützt. „Es gibt hier welche, die erzählen, du hättest dem Rotfleckigen das Leben gerettet. Vielleicht hast du ihn ja eher verhext, diesen weibischen Schwächling..."

Wäre mein Blick ein Schwert gewesen, so hätte Eirik auf der Stelle durchbohrt dagelegen!

„Soll es ja geben.", fuhr er ungerührt fort. „Ihr Angelsachsen gebt zwar vor, gute Christen zu sein, aber man hört doch von so manchen Weibern, die sich auf Liebeszauber verstehen – besonders gern bei uns Wikingern! Ein Netz wollt ihr um uns spinnen, um uns auf diese Weise zu bezwingen, nicht?"

Sollten seine Gedanken nur in diese Richtung gehen – so würde mir Schmähliches vielleicht erspart bleiben.

„Ich bin allerdings nicht so eine weichherzige Memme wie Runolf Rotfleck!", lachte er. „Versuch nur zu hexen – das verfängt hier nicht! Wir bleiben die Sieger!" Er wandte sich zur Fensteröffnung um. „Die haben mir eine noch viel schlimmere Kreatur angeschleppt! Was fange ich jetzt mit so was an? Als wäre ich nicht mit Wichtigerem beschäftigt..."

Eine knappe Geste – neben mir tauchte der im Raum verbliebene Bedienstete auf.

„Wenn es etwas Neues gibt, werden wir's euch wissen lassen. Bestell der anderen da oben, dass ich sie genauso satt habe wie sie mich. Vertreibt euch die Zeit, wie ihr mögt. Den kleinen Wolf lassen wir ruhig noch ein Weilchen auf dem Hof spielen..."

Kaum in meiner Unterkunft angelangt, schaute ich nach draußen. Ich sah Harald-Aethelfrid unten im Hof stehen – vor dem Käfigwagen! Neugierig guckte er den bemitleidenswerten Insassen darin an.

Mit bangem Ausdruck war Lynne neben mich getreten. „Hat man... dir deinen Sohn weggenommen?"

„Nein, man bringt ihn mir später wieder." So hoffte ich zumindest. Sofern nicht – was konnte ich dann ausrichten, so ausgeliefert, wie ich derartiger Willkür war?

Sie schaute an mir herab. „Du bist schnell wieder zurück. Hat er...?"

Ich schüttelte ruhig den Kopf. „Er rührt keine Frau mit verhextem Fuß an..."

Sie legte den Arm um mich, erleichtert aufatmend. „So bleibt es wenigstens dir erspart. Oh, Gwen..."

Dann setzten wir uns zusammen. Jetzt erst hatte ich die Kraft, Lynne von den schrecklichen Ereignissen bei unserer Entführung zu berichten. Beide gaben wir uns den Tränen hin. Bis sich die Tür knarrend öffnete und Harald-Aethelfrid eintrat. Schweigend nahm er bei uns Platz. Er schaute hungrig drein, war ja auch eine reichhaltigere Küche gewöhnt, mit Hühnersuppe oder Eiern, Schinken und Speck.

„Hast du schön auf dem Hof gespielt?", wandte sich Lynne ihm lächelnd zu. „War man freundlich zu dir?"

„Was ist da für ein Mensch in dem Käfig?", wollte ich jetzt wissen. „Du hast doch da reingeschaut."

Er verzog, wie vor Ekel, den Mund. „Der Fenriswolf – so schrecklich sieht er aus!"

Lynne sah mich fragend an. „Ein Mensch in einem Käfig eingesperrt?"

„Er hat ein Fratzengesicht, ganz häßlich.", erzählte Harald-Aethelfrid. „Aber er sieht stark und gefährlich aus. Deshalb hat man ihn wohl in den Käfig gesteckt."

Mein Mund öffnete sich langsam. Eine unglaubliche Ahnung... eiskalt stieg sie in mir auf. Konnte es möglich sein?

Ich begehrte Gewissheit – aber uns Frauen ließ man nicht raus an die frische Luft, nicht mal zu einem kurzen Rundgang über den Hof. Quälend und eintönig vergingen unsere nächsten Tage in Gefangenschaft, ohne dass man irgendwen von uns rief oder sonst irgendwas von uns wollte. Zumindest blieb uns weiterhin erspart, jemandem zur Kurzweil zu dienen. Einzig unsere bescheidenen Mahlzeiten wurden morgens und abends hingestellt: Ein großer Krug Wasser, aus dem wir alle drei trinken mussten; dazu hartes Gerstenbrot, gesalzener Fisch und etwas geräucherter Schinken, den wir meist Harald-Aethelfrid überließen, und den er wie ein ausgehungerter Wolf gierig verschlang! Erleichtern konnten wir uns in einen großen Tontopf, der am Morgen kurz zur Leerung weggebracht und dann wieder hingestellt wurde. Ein tristes Dasein, das uns bald zeichnete. Und keine Nachrichten oder Neuigkeiten – nichts, was für ein bisschen Abwechslung gesorgt hätte...

Ich bekam nur mit, dass der Käfigwagen

198

irgendwann fort war. Ob meine Ahnungen zutrafen, sollte sich also nicht mehr klären. Mit meiner eigenen kläglichen Lage befasst, vergaß ich dies alles ohnehin bald.

Unsere einzige Unterhaltung bestand darin, die Vorgänge im Hof zu beobachten und daraus Schlüsse zu ziehen. Öfter sahen wir größere Trupps von Bewaffneten aufbrechen, die gelegentlich mit gefesselten Leuten, also Gefangenen in ihrer Mitte zurückkehrten. Dann schlug unser Herz bang. Es mochten ja welche derer sein, von denen wir uns Rettung erhofften – also Mitstreiter von Tjorvi und jenen Wikingern, die sich gegen Eirik aufgelehnt hatten, oder Einwohner von *Eoforwic*, die Eirik verdächtig schienen. Um Bischof Wulfhere hatte sich ja, wie wir wussten, eine starke Partei geschart; wenn es ihm nur gelang, alles im Geheimen durchzuführen. Dem aufgeregten Treiben nach zu schließen, das vermehrt im Hof herrschte, mussten sich draußen Dinge bewegen – Vorgänge, die Eirik zunehmend in die Enge trieben. Wir hofften es inständig!

Der Königshof war seit *Eoforwics* wikingischer Besatzung stark befestigt. Wer sich hier einigelte, konnte sich gegen Angreifer eine gute Zeit halten. Auf seiner rückwärtigen Seite war er mit der alten Römermauer verbunden, die die Kernstadt umfasste. Ein trutziges Gemäuer, das schon so manches überstanden hatte. Uneinnehmbar war dieser Platz natürlich nicht. Runolf selbst hatte ihn kürzlich von den northumbrischen Rebellen zurückerobert, als er den Sturm auf die Stadt leitete. Eirik der Widerliche war nun sicher ein zäherer Gegner als die geschwächten Northumbrier damals. Man mochte, so ging es mir durch den Kopf, ihm nur mit einer List beikommen – indem man etwa seine Truppen aus dem befestigten Bezirk rauslockte...

Dass er sich nicht wie gewohnt im Freien austoben konnte, schlug auf Harald-Aethelfrids Stimmung. Mürrisch stapfte er oft in unserem Gefängnis auf und ab, mit seinem Holzschwert um sich hauend. Gelegentlich trat er gegen die Zimmertür.

„Mein Vater wird uns befreien!", grollte er immer wieder. „Sie haben alle Angst, dass er kommt! Rache für Thrym, Aidan, für Geri und Freki!"

Lynne und ich mussten schmunzeln, obwohl uns eigentlich anders zumute war. Wie es Hilda und Gaelle ergehen mochte, die allein in unserem Haus ausharren mussten, so lange schon und gänzlich ohne Schutz – daran durfte ich einfach nicht denken, sonst verließ mich ganz der Mut!

Dann schickte er wieder nach uns! Ich kannte ihn ja mittlerweile – den Weg in Eiriks Löwenhöhle.

Mit einigen anderen tafelte er wieder am Tisch. Aus reichverzierten Silberkelchen wurde Wein oder Met getrunken, als man uns vorführte. Ich merkte, wie Harald-Aethelfrid große Augen bekam angesichts des reichhaltigen Angebots an Speisen da auf dem Tisch.

Lachend schwenkte Eirik seinen Kelch. „Auf unseren großen Feldherrn Guthrum! Auf unsere baldige Herrschaft über ganz England, von *East Anglia* bis ins Land der Schotten! Auf gute Zeiten hier in unserer Hauptstadt *Jorvik!*"

Innerlich erbebte ich. Hatte es einen entscheidenden Sieg über König Alfred gegeben, den man gerade feierte?

Nachdem er ihn geleert hatte, drehte Eirik den Kelch in seinen Händen. „Hier hat schon euer König draus getrunken..."

'Nur gut, dass weder König Osbert noch König Aella diese Entweihung mehr miterleben.', dachte ich für mich.

Eirik hatte den Becher abgestellt. Abschätzig musterte er mich. „Ein rechter Wikinger nimmt sich eine Christin nur als Sklavin, nicht als Eheweib! Dass Runolf Rotfleck sich eine verkrüppelte Christin erwählte, um mit ihr einen ebenso verkrüppelten Wolfsbalg zu zeugen, beweist, dass er kein echtes Wikingerblut hat!"

Ich zuckte nurmehr mit den Lidern, mittlerweile gefühllos gegen jedwede Erniedrigung.

„Wird bei uns ein Krüppel geboren, so setzt man

ihn aus.", erklärte Eirik mit kalter Unmissverständlichkeit. „Was sollen wir mit Nachwuchs, der schwächlich ist? Mit solchen hätten wir nicht alles erobern können, was nun in unserer Hand ist! Eure Weichherzigkeit wird euch Christen also zum Verhängnis..."

'Was sollen diese Belehrungen?', fragte ich mich, während ich Harald-Aethelfrids Hand fester fasste.

Eirik massierte sein Kinn. „Falls du den Rotfleckigen wirklich verhext hast, ist's ihm recht so geschehen. Er und der Ziegenmilchtrinker haben in Guthrums Gefolge kein gutes Andenken hinterlassen..."

Ich konnte seinen Anspielungen wohl folgen. Jener verhängnisvolle Streit damals, dem zwei Mann zum Opfer fielen, offenkundig nahe Vertraute von Eirik.

„Ein Wikinger kann sehr, sehr geduldig auf seine Rache warten." Eirik lachte schräg. „Runolf Rotfleck kann sich nicht länger hinter König Halfdans Gunst verstecken, tja... und Jarl Guthrums Arm reicht nun weit! - Wie auch immer, Weib: wir werden euch bald los, in die Sklaverei, mögt ihr uns auch nicht viel einbringen..."

Er wandte sich nun meinem Sohn zu. „Ein schöner Sonnentag heute – also kann der kleine Wolf raus zum Spielen. Ich habe außerdem eine besondere Überraschung für ihn..."

Er erhob sich, während ich voll unguter Ahnungen näher an meinen Sohn rückte, entschlossen, ihn gegen den ärgsten Feind zu verteidigen. Sogleich schob man uns ins Freie. Wie blendete doch das Sonnenlicht, das den Hof flutete.

Als wir um das Hauptgebäude herumgingen, nahm ich weitere Nebengebäude wahr, sicher Vorratshäuser und Ställe für die Pferde der Garnison. Es liefen dort auch einige Sklaven und Bedienstete geschäftig umher. Auf den Wehrgängen der Mauer drehten vereinzelte Wachposten ihre Runden.

Meine Aufmerksamkeit erregte gleich darauf ein Holzgitter, das am Rande des Hofes über einem großen Loch im Boden befestigt war; genau dort steuerten wir hin. Mein Gefühl schlimmer Ahnungen verdichtete sich, als meine Augen sich an diesem massiven Holzgitter festsaugten. Jetzt waren wir am Rande einer Grube angelangt. Unter dem Gitter, in etwa acht Fuß Tiefe, machte ich den Schatten einer menschlichen Gestalt aus!

Mehrere von Eirik herbeibefohlene Mannen gingen daran, das Gitter über der Grube wegzuziehen. Ein schrecklich entstelltes Gesicht wurde darunter sichtbar – Myrcan!

Er war es tatsächlich! In gebeugter, lauernder Haltung gleich einem Tier, die Kleidung zerrissen und verschmutzt, stand er in der mit Holzpfählen ausgekleideten und mit Spänen ausgelegten Grube!

Verächtlich wies Eirik auf den Gefangenen. „Schaut ihn euch an – noch ein Wolf!"

Myrcans funkelnde dunkle Augen huschten von einem zum anderen; auf mir verharrte er kurz. Starre breitete sich in mir aus. Dies alles musste ein schlimmer Traum sein...

Eirik stutzte, zu mir herüber blinzelnd. „Hm. Du

scheinst ihn zu beschäftigen, Weib. Demnach hat er es wohl nicht nur auf Vierbeiner abgesehen. Denn... als meine Leute ihn aufgriffen, auf einem Feld nicht weit von hier, da verging er sich an einer toten Ziege!"

Übelkeit würgte mich. Vergangenes Grauen – es war wieder gegenwärtig! Warum nur, warum setzte Gottvater uns alldem aus?

„Trollsgesicht!" Eirik spuckte aus. „Die Mutter so einer Missgeburt war gewiss eine verfluchte Hexe!"

Ich musste mich beherrschen, nicht laut aufzuschreien. Unverwandt stierte Myrcan zu uns hoch, vor allem zu mir.

Eirik beugte sich zu Harald-Aethelfrid hinunter. „Hast du Angst vor diesem Biest?"

Gelähmt verfolgte ich, wie mein Sohn trotzig den Kopf schüttelte. Derweil zog Eirik aus seinem Gürtel ein kurzes Messer, das er dem Jungen reichte. „Hast du Mumm, gegen das Biest zu kämpfen?"

„Du Vieh!", brach es jetzt aus mir heraus; die Hände zu Fäusten geballt stürzte ich auf Eirik los, der meinem Angriff allerdings behende auswich und mich um die Hüften packte, bevor ich selber über den Rand in die Grube kippte.

„Du wilde Hexe kannst es wohl nicht erwarten, gefressen zu werden!" stieß Eirik hämisch hervor. „Nur Geduld! Erst muss dein Sohn zeigen, ob er genug Mut hat!"

Mit geweiteten Augen starrte ich zu Harald-Aethelfrid, der das blitzende Messer fest in der Faust hielt. „Lass Mum los!", grummelte er. „Ich habe keine Angst, zu kämpfen!"

„Der Kleine hat Eisen im Blut!" Eirik nickte zufrieden. „Also jammer nicht, Weib, sondern gratuliere ihm zu seinem Mut!"

„Lasst mich da hinunter!", flehte ich tränenerstickt.

„Falls dein Söhnchen gefressen wird.", raunte mir Eirik höhnisch ins Ohr. „Aber er schafft's vielleicht, die Bestie da zu erledigen..."

Nahezu ohnmächtig verfolgte ich, wie ein großer Holzeimer gebracht und daran ein Seil befestigt wurde. In den Eimer hob man Harald-Aethelfrid, um ihn sogleich in die Grube hinabzulassen. Atemlos sah ich ihn unten aus dem Eimer hinausklettern und daneben, das Messer gezückt, Aufstellung nehmen. Sofort wurde der Eimer wieder raufgezogen.

Erbarmungslos schob mich Eirik bis dicht an den Grubenrand, der nunmehr von seinen Schergen dicht umlagert wurde.

„Jungwolf gegen Altwolf – das verspricht spannende Unterhaltung!", lachte er niederträchtig.

Unten jedoch tat sich erstmal nichts. Myrcan und mein Sohn verharrten wie Statuen. Ersterer musterte sein Gegenüber mit schief gelegtem Kopf, während seine Hand durch das wirre Haar wühlte.

In meinen fernen Erinnerungen blitzte es jetzt auf: Myrcan der Tierschänder – nie hatte er Kindern etwas zuleide getan; im Gegenteil hatte er manche Kinder aus *Falsgrave* dazu angestiftet, bei seinen Schandtaten mitzumachen. Zuweilen hatte er Kinder gemein erschreckt, sie gescheucht oder auch mal gekniffen, mehr jedoch nicht. So auch jetzt: Er begann Verrenkungen zu vollführen, Tierlaute auszustoßen, rückte dabei auch mal ein Stück auf Harald-Aethelfrid zu, mehr nicht. Mein Sohn stand still auf seinem Fleck, die Augen nicht von Myrcan wendend.

„Beiß mich doch, Wolf!", rief er jetzt. Dröhnendes Gelächter der Zuschauer um mich. Myrcan schien sich zu einem Angriff anzuschicken, fuchtelte mit zu Krallen geformten Händen – aber das war auch schon alles.

„Was wird das jetzt?", gellte Eiriks ärgerliche Stimme. „Du hast doch ein scharfes Messer, Kleiner! Wenn er nicht den Mumm hat, dich zu fressen, dann schlitz ihm doch die Kehle auf! Ich belohn dich mit einem gebratenen Eber dafür!"

Harald-Aethelfrid blickte etwas ratlos zu mir – das war sehr gut, denn nun verklammerte ich meine Augen mit den Seinen. Mein Blick sandte ihm die eindringliche Bitte: Kämpfe nicht!

Mein Sohn blieb unsicher, schaute wieder zu Myrcan und dessen Gebaren. „Ich glaube, er will nur spielen.", meinte er achselzuckend, wobei er das Messer sinken ließ.

Wutentbrannt spuckte Eirik in die Grube. „Selten bekommt ein fauler Wolf einen Schenkelknochen! Los jetzt, oder ich lass euch beide mit Pfeilen spicken wie Igel!"

„Eirik!", ertönte da ein scharfer Ruf in unserem Rücken! Mich fahren lassend wirbelte Eirik herum, ebenso wie seine Schergen.

Uns gegenüber, auf dem Laufgang der

Umwehrung, im Gegenlicht der Sonne, hatte einer der Wachposten Stellung bezogen, seine Lanze in der Hand wiegend. Aus Eirik drang solch ein wilder Schrei, dass alles zu erzittern schien; im selben Moment hatte er das Langschwert aus der Scheide gerissen. Ein Blitzen im Sonnenlicht – getroffen von einem gut gezielten Schuss kippte Eirik, unweit von mir, hintüber. In die Grube fiel er, genau zwischen Myrcan und Harald-Aethelfrid!

Jetzt überstürzte sich alles. Brüllend und mit gezückten Waffen stürmten Eiriks Mannen in Richtung des Schützen. Doch da quollen wie Ameisen überall Bewaffnete hervor – hinter sämtlichen Gebäuden und Ställen. Auch die Laufgänge hatten sich rasch gefüllt! Pfeile und Speere zischten durch die Luft, Schwerter rasselten aneinander, Schilde dröhnten...

Ein furchtbares Gemetzel, das im Nu um mich tobte – meine Aufmerksamkeit aber wandte sich rasch wieder einzig Harald-Aethelfrid zu. Auf allen Vieren kriechend, von niemandem beachtet, schob ich den großen Eimer zum Grubenrand, um ihn vorsichtig hinabzulassen. Ich hatte sein Gewicht allerdings unterschätzt, so dass ich fast selber mit in die Grube gerutscht wäre! Das Seil schlüpfte mir durch die Finger, der Eimer polterte hinab, dicht neben meinen Sohn.

Myrcan verhielt wieder in Lauerstellung, dem Gefechtslärm lauschend. Zwischen ihm und Harald-Aethelfrid lag Eiriks Leiche, mit aus der Brust ragendem Lanzenschaft. Voller Aufmerksamkeit für die Vorgänge hier oben reckte mein Sohn seinen Kopf in die Höhe. Wie nur sollte ich es bewerkstelligen, den Eimer mit ihm drin hochzuziehen?

Noch bevor ich mit meinen Überlegungen zu Ende war, löste sich Myrcan auf einmal von seinem Platz. Über Eiriks Leichnam katzengleich hinwegspringend schnappte er Harald-Aethelfrid um die Hüfte und warf ihn mit einem kurzen Schrei hoch. Mein Sohn landete am Rand der Grube, wäre beinah abgerutscht, hätten nicht zwei kräftige Hände ihn aufgefangen!

Er saß in den starken Armen seines Vaters! Ich schlug die Hände vor den Mund. Mit einem beruhigenden Lächeln auf den Lippen trat Runolf hinter mich, um uns beide vom Gefecht abzuschirmen. Als ich wieder in die Grube schaute, war sie leer!

„Der Wolf ist weggelaufen!", rief Harald-Aethelfrid aufgeregt. „Ich hab's gesehen!"

Seinem Blick folgend sah ich eine Gestalt halb hinter den Pferdeställen verschwinden. Myrcan war die Flucht geglückt...

„Er läuft zu den anderen Wölfen im Wald." Runolf setzte seinen Sohn ab und drängte uns gleich darauf in den Schutz der Gebäude. Um uns grausiges Kampfgedröhn.

Ich wischte mir die verklebten Haare aus dem Gesicht. „Lynne... sie ist noch im Haupthaus!", stammelte ich, noch immer überfordert von all diesen Geschehnissen.

Runolf nickte. „Sämtliche Gefangene, die wir hier vorfinden, werden bald frei sein." Er streichelte meine bleiche Wange, uns nach wie vor mit seinem Körper deckend. „Es ist alles vorbei..."

Harald-Aethelfrids Augen, die unverwandt an seinem Vater hingen, glänzten. „Ich glaube, der Wolf wollte mir gar nichts tun."

„Dieser Wolf nicht." Runolf strich ihm über den Kopf. „Der dich fressen wollte, liegt nun in der Wolfsgrube und beißt niemanden mehr!"

In kaum mehr als einer halben Stunde war der Kampf entschieden.

Zuhauf bedeckten Eiriks Mannen den Hof des Königsbezirks bis hin zum Haupttor. Erstmalig war ich Augenzeuge jener so grauenhaften Kampfwut der Wikinger, die man allenthalben fürchtete. Selbst gegen ihre eigenen Brüder wütete sie gnadenlos!

„Sie wollten sich nicht ergeben, obwohl sie erkannten, dass ihre Lage aussichtslos war und sie eingeschlossen wie Vieh. Ein Wikinger streckt nicht seine Waffen – lieber zieht er nach Valhall an Odins Tafel.", hatte mir Runolf später erläutert. „Auch wenn diese hier schlechte Männer waren – selbst sie besaßen genug Ehre, die Demütigung einer Gefangenschaft zu verachten!"

Einen Wikinger zu verstehen mochte wohl ein halbes Leben dauern. Im Augenblick war all dies für mich eine enorme Zumutung – und wie würde Harald-Aethelfrid jene Eindrücke einschließlich Eiriks abscheulicher Mutprobe in seinem kleinen Kopf verarbeiten? Zunächst einmal beherrschte die Freude, seinen Vater wiederzuhaben, alles in ihm; er wich Runolf nicht mehr von der Seite und wollte, nach Ende des Kampfgeschehens, unbedingt noch einmal zur 'Wolfsgrube' gehen. Seinen Vater zerrte er mit, während ich, die wahrlich keine Sehnsucht mehr nach diesem Ort verspürte, vor dem Haupthaus zurückblieb.

Endlich konnte ich dort Lynne in die Arme schließen. Es war Tjorvi, der sie aus der Kammer befreit und heruntergebracht hatte. Da standen wir nun inmitten all der Aufregung und vermochten unsere unverhoffte Freiheit kaum zu fassen. Wie wir mitbekamen, wurden aus den Kerkern in den Kellergewölben des Königshofs eine stattliche Anzahl Gefangener erlöst, die ihren Befreiern natürlich zujubelten.

Dann traf auch Runolf, mit seinem Sohn an der Hand, wieder bei uns ein.

„Wir mussten nachschauen, ob der böse Loki auch wirklich tot ist und nicht nur tot spielt!", erklärte Harald-Aethelfrid zufrieden. „Vater hat noch einmal auf ihn gespuckt. Nun kann er aus der Grube geholt werden..."

„Und dieser Tod war noch viel zu gut für Eirik!", ergänzte mein Mann finster.

All diese Bilder – Eirik, Myrcan, die Todesgrube – wollte ich aus meinem Kopf weghaben! Ihre Schrecken würden kaum von heute auf morgen verblassen. Nunmehr hatte ich einen einzigen Wunsch: Unverzüglich in unser Heim zurückzukehren, zu meiner Tochter und Gaelle, die ich hoffentlich so gesund wiedersah wie meinen Runolf...

Also drängte ich meinen Mann zum Aufbruch. Er wurde allerdings hier rings um den Königshof noch gebraucht – bei Beratungen, Unterhandlungen und dergleichen.

„Wir erwarten Truppen, die König Halfdan hierher aus dem Norden schickt, um die Verhältnisse zu bereinigen.", legte er dar. „Bis zu ihrem Eintreffen habe ich in *Jorvik* das Kommando. Daher vertraue ich euch jetzt Tjorvi an, der euch nach Hause bringen wird."

„Sofern unser Heim noch steht.", bangte ich.

Er liebkoste meine Wange. „Da habe ich mich bereits vergewissert. Hilda, Gaelle und Thrym erwarten euch schon voller Ungeduld."

Ich stutzte. „Thrym?"

„Unser Walross ist so leicht nicht umzubringen!", schmunzelte er. „Gut, dass er immer Lederkleidung trägt."

Ich hätte laut aufjubeln können – für mich tat es nun Harald-Aethelfrid. „Thrym lebt! Thrym lebt!"

Lächelnd berührte Lynne meine Hand. In ihr Gesicht war die Farbe zurückgekehrt. „Ich freue mich so. Wenigstens dir ist das Glück zurückgegeben..."

Tjorvi steckte seinen Kopf zwischen uns. „Lasst uns aufbrechen. Hier stehen wir nur im Weg."

Wie ich mich nach einem Bad sehnte – und ich überlegte allen Ernstes, es gleich unterwegs im *Ouse* zu nehmen! Aber natürlich durfte ich meine Tochter nicht länger warten lassen, auch nicht Gaelle und Thrym!

Unser Heim war tatsächlich – wieder einmal – unangetastet geblieben! Als wir durchs Holztor einfuhren, erschienen wieder jene grauenvollen Bilder vor meinen Augen: Thryms blutüberströmt daliegende Gestalt, Gaelle und Hilda in Verzweiflung aufgelöst!

Das Glück unserer Wiedervereinigung war unbeschreiblich! Noch einmal erschrak ich allerdings – da ich um unser Grundstück einige Bewaffnete herumstreifen sah!

„Runolf hat sie zum Schutz hiergelassen.", klärte mich Tjorvi auf. „Für alle Fälle. Und sie sollen auch noch über Nacht bleiben. Bis in dieser Gegend wirklich alles im Reinen ist."

Wie gut es tat, von so vielen Beschützern umgeben zu sein! Und nun sah ich auch Thrym – Kopf und Arm in dicke Verbände gehüllt quälte er sich mir entgegen, zu Gaelles höchster Entrüstung.

„Herrin begrüßen müssen!", beharrte er störrisch. „Sehen gesund aus! Bald auch ich wieder gesund, ganz bestimmt!"

„Nur wenn du Ruhe hältst!", geleitete ihn Gaelle streng gleich wieder ins Haus zurück. „Gut, dass du nicht gesehen hast, wie übel zugerichtet er war!", rief sie mir über die Schulter zu.

Ich hatte ihn ja für tot gehalten...

„Wir haben ihn beide gesund gepflegt.", erzählte Hilda, der die aufreibenden Ereignisse ins Gesicht geschrieben standen. Meine Tochter wollte ich für heute gar nicht mehr loslassen. Sie und Gaelle waren sich zweifellos ebenso Stütze gewesen wie Harald-Aethelfrid und ich.

Suchend schaute mein Sohn sich um. Hilda erriet, wonach er spähte. „Geri und Freki haben wir an der alten Eiche begraben, neben Jorvik.", sagte sie leise.

Schweigend zeichnete Harald-Aethelfrid mit seinem Spielzeugschwert Schlangenlinien in den Erdboden. Wir sahen ihn dann zur Eiche gehen, wo er sich still niedersetzte.

Mich drängte Gaelle derweil in den Badezuber, den man, in weiser Voraussicht, vorbereitet hatte.

Nach mir stieg Lynne gleich in mein Badewasser. Der Tag verging also damit, dass wir uns wieder in einen Zustand versetzten, in dem wir uns wie Menschen fühlten: Frische Kleidung, eine reichhaltige Mahlzeit. Das Haus war gut gefüllt, da auch unsere Bewacher eingeladen waren. Vom Krankenlager aus unterhielt uns Thrym mit munteren Scherzen.

Und schon war der Abend da. Die Krieger begaben sich in ihre Zeltunterkunft, die sie oberhalb der Mulde aufgeschlagen hatten. Nur Tjorvi blieb noch bei uns sitzen. Es entging mir nicht, dass der hochgewachsene Wikinger, der fast Thryms Schulterhöhe hatte, außerordentlich zuvorkommend um Lynne bemüht war. Er goss ihr Met ein, dem wir heute – so lange ohne Genuss – alle reichlich zugesprochen hatten, reichte ihr noch von dem frischen Fladenbrot und der Butter. Sie schien noch ganz unter dem Eindruck jener leidvollen Geschehnisse zu sein, die ihr in den letzten Wochen widerfahren waren. Es hatte sie schlimmer getroffen als mich, hatte sie doch Geliebten und Vater verloren! Umso mehr wünschte ich ihr, dass künftig ein neues Glück in ihr Leben einzog.

Erst einmal war sie von meinem Bestand eingekleidet worden, und ich hatte ihr angeboten, bei uns zu wohnen, bis ihr Bruder sich wieder anfand und sie ins Händlerviertel zurückkehren konnte.

Lynne und Tjorvi blieben noch am Herdfeuer sitzen, während ich mich allmählich zur wohlverdienten Nachtruhe zurückzog. Meine Kinder lagen bereits unter ihren Wolldecken, aber ich hörte sie angeregt tuscheln, vor allem Harald-Aethelfrid, der mit unseren – aus seiner Sicht wohl heldenhaften – Abenteuern prahlte.

Schließlich erhob sich auch Tjorvi, um die erste Runde der Nachtwache anzutreten. Ich sah, wie er Lynne zärtlich in den Arm nahm und schaute dann ein wenig wehmütig auf mein Ehelager. Heute brauchte ich mit Runolf sicher nicht mehr zu rechnen, so sehr ich es erhoffte; denn erst in seinen Armen würde ich alles richtig loslassen können. Zu viele wichtige Aufgaben hielten ihn in *Eoforwic* fest, und es fiel ihm gewiss nicht leicht, seiner Verantwortung die anderen Wünsche unterzuordnen. So blieb mir noch eine große Freude für morgen aufgespart...

Erst am Nachmittag des folgenden Tages wurde ich von meiner Ungeduld erlöst: Endlich traf Runolf in unserem Heim ein, nachdem er sich von seinen Pflichten in *Eoforwic* hatte losreißen können. Die von König Halfdan aus dem Norden geschickten Truppen waren unter der Führung eines Jarls mittlerweile eingetroffen und nun mit der Neuordnung sämtlicher Angelegenheiten befasst. Da Runolf hierbei erstmal entbehrlich war, konnten wir seine Rückkehr und den Sieg über Eirik den Widerlichen gebührend feiern.

Harald-Aethelfrid und Hilda zankten sich beinahe darum, ihren Vater in Beschlag zu nehmen. In aller Ausführlichkeit erzählten beide ihm ihre jeweiligen Erlebnisse, wobei wieder einmal unser Sohn sich großspurig hervortat. Dabei hatte Hilda die an sie gestellten Herausforderungen nicht minder bewundernswert gemeistert. Ohne ihre und Gaelles fürsorgliche, beharrliche Pflege hätte Thrym – wie er selbst versicherte – kaum überlebt. Gaelle hatte mir gestanden, dass eben diese Aufgabe – Thryms Krankenpflege – sie und Hilda so beschäftigt hatte, dass sie gar nicht dazu gekommen waren, in Angst und Verzweiflung zu verfallen!

„Wir können stolz auf unsere beiden Kinder sein.", sprach ich zu Runolf, als ich ihn am Abend endlich für mich hatte. „Welche Schwierigkeiten sie überwunden haben, so jung wie sie sind..."

Er hatte den Arm um mich gelegt. „Wir haben uns doch beide Mühe gegeben, sie zu tüchtigen, unerschrockenen Naturen zu erziehen. Nun mussten sie mit ihrem ersten schweren Sturm fertig werden, sehr früh, gewiss. Du weißt ja: Ein Baum, der immer im Wind steht, fällt nicht so leicht um..."

Ich lehnte meinen Kopf gegen seine Brust. „Nun ist es Zeit, dass du mir von deinen Sturmfahrten erzählst, Lieber!"

Wie ich darauf brannte, seine Erlebnisse als Geisel und Gefangener am Hof König Alfreds zu erfahren...

„Uns Geiseln fehlte es an nichts; alle miteinander erfuhren wir eine anständige Behandlung.", begann er. „Und damit hat der König von *Wessex* uns durchaus beschämt – in Hinblick auf das, was danach geschah. Wer ihn von Angesicht kennengelernt hat, versteht sehr wohl, warum er sich seit Jahren als unser zähster Gegner behauptet: Er ist nicht nur klug und gerecht, sondern ein ebenso fähiger Feldherr. Er hat viel von uns Wikingern gelernt und setzt es nun erfolgreich gegen uns ein..."

„Glaubst du, dass er euch schlagen wird?", horchte ich.

„Es wäre kaum verwunderlich. Wie man hört, haben unsere Leute allein dieses Jahr empfindliche Niederlagen erlitten. Ein Flottenangriff im Westen ist gescheitert, mit einem Verlust von über 100 Schiffen, die *Dyflin* uns zur Verstärkung geschickt hatte! Bei einem Treffen haben wir sogar unser Rabenbanner eingebüßt. - Du musst wissen," führte er aus, als er meinen fragenden Blick sah, „dass dieses Rabenbanner unsere heilige

217

Kriegsflagge ist, mit den Raben des Gottes Odin darauf abgebildet. Es heißt, König Ivars Mutter habe das Rabenbanner selbst gefertigt und mit einer Siegesmagie ausgestattet. Umso verhängnisvoller ist sein Verlust für uns. In Guthrums Heer soll mittlerweile ziemliche Uneinigkeit herrschen, da solche Rückschläge seiner Autorität Abbruch tun. Alles Dinge, die König Alfred in die Hände spielen."

Ich nickte. „Wäre es denn so schlimm, auf *Wessex* zu verzichten?"

Er lachte rau auf. „Auf etwas zu verzichten, ist für einen Wikinger immer schlimm! Als wir vor nunmehr 12 Jahren hier in England landeten, tat König Ivar den Schwur, die ganze Insel zu unterwerfen – und das Werk ist erst halb vollendet! Wie wir mit eigenen Augen gesehen haben, hat auch *Wessex* traumhaft fruchtbares Land, auf dem noch eine Menge Platz für wikingische Siedler wäre. Freilich, nicht nur ich befürchte, dass Jarl Guthrum die Götter allzu sehr herausgefordert hat und sie ihm ihre Gunst daraufhin entzogen – insbesondere unser Kriegsgott Thor, auf dessen Heiligen Ring er ja einen falschen Schwur tat! Weißt du: Einen Eid gegenüber einem Kriegsgegner zu brechen, ist für einen Wikinger nichts eigentlich Verwerfliches; aber es ist eine andere Sache bei einem im Namen von Thor geleisteten Eid! Wir Wikinger nennen uns immerhin 'Thors Volk'!"

„Sollte ein Eid nicht immer eingehalten werden?", wandte ich ein, wohl darauf gefasst, seinen Unwillen zu erregen.

Er lächelte hintergründig. „Für uns Wikinger gilt es, einen Gegner nicht nur durch Stärke, sondern nötigenfalls auch durch List zu bezwingen. Das erlauben unsere Götter – sind sie doch selber hinterlistig..."

„Ihr betet hinterlistige Götter an?" Das machte mich nun wirklich fast sprachlos.

In der Tat schien er auf einmal nachdenklich. „Es ist wahr – auch unsere Götter werden für ihre Verfehlungen zu einer Zeit bestraft werden: Wenn nämlich das *Ragnarök* über Asgard hereinbricht und sie alle vernichtet! Nicht einmal die Herrschaft der Götter ist also ewig."

„Der Christengott ist ewig.", murmelte ich halb zu mir selbst.

Er legte seine Hand auf die meine. „Wenn wir uns jetzt in diesen Dingen verlieren, werde ich meine Erlebnisse heute kaum zu Ende bringen. Kehren wir also zu meinem Schicksal an König Alfreds Hof zurück. Wie dir sicher bekannt ist, verzichtete seine Großmut darauf, Gleiches mit Gleichem zu vergelten."

„Alle ließ er frei – bis auf dich."

„Weil Falschheit und Verleumdungen ihren Weg an sein Ohr gefunden hatten!" Runolfs Ausdruck hatte sich verfinstert. „Als man mich in den Kerker warf, befand ich mich zunächst in Unkenntnis der wahren Gründe. Ich hatte dir einst von jenen üblen Leuten in Guthrums Umgebung erzählt..."

„Sie versuchten dir auch jetzt zu schaden."

„Und fast hätten sie ihr Ziel erreicht – wenn nicht Tjorvi und Svejn König Alfred ihren Hals für mich geboten hätten!"

„Deine beiden treuesten Gefolgsmänner. Sie hatten sich vorher verzweifelt mit mir beraten. Wenn sie nicht geritten wären, so hätte ich es tun müssen, wäre aber wohl zu spät gekommen..."

Er küßte mich. „Sie haben mir davon berichtet. König Alfreds Einsicht durchschaute rasch, welch falschen Einflüsterungen er aufgesessen war. Daraufhin milderte er die Strenge meiner Haft, und mir wurden die Ketten abgenommen. Er selbst war zornig darüber, wie sehr Guthrum ihn genarrt hatte, indem er ihm Leute auslieferte, die er selber los sein wollte!"

„Hast du mit König Alfred selbst gesprochen?", begehrte ich zu erfahren.

„Nun – ich bin kein Jarl, dass der König von *Wessex* eigens mir eine Audienz gewährt! Dafür schickte er einen sehr tüchtigen Mann aus seinem Gefolge, sich meines Falles anzunehmen..." Runolf hielt inne, mit einem bedeutsamen Seitenblick auf mich. Mein Herz klopfte rascher, und ich gab mir Mühe, meine innere Unruhe wohl zu verbergen.

„Mit diesem Mann hatten Tjorvi und Svejn vorher bereits gesprochen – wie auch immer sie auf ihn gekommen sein mochten.", zwinkerte Runolf. „Er besuchte mich daraufhin des öfteren in meiner Haft, was mir eine sehr willkommene Abwechslung war. Sein Name war Coelred, und da die Welt manchmal klein ist, hatten wir sogar gemeinsame Bekannte..."

Verräterisch errötet senkte ich den Blick. „Es tut gut zu hören, dass ein ehrgeiziger Wikinger und ein ebenso ehrgeiziger Northumbrier ihre kriegerische Gesinnung einmal überwinden konnten."

„Nun – zunächst gab es einiges Misstrauen auszuräumen. Ich musste Coelred erst davon überzeugen, dass ich nicht zu jenen gehörte, die sich die Frauen ihrer unterworfenen Feinde wie Beute aneignen. Dabei merkte ich, dass du in seinem Herzen noch einen Platz hast..."

„Coelred ist verheiratet und genau wie du Vater zweier Kinder.", unterbrach ich ihn hastig.

Ein wohlwollendes Schmunzeln erschien auf seinen Lippen. „Aber deshalb kann er dir doch ein gutes Andenken bewahren. Ihr standet euch schließlich einmal sehr nah, als Kindheitsfreunde. Darum unternahm er alles, beim König meine baldige Freilassung zu bewirken, damit meine Familie wieder ihr Oberhaupt zurückerhält!"

Umsonst wehrte ich mich gegen die Tränen, die in meine Augen quollen. Dank Coelreds Hochherzigkeit hatte Runolf hier rechtzeitig eintreffen können, um uns aus den Klauen Eiriks zu befreien!

„Bevor ich freikam, musste ich Coelred feierlich und heilig versprechen, dir weiterhin ein guter Gatte zu bleiben – und es wird mir leichtfallen, zu meinem Wort zu stehen!" Runolf seufzte. „Würde er nicht in *Wessex* wohnen, er wäre ein Freund, den man besuchen und einladen könnte."

„Vielleicht können wir das, wenn mit *Wessex* Frieden geschlossen ist.", wagte ich zu hoffen.

„Jarl Guthrum schließt keinen Frieden, außer zum Schein, wie wir wissen. Entweder wird König

Alfred unterworfen, oder er besiegt uns so nachhaltig, dass wir seinen Boden vorerst nicht mehr betreten! Coelred ist ein ebenso stolzer Mann wie ich – ihm ist bewusst, dass wir beide uns künftig auf dem Schlachtfeld begegnen können. Sollten die Nornen dies fordern, so wird es ein Kampf voll gegenseitiger Achtung..."

Gott möge solches verhüten!, war meine inständige stumme Bitte.

Wie gern hätte ich selbst den einstigen Jugendfreund wiedergesehen, um ihm meinen tiefen Dank auszusprechen, hätte ebenso gern seine Ehefrau und beiden Kinder begrüßt. Zumindest tat es gut, zu wissen, dass mein Andenken unbefleckt von irgendwelchem üblen Gerede von ihm bewahrt wurde.

Zu guter Letzt bat ich Runolf, mir zu schildern, mit welcher List er sich derart klammheimlich Zugang zum Königshof verschafft hatte.

Er lächelte verschlagen. „Es kam mir sehr zugute, dass ich vordem Kommandant von *Jorvik* gewesen war. Als mir die Stellung von König Halfdans Vertrauten übergeben wurde, wiesen sie mich auf einen uralten Verbindungsgang hin, der vom Weinkeller der *konungsgurtha* in ein Nebengebäude der Behausung des Erzbischofs führt. Ich nahm ihn gleich bei Amtsantritt in Augenschein. Allerdings fand ich ihn teilweise eingestürzt und kaum begehbar vor. Also ließ ich ihn einigermaßen von Schutt und auch Müll – allem, was sich so im Laufe der Zeit da drin angesammelt hatte – freiräumen; für den Fall, dass er uns mal von Nutzen war. Und das trat nun ein..."

„Durch diesen Geheimgang hast du nun deine Truppen geführt?" Gebannt vor Spannung lauschte ich seinen Ausführungen, was er seinerseits sichtlich genoss.

„Nur einen Teil meiner Leute, sonst wäre der Tunnel rasch verstopft gewesen.", lachte er. „Als Bedienstete verkleidet mischten sich diese unauffällig unter Eiriks Gefolge und öffneten zu einem vereinbarten Zeitpunkt das Haupttor, wo schon zwei Wagen mit voller Ladung vorgefahren waren, die man natürlich ohne Verdacht einließ..."

„Einer Ladung Bewaffneter.", mutmaßte ich.

„Ein Wikinger, das sagte ich dir ja, darf nie um eine List verlegen sein.", fuhr Runolf verwegen schmunzelnd fort. „Und so füllte sich die *konungsgurtha* unbemerkt mit unseren Mannen, die sich auf die wichtigen Posten verteilten, während Eirik günstigerweise abgelenkt war von seinem Spiel..."

Seinem niederträchtigen Spaß, für den er einen fünfjährigen Jungen, eine gehbehinderte Frau sowie eine ausgestoßene Seele missbraucht hatte!

„Ich selbst bezog als Wachposten getarnt Stellung. Oben vom Wehrgang aus ließ sich ein Angriff ja trefflich dirigieren. Es war gut so – meine Lanze hatte freie Bahn, um Eiriks tollwütiges Treiben gerade rechtzeitig zu beenden. Den Rest hast du selbst miterlebt."

So nüchtern er berichtet hatte – ich spürte, wie stolz er auf sein gelungenes Unternehmen blickte.

Damit hatte er ja nicht nur seine Familie, sondern viele andere jämmerlich Gefangene erlöst. Mich wunderte nur eines.

„Hat denn Eirik seinerseits nichts von dem Geheimgang gewusst?"

Runolf lehnte sich zurück gegen die fellbezogenen Kissen. „Als ich meine Stellung als Kommandant räumen musste, da ließ ich im Weinkeller den Zugang zum Tunnel vorsorglich unkenntlich machen; das heißt, wir packten allerlei sperriges Gerät davor. Freilich konnten wir nicht ganz sicher sein, ob Eirik inzwischen nicht doch den Gang entdeckt hatte, so dass alles ein Wagnis blieb."

„Bischof Wulfhere hat euch also unterstützt?"

„Und sich damit selbst beträchtlicher Gefahr ausgesetzt. Denn mehr als einmal hatte Eirik die bischöflichen Räumlichkeiten gründlich durchsuchen lassen, weil er Wulfhere misstraute, zu Recht. Euer Bischof war seinerseits vorsichtig genug gewesen, den Geheimweg als Teil seines Weinkellers zu tarnen."

Unser Erzbischof Wulfhere – offenbar gewohnt, sich in unsicheren Zeiten zu behaupten und alles für sein *Eoforwic* zu geben!

„Auf Schritt und Tritt wurde der Bischof von Eiriks Spähern belauert, selbst in der Messe. Es war daher so schwer, Absprachen zu treffen und den Schlag vorzubereiten. Alles wäre noch weitaus schwieriger gewesen ohne die zahlreichen Helfer unter *Jorviks* Bevölkerung.", räumte Runolf ein. „Zu viele hat Eirik in seiner Machtgier gegen sich aufgebracht. Übrigens hat sich Lynnes Bruder den Aufständischen angeschlossen und sogar unter meinen Leuten mitgekämpft."

Auch er lebte also – diese Nachricht durfte Lynne nicht länger vorenthalten werden!

„Er hat seinen Vater gerächt, ich habe Aidan gerächt!", schloss Runolf in dunklem Ton seinen Bericht. Und erwähnte seitdem nie mehr Eiriks Namen noch dessen Missetaten.

Der Alltag hatte wieder Einzug gehalten. Runolf wurde von König Halfdans Beauftragten bis auf Weiteres wieder in sein Amt als Stadtkommandant eingesetzt, in dem er sich zuvor bewährt hatte. Unter der Bevölkerung von *Eoforwic* kehrte Ruhe ein. Ich meinerseits freute mich darauf, ohne Herzklopfen wieder die Messe besuchen und Freunde aus meiner Gemeinde treffen zu können.

Lynne war in den väterlichen Haushalt zurückgekehrt, den sie nun gemeinsam mit ihrem Bruder führte; Letzterer übernahm auch die Geschäfte als Tuchhändler. Tjorvi wurde ein gern gesehener Gast, musste sich aber – was sein Begehren anbetraf – vorerst in Geduld üben, da Lynne sich tief im Herzen immer noch Aidan verbunden fühlte.

„Wir wissen ja nun, dass Tjorvi ein Mann von großer Ausdauer ist.", äußerte sich Runolf. „So geschwind wie Odin auf seinem achtbeinigen Ross *Sleipnir* ritt er bis nach *Winchester* zu König Alfred – da wird er es auch schaffen, zu warten, bis Lynne ihm ihr Herz aufschließt. Als eine kluge Frau wird sie einen guten Mann wie ihn nicht zurückweisen als Vater für ihr Kind, das bald zur Welt kommt."

Ich hoffte dasselbe. Umso schneller würden die Wunden, die das Schicksal Lynne geschlagen hatte, heilen.

Da mittlerweile auch unser Thrym vollständig genesen war, gingen wir an die längst überfällige Vergrößerung unserer Landwirtschaft, denn wir wollten ja Selbstversorger sein, unabhängig vom Danegeld, das in den letzten Jahren ohnehin nicht mehr üppig geflossen war. Wir schafften einige Ziegen und Schafe an, denen Milchkühe folgen sollten. Die für *Northumbria* zuständigen Jarle fuhren fort, sämtliche nunmehr unangefochten beherrschte Gebiete an Siedler zu verteilen, so dass wir uns alldem voller Vertrauen in die Zukunft widmen konnten.

Es zog natürlich auch ein neuer Hund ein: Ein zottiger dunkelgrauer Wolfshundrüde, noch jung und ungestüm, der sogleich in die Obhut des strengen Lehrmeisters Runolf kam und den furchterregenden Namen Gorm erhielt.

Unsere Kinder wuchsen, dass man dabei zuschauen konnte. Hilda war mir eine emsige Hilfe bei der Handarbeit, zwar weniger am mühseligen Spinnrocken, um den ich als Kind auch einen Bogen gemacht hatte; dafür umso mehr am Webstuhl. Dort fertigte sie zunächst selbständig kleinere, leichte Stücke, besonders gern Tischdecken mit hübschen Farbmustern. Eine weitere Neigung hatte sie für das Heilen entdeckt – offenbar seit Thryms so erfolgreicher Pflege. War jemand aus der Familie krank, so widmete sie demjenigen ihre ganze Fürsorge. Hierbei gab ihr Gaelle ihre reichen Kenntnisse weiter, die sie über Kräuter, Salben sowie Heiltränke besaß.

Harald-Aethelfrid indessen folgte seinem Vater Schritt auf Tritt. Mit ganzer Bewunderung ruhten seine Augen auf Runolf, wenn dieser sich in den Sattel schwang, um nach *Eoforwic* zu reiten oder mit seinen besten Gefährten zur Jagd auszuziehen.

Seit dem Tag, an dem er in Eiriks fürchterlicher

Grube Myrcan ohne Knieschlottern gegenübergestanden hatte, wusste ich: In ihm schlug das Herz eines Wikingers!

Die Gefahr zu suchen, wurde bei meinem Sohn ein immer stärkeres Bedürfnis. Vom Vater dazu angestiftet, begann er erst mit mehreren Messern zu jonglieren, später mit Beilen! Verletzungen an Armen und Händen blieben da nicht aus, doch quittierte er sie mit Verachtung. Eifrig übte er sich im Bogenschießen – wobei ich ihm austreiben musste, die Hühner oder Ziegen als bewegliche Zielscheibe zu benutzen. Kurzerhand nahm er den unter Vaters fachkundiger Anleitung gebauten Holzschild und hängte ihn als Zielscheibe an die alte Eiche, weit weg von unseren Haustieren.

Ich sah ihn schon mit Langschwert und Streitaxt ausziehen, auf entfernte Kriegsschauplätze, von den rauen Kampfbrüdern 'Harald Hinkebein' getauft! Wie man bei meinem Mann und sogar bei König Ivar gesehen hatte, waren die Wikinger nicht zimperlich, jemandem mit körperlichen Auffälligkeiten derbe Beinamen zu verpassen, die dann gar noch Ansporn für ihren Träger waren.

Nur nicht den 'Strohtod' sterben – das hatte unser Sohn vom Vater aufgeschnappt. Als ich ihm unter vier Augen erzählte, dass Wikingerkönig Ivar in seinem Bett gestorben war, bedrängte er Runolf, ob das auch wirklich wahr wäre. Das tiefe Bedauern im Blick meines Mannes sprach wirklich für sich. Der größte Wikingerheld an Altersschwäche auf dem Strohlager gestorben...

Kurz darauf verkündete er begeistert,

Waffenschmied werden zu wollen.

„Dann musst du ins Frankenreich gehen – da sitzen die besten Schwertschmiede!", klärte Runolf ihn auf, wobei er unserem Sohn die Qualität seiner eigenen fränkischen Klinge veranschaulichte.

„So weit will ich nicht weggehen!", rümpfte Harald-Aethelfrid die Nase. „Dann kann ich ja meine dumme Schwester nicht mehr ärgern!"

„Du kannst dich auch selber nicht mehr ärgern, dass ich in allen Brettspielen besser bin als du!", gab Hilda selbstbewusst zurück.

Waffenschmied, so dachte ich für mich, ist immer noch besser als *berserkr* und in der Blüte seiner Jahre Futter für die Raben...

Es deuteten sich ohnehin Zeichen eines Umschwungs an: Jarl Guthrum, von König Alfred so entscheidend geschlagen und in die Knie gezwungen, dass er sich jenem endgültig unterwarf, hatte die Taufe empfangen, mit dem König von *Wessex* als Taufpaten! Eine Nachricht, die sowohl bei Christen als auch bei Heiden verständlicherweise einiges Unglauben hervorgerufen hatte. Mit Guthrum hatte eine beträchtliche Zahl seiner Unterführer den christlichen Glauben angenommen, in einer feierlichen Zeremonie an König Alfreds Hof!

Runolf bedachte diese Ereignisse mit der ihm eigenen Ironie. „Nun, wo es sich Jarl Guthrum mit unserem mächtigen Kriegsgott Thor offenkundig verscherzt hat, was bleibt ihm da noch andres übrig, als bei eurem Gott Zuflucht zu suchen?"

„Man wird ja sehen, ob er künftig auch nach den

229

Geboten Christi leben wird." Ich hatte da so meine Zweifel. „Ob noch mehr Wikinger seinem Beispiel folgen?"

„Da, wo Guthrum sich festsetzt, vielleicht. Eine gute Nachricht für uns ist, dass er sich kaum mehr um *Northumbria* scheren wird, wo er seinen Günstling Eirik und so manchen mehr eingebüßt hat. So, wie es aussieht, bleibt er in *East Anglia*, wo er auch den meisten Rückhalt hat. Ich werde also mein Amt als Stadtkommandant weiterhin ungestört ausüben können – bis König Halfdan oder seine Jarle eine andere Lösung haben."

Für unsere Familie vielversprechende Aussichten. Um uns war bereits manches im Wandel begriffen: Immer mehr dereinst wilde Wikingerkrieger wurden in *Northumbrias* fruchtbaren Gegenden seßhaft, bauten sich Siedlungen, die in ihrer Sprache mit -*by* endeten, und viele von ihnen holten Angehörige aus ihren Heimatländern nach. Ähnlich sah es wohl in den übrigen von ihnen nunmehr fest beherrschten Gebieten – also Nord-*Mercia* sowie *East Anglia* – aus. Überall zogen reichlich Nordleute zu. Die Zukunft würde zeigen, wie sich das Zusammenleben zwischen ihnen und Alteingesessenen gestaltete...

„Es ist doch Platz genug. Keiner muss dem andern auf die Füße treten!", äußerte Runolf, der manches Mal mit mir und den Kindern hinausfuhr, um einstige Schwertgefährten in den nächstgelegenen neuen Siedlungen zu besuchen. „Da kannst du sehen, dass unsereins den Pflug nicht minder geschickt führt als das Schwert! Es heißt ja: Wenn man an einem Wikinger kratzt, kommt der Bauer zum Vorschein! Und wie froh die alle sind, nach so vielen Jahren aufreibender Feldzüge ihren Acker bestellen zu können, die eigenen Kühe zu melken, vor dem eigenen Herdfeuer zu sitzen – wie auch ich es genieße..."

„Haben sie das bei euch zu Hause nicht gekonnt?", fragte ich erstaunt.

Er seufzte. „Zu viele Söhne, zu wenig Erbe! Außerdem machtgierige Jarle und Königssippen, die sich die besten Böden aneignen auf Kosten der kleineren Landbesitzer, vor allem jedermann das Leben mit ihren beständigen Fehden verleiden! Aus meiner Heimat gehen jetzt besonders viele weg, wegen der hohen Steuern, die ihnen neuerdings vom König auferlegt werden.."

„Aber es können doch nicht alle aus eurem Land weglaufen und hier ansässig werden.", gab ich zu bedenken.

Er lachte. „Einige werden da noch kommen – wenn sie hören, welch milde Winter hier herrschen, und wie gut es denen gefällt, die sich bereits hier eingelebt haben! Und was für liebreizende Frauen ihrer warten!" Übermütig schnappte er mich um die Hüften und drehte sich mit mir einige Runden um die eigene Achse – wie er es damals, in den ersten ausgelassenen Wochen unserer Ehe oft getan hatte – vor nunmehr einem Jahrzehnt...

Beide hatten wir durchaus Grund für gute Laune: Lynne hatte nämlich ihrem beharrlichen Bewerber Tjorvi endlich ihr Herz aufgeschlossen.

Beide heirateten wie wir nach heidnischem Brauch; sehr bald danach kam ein Sohn zur Welt, den Lynne Aidan taufte, und der von Tjorvi wie sein eigener aufgenommen wurde. Zu Runolfs größter Enttäuschung baute Tjorvi jedoch kein Haus in unserer Nachbarschaft, sondern zog zu Lynne in ihr väterliches Domizil. Er wollte Lynnes Bruder bei dessen Handelsgeschäften unter die Arme greifen, zeigte also lebhaftes Interesse am Handel.

„Manchmal kommt, wenn man an einem Wikinger kratzt, auch ein Händler zum Vorschein.", schmunzelte Runolf. „An mir ist sicher kein Händler verloren gegangen, aber ich sehe es gern, dass *Jorvik* ordentlich Zuzug von wikingischen Händlern bekommt. Wir haben ja vor, lebhaften Handel mit unseren Brüdern in *Dyflin* zu treiben, und nicht nur mit denen. Warte nur – in ein paar Jahren wird sich *Jorvik* zu einem richtigen Handelsmittelpunkt gemausert haben! Vielleicht wird Tjorvi dabei ein reicher Mann – vor allem, wenn er einsteigt ins Geschäft mit byzantinischer Seide...“

Ich stellte mir bereits Lynne in seidenen Gewändern vor. Begeistert hatte sie selbst verkündet, sich als Schneiderin zu betätigen, um aus Seide zu fertigen, was gerade am begehrtesten war, und damit ihren Mann in seinen Geschäften tatkräftig zu unterstützen.

Tjorvi war – was man hinter dem derben Krieger kaum vermutet hätte – ein großzügiger, lebensfroher Mann, der seiner Familie ein Leben voller Annehmlichkeiten bieten wollte. Offenbar waren Wikinger äußerst wandelbar: Auf der einen Seite leidenschaftliche Kämpfer, auf der anderen zupackende Bauern, begabte Handwerker, emsige Handelsleute...

In der Stadt tat sich wirklich viel: Am Ufer des *Ouse* entstanden immer mehr Schiffsanleger für den wachsenden Handelsverkehr; Straßen wurden neu angelegt oder ausgebaut. Die nimmermüden Kräfte der Nordleute hatten einen sinnvollen Ersatz für Schwert und Beil gefunden. Es schien wirklich bald mehr *Jorvik* als *Eoforwic*...

So erfreulich all diese Aussichten waren – ich hoffte, dass bei uns kein so riesiger Sklavenmarkt aufgebaut wurde wie in *Dublin*. Sklaverei war nach wie vor etwas, worüber mein Mann und ich eifrige Streitgespräche führen konnten.

„Es gibt viele Sklaven in wikingischen Haushalten, die sehr zufrieden und sogar glücklich sind.", versuchte mich Runolf zu belehren. „Nimm nur Gaelle und Thrym – können sie über irgendetwas klagen? Nicht wenige Sklaven, so hört man immer wieder, wollen sogar mit ihrem Herrn oder ihrer Herrin gemeinsam in den Tod gehen. Sie lassen sich töten und mitverbrennen, um auf ewig bei Herr oder Herrin sein zu können."

Zwar war ich selbst bislang noch nicht Zeuge einer Wikingerbestattung gewesen, doch hatte mir Runolf die von Jarl Harald anschaulich geschildert. Prunkend wie sie gelebt hatten, gingen die Heiden auch in den Tod, zumindest die hohen Herren: Mitsamt ihren kostbarsten irdischen Gütern, vor allem Waffen sowie gar ihren Lieblingshunden und edlen Pferden, ließen sie sich bestatten – zuweilen in einem ganzen Schiff!

Wie bescheiden nahm sich dagegen unsere christliche Beerdigungszeremonie aus! Ohnehin besaßen Wikinger ihr eigenes Verhältnis zu den 'letzten Dingen'. So machte es ihnen nichts aus, damit ihre Späße zu treiben – etwas, das uns Christen eher befremdete. Ich zumindest hoffte, dass Gaelle und Thrym in ihrer Treue und Zuneigung nicht so weit gingen, uns ins Grab folgen zu wollen.

Die ruhigen Jahre, die wir nun verlebten, verschonten uns mit jenen Beschwernissen und Unsicherheiten, unter denen wir hinreichend gelitten hatten. Nur wenige Jahre nach dem Friedensschluss mit *Wessex* erhielt *Northumbria* wieder einen eigenen König: Einen gewissen Guthred, auf den sich northumbrischer Klerus und Neuankömmlinge geeinigt hatten. Für die Christen *Northumbrias* schien das ein beruhigendes Signal, und auch unser Erzbischof Wulfhere wurde am Königshof ein gern gesehener Gast sowie Berater.

In *East Anglia* regierte derweil Guthrum, aufgestiegen vom Jarl zum König – und er überraschte uns alle, da er das Abkommen mit seinem Nachbarn Alfred künftig hielt!

Fest nahm Runolf mich an der Hand, bei unserem steilen Aufstieg auf die Klippe.

Lebhafte Böen bauschten unsere Umhänge. Das kreischende Gelächter der Möwen klang wie ein Gruß aus ferner Vergangenheit. Mehr als bloß ein Jahrzehnt schien mir zwischen jetzt und meinem letzten Besuch hier oben zu liegen – nun war es eine andere Gwen, die hinabblickte auf das Meer tief unten: Keine einsame, verträumte Fischertochter mehr, sondern eine gereifte Frau mittlerweile und Mutter, die bewegte Zeiten hinter sich hatte, deren Leben einen so unerwarteten Verlauf genommen hatte.

Einen kurzen Moment lang sah ich meinen Bruder Osred auf der Hochfläche herumtollen und übermütig Steine nach den Möwen werfen; da war auch das sanfte Lächeln meines anderen, häufigen Begleiters, Coelred, der mich manches Mal auf seinen Schultern hier herauf getragen hatte, als Beweis seiner großen Zuneigung...

Nur eine kurze Rückschau – schon war ich wieder in der Gegenwart angelangt, bei dem Menschen an meiner Seite, dem ich mich inniger verbunden fühlte, als je irgendjemandem.

Es war unser erster Besuch in meiner alten Heimat, seit Ruhe eingekehrt war in unserem nunmehr dänisch beherrschten *Northumbria*. Eigenartige Empfindungen hatten mich bewegt, als wir einige Tage zuvor in *Falsgrave* eintrafen, wo man uns natürlich mit einer Mischung aus Neugier und Argwohn beäugte. Meine Eltern empfingen uns nicht überschwänglich, freuten sich hingegen auf ihre stille Art. Unsere kleine Wohnstatt war bis in den letzten Winkel gefüllt, und gleich am Tag nach unserer Ankunft war Harald-Aethelfrid mit seinem Großvater zum Fischen rausgezogen. Hilda ihrerseits schloss Bekanntschaft mit der etwa gleichaltrigen Tochter eines Nachbarn, so dass unsere beiden Kinder ihr Vergnügen hatten. Ich ging meiner Mutter bei der Bewirtung ihrer vielen Gäste tüchtig zur Hand – und es dauerte nicht lange, da fand sich auch Aethelfrid ein, um uns herzlich zu begrüßen. Mein guter Patenonkel, mittlerweile ergraut und noch bedächtiger.

Ich machte auch bei Coelreds Eltern einen Besuch, und man bereitete mir einen warmherzigen Empfang. Ja, sie waren in Kenntnis über die Fügung, die ihren Sohn und meinen Mann zusammengeführt hatte. Ich bat sie, einen herzlichen Gruß an Coelred und seine Familie zu übermitteln, die sich freilich nur einmal jährlich hier sehen ließen.

Andere Einwohner von *Falsgrave* begegneten mir zurückhaltender, zumindest aber niemand feindselig. Alle Umwälzungen der letzten Jahre hatten unseren Ort nicht sehr in Mitleidenschaft gezogen; er lag im Schatten der großen Ereignisse. Dennoch war man sich hier wohl bewusst, dass gewisse enge Beziehungen zu den neuen Herren sich günstig ausgewirkt und Ärgeres ferngehalten hatten...

Ulricas Häuschen stand nicht mehr; an seiner Stelle hatte eine neu zugezogene Familie sich in einer größeren Wohnstatt angesiedelt – Flüchtlinge aus einer Gegend weiter nördlich, die von den Wikingern schlimm heimgesucht worden war. Somit erinnerte hier nichts mehr an Myrcans Familie; auch sein Name fiel kein einziges Mal. Seit unserer Wiederbegegnung in Eiriks Gewalt und Myrcans offenbar geglückter Flucht aus dem Königshof hatte man nie mehr etwas von ihm gehört oder gesehen. Als friedloser Wolf mochte er weiterhin durch die Wälder streifen...

Ich selbst hatte mit Runolf kein einziges Mal mehr über Myrcan gesprochen. Obwohl er nicht wissen konnte, wer der Mann in der Grube war, der ihm seinen Sohn in die Arme geworfen hatte, wurde ich dennoch das Gefühl nicht los, dass in ihm eine Ahnung war. Damals, als Myrcan ihn heimtückisch überfiel, hatte er ihm ja nicht ins Gesicht geblickt. Sofern er etwas ahnte und dennoch nicht auf Rache sann, dann vielleicht, weil er – ähnlich wie ich – Myrcan als Teil des Schicksalsplans ansah, der uns beide zusammengeführt hatte. Was für uns Angelsachsen *wyrd* war, waren für die Wikinger die drei Nornen, die Schicksalsfrauen, denen sie höchsten Respekt erwiesen.

Gemächlich schlenderten wir Hand in Hand über die grasbewachsene Hochfläche, vorbei an den alten Mauerresten, zur Kante des Steilhanges. Auf einmal bekamen Runolfs Augen einen leuchtenden Glanz; in seiner Stimme schwang Begeisterung.

„Ah – die Weite des Meeres!", schwärmte er, wobei sein Arm einen Bogen vollführte. „Es war zu lange, dass ich es nicht sah! Was für eine Wohltat!"

Ich betrachtete die schon zahlreichen

237

Silbersträhnen in seiner Mähne, mit denen der Wind spielte. Wahrscheinlich weckte der Anblick der See in ihm gewisse tiefe Sehnsüchte – denn, wie er sich einmal ausdrückte, war ein Wikinger auf ewig mit dem Meer vermählt...

„Wünschst du dir jetzt, auf einem Drachenschiff weit weg zu sein?", fragte ich ihn lächelnd.

Er wiegte den Kopf. „Ein Teil in mir wünscht sich das. Stürmische Wellen durchstoßen, nach Land Ausschau halten, das zu erobern sich lohnt, mit gemeinsamer Kraft den Unwettern trotzen..."

„Ob es noch irgendwelche fernen Länder gibt, die zu erobern sich für euch lohnt?", überlegte ich.

„Nach Sonnenuntergang zu gewiss. Erst vor wenigen Jahren wurden norwegische Seemänner, also meine Landsleute, vom Schicksal zu einer großen unbewohnten Insel weit nordwestlich von hier getrieben, die nun besiedelt wird. Freilich, wie man hört, ist sie weitaus weniger wirtlich als England oder Irland. Man hat sie deswegen auch Island genannt."

„Schreckt euch denn die offene unbekannte See gar nicht?", wunderte ich mich. „Wo immer wieder Schiffe weit abdriften oder untergehen..."

„Wir vertrauen eben unseren Schiffen – und das sind die besten, die die Welt gesehen hat! Ich habe ja selbst einige mitgebaut! Ein Schiff ist einem Wikinger so teuer wie sein Eheweib. So, wie ein tüchtiger Mann seine Frau versorgt und ihr schöne Dinge kauft, so hegt und pflegt er sein Schiff! Und wehe, er vergisst, es einmal im Jahr mit Teer einzukleiden oder die Segel zu erneuern..."

Ich blickte ihn von der Seite an. Er loderte vor Fernweh...

„Vielleicht sollten wir hierher ziehen, damit du dein Meer in der Nähe hast und dich nicht vor Sehnsucht verzehrst.", schlug ich vor. „Hier ist doch ganz in der Nähe eine Wikingersiedlung gegründet..."

„*Scalby*." Er hatte den Arm um mich gelegt. „Wenn ich irgendwann in *Jorvik* nicht mehr gebraucht werden sollte, dann könnten wir nach *Scalby* ziehen. Es wäre dann keine so weite Reise mehr zu deinen Eltern..."

Der Gedanke schien ihm zu gefallen. „Und unser schöner Hof?", wandte ich ein.

„Den geben wir Tjorvi und Lynne, die ja vielleicht nicht ewig im engen Händlerviertel wohnen wollen.", zuckte er die Achseln. „Dann baue ich eben ein noch schöneres Haus." Er war stehengeblieben. „Hier oben wäre der beste Platz..."

„Viel zu stürmisch!", lachte ich. „Deshalb haben es schon die Römer auf ihrem Wachturm nicht ausgehalten. Das ist nur ein Ort für die Möwen und für alle, die mal ein wenig Ruhe suchen."

Wir ließen uns auf einem Mauerstück nieder, den Rücken dem Wind zugekehrt.

„Ich weiß die große Ehre zu schätzen, die du mir damit erweist, dass du mir dein 'Königreich' zeigst.", sprach Runolf in warmem Ton.

„Wie habe ich mich darauf gefreut!" Ich schmiegte mich eng an ihn. „So oft saß ich hier ganz allein und konnte mir gar nicht vorstellen, dass es einmal anders wäre..."

Eine ganze Weile genossen wir schweigend den Augenblick, das unablässige Rauschen der Brandung tief unter uns.

Schließlich wandte er den Kopf. „Wir könnten *Scalby* einmal besuchen und schauen, ob sich die Neuankömmlinge gut eingelebt haben."

„Einige von ihnen, so erzählte Mum, verkaufen bereits auf dem Markt von *Falsgrave* – und manche von unseren Leuten besuchen deren Markt."

„Sehr gut. So gewöhnt man sich aneinander, und alles hier wird ein wenig belebter. Nirgendwo kommt man sich schneller näher als beim Handel, sagt Tjorvi immer."

Uns beiden war natürlich bewusst, dass es nicht überall in den nunmehr dänisch beherrschten Gebieten so frei von Reibungen und auch Nachklängen jener jahrelangen Gewalt ablief. Noch immer gab es einzelne Unruhenester, gewisse *ealdermen*, die sich ihren angestammten Besitz zurückerobern wollten. So mancher von ihnen war nach Westen oder Süden abgewandert. Die schreckliche Zeit des großen Heidenheeres jedoch schien überstanden.

Als wir so beisammen saßen, ganz für uns sowie einmal ungestört von unseren lebhaften Kindern, brachte ich das Gespräch auf etwas, das mich seit längerem beschäftigte.

„Du hast einmal erwähnt, dass eure Götterfamilie vernichtet wird."

Runolf wandte sich mir zu. „Das *Ragnarök* – die Bestrafung und Vernichtung *Asgards*, weil unsere Götter alle miteinander zu viel Frevel auf sich geladen haben."

„Und niemand von den Göttern und Göttinnen wird verschont? Was folgt nach diesem Ende?"

„Eine neue, bessere Welt – worauf ja auch ihr Christen hofft. Was für euch Christus ist, das ist für uns der Gott Baldr, Odins Sohn. Er ist wie das Licht, voll Güte, ganz und gar edel – was freilich der Missgunst des üblen Loki missfiel. Durch eine gemeine List bewirkte er Baldrs Tod. Wie euer Christus am Kreuz, starb jener durch einen vergifteten Pfeil..."

Ich lauschte ihm bewegt. Nie hätte ich vermutet, dass ein Gott wie Baldr im Götterhimmel der Wikinger einen Platz hatte...

„Wir Wikinger sagen im Gedenken an Gott Baldr: Keiner ist so gut, dass ihm nichts Böses widerfahren kann. Obwohl der niederträchtige Loki seiner Strafe nicht entgeht, so hat er doch das *Ragnarök* heraufbeschworen! Und danach? *Asgard* liegt in Trümmern, aber daraus entsteht eine neue Welt. Voller Licht, ohne Arg und Falsch – denn Baldr kehrt zurück!"

„... wie auch Christus aufersteht.", murmelte ich.

„Vielleicht ist das der Ort, wo sich unser und euer Glaube trifft oder zumindest berührt. Christus und Baldr – beide müssen leiden und siegen dennoch letztendlich..."

In Runolfs Gesicht lag ein verklärter Ausdruck, so, wie ich ihn an meinem zupackenden Mann noch nie bemerkt hatte.

„Wir Wikinger," fuhr er fort, „haben neben Allvater Odin immer Thor verehrt, als den stärksten

Gott, weil er die schreckliche Midgardschlange bezwingt. Aber selbst Thor überlebt *Ragnarök* nicht. Er ist für uns ein Held, doch nicht er kehrt zurück. Wenn die andere Welt gekommen ist, werden wir Baldr als den Höchsten verehren."

Ich hatte den Kopf an seine Schulter gelehnt. „Es wird dann eine Welt sein ohne Schwert, Krieg und Leid..."

Ich spürte, wie Runolf tief Luft holte. „Denn auch in *Midgard* erneuert sich alles. Unter dem Gott des Lichts werden die Menschen nur gute Könige haben und aufrichtig miteinander umgehen. Keine Schwertzeit mehr. Die Waffen werden rosten..."

Das sagte mein Runolf! Er, der immer verkündet hatte, die Wehr eines Wikingers dürfe nie Rost ansetzen!

Er hatte sich erhoben und half mir auf. Lange standen wir einander mitten auf der windigen Hochfläche gegenüber, an beiden Händen gefasst.

„Solange wir unser Leben in dieser Zeit verbringen müssen, und was immer uns künftig begegnen mag:", sprach er feierlich, „Lass uns glücklich und dankbar sein für das Geschenk unserer gegenseitigen Treue. Sie sichert uns die Hoffnung, dass wir auch in der Ewigkeit miteinander vereint sein werden."

Ich lächelte. Im Sommer vor nunmehr genau zehn Jahren hatten wir unseren Bund geschlossen und ihn jetzt, hier an diesem besonderen Ort gewissermaßen erneuert...

Wir hatten bereits ein Stück unseres Abstiegs hinter uns, als wir jemanden auf dem gewundenen Pfad uns entgegenkommen sahen, mit energischem Schritt. Ein einzelner Mann, von kräftiger untersetzter Statur...

Aufschauend stockte er jetzt und verharrte – ebenso wie ich im selben Moment. Verwundert verhielt auch Runolf, der mich wieder sicher an der Hand führte. Ich erbleichte, als unser Gegenüber die Kapuze seines Kurzmantels abstreifte und ich in ein finsteres dunkelbärtiges Gesicht schaute.

Mein Bruder Osred!

Es konnte nicht sein! Er war doch gefallen, damals, bei der vergeblichen Verteidigung von *Eoforwic*! Fast taumelte ich vor Schreck, so dass Runolf schützend meine Hüfte umfasste. Was für eine Erscheinung narrte mich da?

Lauernd wie ein Raubtier verstellte er uns den Weg. Ich sah seine Mundwinkel zucken, bemerkte Runolfs misstrauische Armbewegung zum Dolch in seinem Gürtel...

„Osred", kam es fast wie ein ungläubiges Raunen über meine Lippen – da löste sich unser Gegenüber aus seiner Erstarrung; etwas Blitzendes hochreißend stürzte er mit einem unterdrückten Schrei vorwärts! Runolf konnte mich gerade noch ein wenig gegen den Hang schieben, als Osred und er sich schon ineinander verkrallten. Ich selbst geriet vor Schreck ins Stolpern, während beide neben mir eine Weile keuchend auf dem schmalen Pfad rangen, mit messerbewehrten Fäusten; bis sie strauchelten und hangabwärts rollten, knapp vorbei an einzelnen Felsrippen, die Böschung weit hinab. Unten wurde ihr Fall von einigen Haselnussbüschen gebremst.

Schwer atmend und am ganzen Leib zitternd arbeitete ich mich ohne Hilfe der Krücke, die heute daheim geblieben war, hinab. Geräusche eines sich fortsetzenden Handgemenges drangen an mein Ohr. Das Gestrüpp vor mir teilend sah ich beide am Boden – meinen Bruder über Runolf gekniet, das Messer über dessen Kehle schwebend.

„Nein!", stieß ich hervor.

Osreds Kopf schnellte herum. Die Augen in seinem verkratzten Gesicht funkelten wie die eines wilden Tieres; als ich ihn an der Schulter wegzuzerren suchte, traf mich seine flache Hand klatschend an der Wange, so dass ich hintüber fiel; zum Glück einigermaßen weich auf Graspolster!

„Heidenhure, verfluchte!", zischte er außer sich.

Trotz Schmerzen in der Hüfte rappelte ich mich sogleich auf. Runolf hatte derweil Zeit gefunden, Osred abzuschütteln. Bevor jener ihn abermals niederdrücken konnte, rammte er ihm die Faust gegen die Stirn, so dass mein Bruder zurückprallte, zwischen brechendes Geäst. Keuchend wälzte er sich herum. Zweige beiseite schiebend sah ich, wie er sich den Dolch aus seinem Oberschenkel riss. Schon hockte ich neben ihm, versuchte, meine Leinenhaube in Streifen zu reißen, aber die Nähte wollten nicht nachgeben!

Osreds Gesicht war schmerzverzerrt. In seiner Faust funkelte das blutverschmierte Messer. Aus dem Augenwinkel nahm ich Runolfs Gestalt wahr,

244

hörte seine heiseren Atemzüge...

Es war furchtbar! Mein Bruder lebte, so lange totgeglaubt! Und ich konnte meine Freude nicht genießen, da ich ihn und Runolf erstmal auseinander halten musste...

„Weg von mir!", knurrte Osred drohend. „Du Schande für unser Volk!"

Seine Augen blitzten; er suchte mich beiseite zu stoßen. Ich aber machte mich steif, um die Barriere zwischen beiden aufrechtzuerhalten.

„Keinen Hass mehr!", sagte ich fast flehend, den Blick abwechselnd auf Osred und Runolf gerichtet. „Werft beide eure Waffen weg! Zu lange hat es Hass gegeben..."

Mein Bruder schüttelte wie wirr den Kopf; plötzlich fasste er sich an die Stirn und sank zurück. Ich musste seine Wunde verbinden! Unter Aufbietung all meiner Verzweiflung riss ich meine Haube auseinander, wand sie um seine blutgetränkte Hose.

„Wer ist er?", fragte Runolf in sehr ernstem, misstrauischem Ton, wobei er neben uns trat. Seinen Dolch hatte er in den Gürtel zurückgesteckt.

„Mein Bruder. Wir hatten ihn für tot gehalten... Kannst du gehen, Osred?"

Ich machte Anstalten, meinem Bruder beim Aufstehen zu helfen, doch er sträubte sich, schob mich stumm weg.

„Komm mit uns nach Hause, Osred.", sprach ich sanft, um dann mit Runolf an meiner Seite aus dem Dickicht zu treten. Humpelnd und mit düsterer Miene folgte uns mein Bruder in einiger

Entfernung. Immer wieder hielt ich an, schaute mich um; sogar Runolf machte nun eine Geste – trotzig wandte sich Osred von uns ab. Was sollten wir tun, da er sich von keinem stützen lassen wollte?

Wieder einmal waren es Gwen und ihr Anhang, die *Falsgrave* ein aufsehenerregendes Schauspiel boten. Wer uns begegnete, starrte uns beklommen nach – vor allem meinen Bruder, der wie ein geprügelter Hund hinterdrein schlich.

Meine Mutter eilte uns bereits entgegen; auch Hilda ließ sogleich ihre neue Spielkameradin stehen. Während Mum mir half, Osred auf die fellbelegte Bank neben unserem Herdfeuer zu betten, kümmerte sich meine Tochter mit flinken Händen um das Nötige: Sie setzte Wasser aufs Herdfeuer, legte saubere Tücher bereit – alles mit großer Ernsthaftigkeit.

„Du bist der besten Pflege anvertraut.", lächelte ich meinen Bruder an, während ich den blutigen Notverband löste und ihm die Hose vorsichtig auszog. Mum machte sich ohne Umstände ans Reinigen der Wunde, wobei Hilda ihr aufmerksam beiwohnte.

Kurz wandte ich mich zu Runolf um, der sich am anderen Ende des Raums niedergesetzt hatte und seinen Knöchel befühlte. Offenbar hatte auch er sich beim Sturz den Hang hinunter wehgetan.

„Kümmere dich um deinen Mann, Gwen.", forderte mich Mum auf, um sich dann allein der Behandlung meines Bruders zu widmen. Nach wie vor starrte Osred ins Leere, ließ alles wortlos über sich ergehen.

Jener Tag, der so freudvoll begonnen hatte, endete in einer solch tristen Stimmung.

Runolf hatte nur eine Verstauchung davongetragen. Von seinen Kindern flankiert saß er, den Fuß hochgelegt, auf unserer Bank – auf genau demselben Platz wie einst, als er erstmalig von uns aufgenommen worden war. Auch er blieb für den Rest des Tages in sich zurückgezogen.

Ich sah, wie Mum Osreds Kopf still in ihre beiden Arme nahm und ihn an ihre Brust zog. Dann schaute sie mit einem so merkwürdigen, beinahe schuldbewussten Ausdruck zu mir herüber.

„Seit wann bist du zurück, Osred?", fragte ich, ohne von Runolfs Seite zu weichen.

„Er ist seit drei Monaten hier.", antwortete Mum. „Er wollte nicht, dass du es erfährst, als er hörte..."

Ich betrachtete meinen Bruder. Seine geradezu vierschrötige Gestalt erschien mir so fremdartig. Als er bei uns auszog, damals, um sein Handwerk in *Eoforwic* zu beginnen, war er ein wohlgestalter Jüngling gewesen.

Nach wie vor brütete Osred dumpf vor sich hin. In seinen zerfurchten Zügen vermochte man abzulesen, dass er Furchtbares durchlitten haben musste.

„Sie haben ihn in die Sklaverei verkauft, nach seiner Gefangennahme in *Eoforwic*.", erzählte Mum in gedämpftem Ton. „Erst kam er nach Irland, an den Hof eines mit den Wikingern verbündeten Kleinkönigs. Von dort floh er, wurde aber bald wieder gefangen..."

Zehn Jahre Sklaverei! Was waren dagegen die wenigen Wochen in der Gewalt Eiriks des Widerlichen? Auch ich drückte nun meinen Bruder fest an mich. „Es ist vorbei, alles vorbei..."

Langsam schüttelte er den Kopf. „Nie wird es vorbei sein..."

Mum hatte sich erhoben, gab mir ein Zeichen. Ja, es schien besser, ihn erst einmal für sich zu lassen, bis alles in ihm ein wenig zur Ruhe gekommen war. Also machten wir uns daran, das Abendessen zu bereiten, während mein Vater, mittlerweile vom Fischen heimgekehrt, sich schweigend zu Osred gesellte.

In beklommener Stimmung nahmen wir später das Mahl ein. Ich merkte, wie mein Bruder es vermied, zu Runolf oder unseren Kindern zu blicken. Harald-Aethelfrid hatten wir lieber verschwiegen, was wirklich geschehen war, da ich das aufbrausende Wesen meines Sohnes kannte.

Nach dem Essen erlebten wir eine Überraschung, als mein Patenonkel Aethelfrid sich bei uns sehen ließ. Offenbar hatte sich die Aufregung in *Falsgrave* bereits bis zu ihm herumgesprochen – und wo es etwas zu schlichten gab, war er stets rasch zur Stelle. Seine Anwesenheit war in der Tat wie ein beruhigender Balsam – genauso wie damals, bei Runolfs erstem 'Besuch'.

Noch immer aber gab Osred kaum etwas von sich. Mein Vater sowie Aethelfrid mühten sich redlich, setzten sich schließlich wieder abseits mit ihm. An meinen in der Jugend so umgänglichen Bruder nicht einmal mit viel Geduld und Güte heranzukommen, schmerzte mich. Was musste er durchlebt haben, dass alles in ihm so unversöhnlich war, selbst den engsten Angehörigen gegenüber?

Bei Anbruch der Dunkelheit verließ uns Aethelfrid mit Osred an seiner Seite.

„Hat Osred die ganze Zeit bei ihm gewohnt, seit wir hier zu Besuch sind?", fragte ich Mum geradewegs.

Sie nickte. „Auch Aethelfrid sollte nichts von ihm erwähnen."

Mein Bruder war also die ganze Zeit so nah gewesen – wie hätte ich solches ahnen können?

In dieser Nacht schlief ich sehr unruhig. So vieles ging mir im Kopf herum. Runolf wusste nun, dass ich ihm nicht die Wahrheit gesagt hatte – damals, als ich vorgab, mein einziger Bruder wäre an einer Krankheit gestorben. Hatten wir uns nicht schon vor der Eheschließung in allem Ehrlichkeit und Offenheit gelobt?

Wir hatten vorgehabt, am folgenden Morgen abzureisen, was nun freilich wegen Osreds unverhofftem Auftauchen und seiner Verletzung verschoben werden musste. Mein Vater fuhr nicht raus zum Fischen, zur großen Enttäuschung von Harald-Aethelfrid, hatte der doch seine Begeisterung für den Fischfang entdeckt und gemeinsam mit Großvater so manch dicken Brocken heimgebracht, der zu einem leckeren Mahl verarbeitet wurde.

Im Laufe des Vormittags suchte uns wieder mein Patenonkel auf. Sein Ausdruck war recht ernst, aber von der gewohnten Gelassenheit.

„Osred wird fortgehen.", verkündete er uns.

Ich fühlte einen dicken Kloß im Hals. „Er darf nicht fortgehen, bevor... bevor er mir verziehen hat!", brach es aus mir raus.

Aethelfrid berührte meinen Arm. „Er hofft, dass du ihm verzeihst. Es ist viel geschehen, und es reut ihn zutiefst. Seine Wunde war ein Unfall. Er ist unglücklich auf sein eigenes Messer gestürzt, das er gegen deinen Mann erhoben hat..."

„Ich gehe zu ihm und spreche mit ihm selbst.", entschied ich. „Er ist doch noch nicht fort..."

Aethelfrid schüttelte den Kopf. „Du kannst mit

mir mitkommen; er erwartet dich bei mir."

Ich schaute zu Runolf, der das Gespräch mit regloser Miene verfolgte. „Wirst auch du ihm verzeihen, dass er...?"

Er schlug die Augen nieder, schien sich kurz zu besinnen.

„Er ist dein Bruder. Ich verzeihe ihm."

Ich spürte, welche Kraft es meinen stolzen Wikinger kostete, und atmete auf.

„Osred hat Jahre als Sklave durchgestanden, zwischendurch auf der Flucht, dann wieder eingefangen, geprügelt, in Ketten gelegt und von neuem verkauft.", führte Aethelfrid aus. „Davon ist er gezeichnet, wie wir alle verstehen – doch lasst uns hoffen, dass die Schrecken irgendwann von ihm weichen..."

Fürwahr – dieses Schicksal teilte er mit vielen aus *Northumbria, Mercia* oder *East Anglia*, die lebend in die Gewalt der Wikinger geraten waren. Mit manchen darunter war das Schicksal gnädig umgegangen, indem sie freigekauft oder entlassen wurden. Ein Großteil jener Unglücklichen aber würde ihre Heimat wohl nie mehr wiedersehen. Mochten sie zumindest ein so erträgliches Geschick finden wie Thrym und Gaelle...

„Wohin wird Osred gehen?", begehrte ich zu erfahren.

„Wahrscheinlich in den Süden von *Mercia*, der nun unter König Alfreds Hoheit steht, und wo er einigermaßen sicher sein kann, dass ihm künftig solch ein Geschick nicht mehr droht. Gute Handwerker sind überall gefragt."

„Ich könnte mich dafür verwenden, dass er in *Jorvik* ansässig werden und eine Anstellung finden kann.", ließ sich jetzt Runolf vernehmen. „Die Stadt blüht und gedeiht; überall wird ausgebaut. Er hat mein Wort, dass er nichts mehr befürchten muss."

Aethelfrid neigte anerkennend den Kopf. „Er würde dir vertrauen, es aber dennoch nicht annehmen. Immerhin hat er erkannt, dass Gwen dich..."

Er brach ab, doch sowohl ich als sicher auch mein Mann ahnten, was er hatte sagen wollen.

„Er hat vieles gesehen: Frauen geschändet, gedemütigt, genötigt... Es tut ihm leid, dass er nicht wahrhaben wollte, was deine Eltern ihm über eure Verbindung erzählten.", führte Aethelfrid seinen Gedankengang zu Ende. „Nun aber, da er es mit eigenen Augen erlebte..."

Runolf und ich tauschten einen langen Blick. Nicht viel später begleitete ich Aethelfrid zu seiner Wohnstatt, um von meinem Bruder Osred Abschied zu nehmen, kaum dass er mir zurückgegeben worden war.

Auch ich hatte jenen bewegten Zeiten meinen Tribut zu entrichten – als eine unter so vielen. Anklagen durfte ich *wyrd* dafür nicht, hatte es mich in anderer Hinsicht ja so reich beschenkt.

Die grauen Wölfe hatten es sich auf der Bank vor unserem Haus bequem gemacht.

Von einer langen Handelsreise heimgekehrt hatte Tjorvi viel Aufregendes zu berichten – und da ich davon ausging, dass die Männer unter sich sein wollten, ließ ich mich nur sehen, um ihnen einen Krug Bier rauszubringen. Beide wünschten jedoch ausdrücklich, dass ich mich zu ihnen gesellte. Demnach musste es wichtige Neuigkeiten geben...

In seinem mit Seide eingefassten Leinengewand, dem bestickten Stirnband sowie der aus Münzen gefertigten Halskette sah der stattliche Tjorvi nahezu so prächtig aus wie ein Jarl. Der spitz geschnittene 'Ziegenbart' stand ihm außerordentlich gut. Runolfs alter Gefolgsmann und bester Gefährte zählte mittlerweile zu den führenden Handelsleuten von *Eoforwic*, mit eigenem Schiffsanleger. Zuweilen ging er auf große Reise zum Festland, zwecks Erweiterung oder Pflege seiner Handelsbeziehungen. Mittlerweile konnte man ihn sich kaum mehr in kriegerischem Putz vorstellen. Ein 'Mann von Welt' war er nun, wie man so sagte – und noch immer voll robuster Gesundheit.

„Wenn mein Schiff in den *Humber* hineinfährt, hüpft mein Herz, weil es dann bald in *Jorvik* zu Hause ist!", lächelte er. „Zu Hause bei meiner Lynne, bei euch, meinen Freunden..."

Ich schenkte ihm Bier ein. „Bis dich dein Fernweh von neuem packt."

„Nun ja... inzwischen spürt man die Beschwerlichkeiten so einer Reise mehr und mehr."

Tjorvi seufzte. „Ich möchte nicht mehr in einem *Drakkar* Wind und Wetter ausgesetzt sein, wie seinerzeit als stürmischer Jüngling...“

„Wie damals, bei unserer Überfahrt vom Frankenreich nach *East Anglia*! Erinnerst du dich noch an den Sturm, der uns beinahe auf den Meeresgrund geschickt hätte?“, lachte Runolf rau.

Ich staunte. „Wart ihr damals schon zusammen?“

„Ja – wir räuberten schon zusammen im Frankenlande!“, plauderte Tjorvi. „Unter Jarl Haralds Standarte. Wir waren schon ganz schlimme Kerle, bevor wir unseren Fuß auf englischen Boden gesetzt haben!“

In jenem verhängnisvollen Jahr des Herrn 865, als das große Heidenheer in *East Anglia* gelandet war – und ich noch nicht ahnen konnte, wie sehr mein Schicksal damit verknüpft sein sollte...

„Du hast immer in deinem Fellsack nachts gefroren; deine Zähne hab ich klappern hören!“, spottete Runolf übermütig.

„Ich hatte ja noch nicht Lynne, die mich immer so schön wärmt!“, schmunzelte Tjorvi. „Meine *knorr* ist wenigstens leidlich bequem. Gut, dass meine Heimat nicht Island heißt, wo man doch das ganze Jahr friert! Man sieht es Leuten an der Nasenspitze an, wenn sie auf Island leben! Harsche und frostige Gesichter...“

„Dafür haben sie eine ganze Insel nur für sich, weit weg vom norwegischen König und seinen Steuereintreibern!“, zuckte Runolf die Achseln.

„Oh – ich bin äußerst zufrieden mit meinem

Jorvik!" Behaglich lehnte sich unser Gast zurück. „ Ja, wir lebten unbelästigt seit dem Abkommen mit König Alfred. All die Schrecken und Umwälzungen vergangener Jahrzehnte schienen weit weg. Wenn Runolf seine Waffen anlegte, dann nur für einen Jagdausflug.

„Möglicherweise aber wird manches wieder in Unruhe geraten.", fuhr Tjorvi nachdenklich fort. „Ich weiß nicht, ob die Nachricht bereits hier angelangt ist: Das große Heer ist im Frankenreich schwer geschlagen worden. Man bereitet sich auf den Abzug vom Festland vor."

Runolf und ich tauschten ernste Blicke. Beide hatten wir die Unternehmungen des großen Wikingerheeres, das sich nach der Niederlage gegen König Alfred für einen Feldzug aufs Festland neu formiert hatte, die Jahre über aufmerksam verfolgt. Runolfs und Tjorvis alter Kriegsgefährte Svejn hatte sich dem Unternehmen nämlich angeschlossen – zu unserem Bedauern. Svejns Anteil an der Beute hatte nicht ausgereicht für den Erwerb eines seinen Vorstellungen entsprechenden Landstücks. Weder wollte er die von Runolf angebotene Unterstützung, noch fühlte er sich berufen, an Tjorvis Seite ins Handelsgeschäft einzusteigen. Ein Stück jünger als Runolf und Tjorvi verspürte Svejn noch den Drang zu kriegerischen Abenteuern, die ihn dazu verlockten, erneut auf Fahrt zu gehen – unter jenen Veteranen, die genau wie er ihr Beuteeinkommen aufzustocken hofften.

„Das Glück hat sie da unten verlassen.", murmelte Tjorvi betrübt. „Der Schwung auch. Was noch übrig ist von unseren Helden, schifft sich nun ein – und zwar gen England!"

„Dann werden wir also bald noch ein wenig Zuzug hier bekommen.", meinte Runolf. „Hoffentlich sehen wir auch unseren Svejn wieder."

Tjorvi hatte den Blick gesenkt. „Ich fürchte, das wird keine friedliche Heimkehr. Jetzt, wo die Franken sie so schmählich rausgeworfen haben, werden sie das nicht auf sich sitzen lassen und sich anderweitig schadlos halten..."

Nur nicht wieder hier in unserem England, flehte ich im Stillen.

„Die Verletzten, Kranken und in die Jahre Gekommenen werden sich hier zur Ruhe setzen – der Rest, ich sag's euch, wird es nochmal gegen König Alfred versuchen!", mahnte unser Gast. „Zumal Jarl Haesten zu ihnen gestoßen ist..."

„Jarl Haesten hat sich auf Feldzügen bis nach Italien einen fast so furchterregenden Ruf erworben wie dereinst Ragnar Lodbrok.", erläuterte mir Runolf. „Gegen ihn kann König Alfred sich warm anziehen, sollte es so weit kommen."

„Aber auf uns hier oben würde das doch keine Auswirkungen haben.", hoffte ich.

„Es ist zu erwarten, dass einige unserer hier ansässigen Leute der Versuchung nicht werden widerstehen können, da mitzumachen – vor allem die hitzigen jüngeren Männer." Tjorvi zog an seinem grauen Ziegenbart. „Mein Ältester kommt nun allmählich auch in das Alter, wo Abenteuer in die Ferne locken..."

Lynnes Sohn Aidan – ein dunkelmähniger

Jüngling mittlerweile, wahrhaftig das Abbild seines leiblichen Vaters!

„Ich tue mein Möglichstes, ihn fürs Handelsgeschäft zu erwärmen. Er spielt momentan lieber Sackpfeife vor den hübschen Mädels von *Jorvik*...“

„Dann kann er sie auch mal wieder vor uns spielen!“ Runolfs Augen leuchteten. Er war eine Art Zweitvater für Aidan, wenn Tjorvi auf Reisen unterwegs war. Der junge Aidan bedeutete ihm fast so viel wie sein eigener Spross Harald; ihm erfüllte er jeden Wunsch. Dass Aidan nun flügge wurde und eigene Wege zu beschreiten begann, bereitete ihm freilich ein wenig Schwermut.

„Halten kann man die Jugend nicht, wenn's so weit ist.“, seufzte Tjorvi. „Wir waren ja nicht besser. Sollte Aidan von hier weggehen, trauern bestimmt Mengen unverheirateter Mädchen in *Jorvik*. Er wäre als Seidenhändler sicher ein Magnet für vornehme Damen...“

Wie anders er war als Harald-Aethelfrid – das irische Blut eben. Doch auch unser Sohn hatte uns überrascht, als er vor Jahren nach einer Reise mit Tjorvi nach *Dublin* ernsthaftes Interesse am Schnitzhandwerk zeigte; bald danach zog er nach *Dublin*, um dort bei einem namhaften Schnitzmeister in die Lehre zu gehen. Inzwischen hatte er bereits zahlreiche kunstvolle Schiffssteven entworfen – natürlich furchterregende Drachenköpfe; einen davon sogar für das Schiff eines bedeutenden Jarls! Wir waren stolz auf ihn.

Ein neues riesiges Wikingerheer landete in England – nahezu drei Jahrzehnte nach dem Einmarsch Ivars des Knochenlosen.

Wieder ein Bangen um den Frieden, den wir so schwer errungen hatten! Vier ganze Jahre zog das Heer kämpfend und plündernd kreuz und quer durch unser England; unterstützt von Verbänden auch aus unserem *Northumbria* - dennoch immer wieder zurückgeschlagen, verjagt und schließlich niedergerungen vom großen König Alfred sowie seinen Verbündeten. Endgültig schien er nun dahin, der Traum eines gesamtwikingischen England, und ich merkte, dass auch mein Runolf und Tjorvi so gewisse Hoffnungen nur widerstrebend begruben.

Nach und nach trafen dann Heimkehrer ein sowie Neuankömmlinge, um sich bei uns niederzulassen, auf noch unbesetztem Land. Andere waren bereits in *East Anglia* oder *Mercia* bei ihren Landsleuten hängen geblieben.

Auf Svejn warteten wir vergebens. So war er wohl unter den zahlreichen Gefallenen, irgendwo bestattet im fernen Frankenland oder auf englischem Boden. Einer der Heimkehrer machte uns ein wenig Hoffnung, da er meinte, Svejn wäre unter den Gefangenen, die König Alfred beim Sturm auf das Wikingerlager *Benfleet* gemacht hatte. Sehr wahrscheinlich bedeutete das für Svejn Sklaverei in einem englischen Haushalt, irgendwo in den von König Alfred beherrschten Gebieten. Nach Absprache mit Runolf schickte ich einem Händler, den ich gut kannte, und der regelmäßig im Süden unterwegs war, eine Nachricht an meinen Jugendfreund Coelred mit – die Bitte, sich nach einem gefangenen oder versklavten Wikinger namens Svejn umzuhören. Es war von Vorteil, dass Coelred Svejn ja von Angesicht kannte, da er mit ihm und Tjorvi damals in Winchester persönlich gesprochen hatte. So konnte ich mir sicher sein, dass Coelred sich für ihn verwenden würde, sofern er ihn ausfindig machte.

Ich war gerührt, zu erleben, dass Runolf und Tjorvi, sooft sie beisammen saßen, auf Svejns Wohlergehen tranken, dabei natürlich allerlei alte Kriegsgeschichten aufwärmten, die sie zu Dritt durchgestanden hatten. Überhaupt war das Schwelgen in ihrer aufregenden Vergangenheit die Lieblingsbeschäftigung unserer grauen Wölfe in ihrer Freizeit. Und wie sie mit ihren die letzten Jahre verbissen kämpfenden Brüdern mitgefiebert hatten – war da die Hoffnung, nun doch noch den Rest von England zu erobern und in Wikingerland umzuwandeln? Hätte sie nicht ihr Alter (und natürlich ihr Wohlleben hier) davon abgehalten, so hätten sie nochmals ihr Schwert gegürtet, um ihren Brüdern zur Unterstützung zu eilen. Nun reichte es nur noch zu einem müden Knurren.

Als ich wieder einmal in die Stadt fuhr, am Markttag, um Lynne zu besuchen, herrschte besonders quirliges Treiben in unserem *Eoforwic*.

„Es treffen immer noch müde Kämpfer ein.", unterrichtete mich Lynne. „Furchtbar mitgenommen sehen manche aus; können kaum noch auf ihren Füßen stehen. Und alle wollen ein Stückchen Land für ihren Ruhestand..."

Ich nickte. Neben anderen war auch Runolf damit betraut, bei der Zuteilung von Wohnmöglichkeiten und Land an die Neuankömmlinge zu helfen; eine Aufgabe, die ihn gut auslastete.

Überall schwirrten uns dänische Worte um die Ohren – nicht, dass hier keine Northumbrier mehr lebten, doch gingen sie einfach unter vor lauter Nordleuten! Nein, das war nicht mehr das alte *Eoforwic* – das war nun *Jorvik, Northumbrias* erneuertes pulsierendes Herz!

Und so war auch die altehrwürdige Klosterschule, aus der einmal ein Alkuin hervorgegangen war, nicht wieder eröffnet worden, da die pragmatischen Nordleute für derlei wenig Sinn und Verwendung hatten. Umso mehr tat sich im Händlerviertel, wo man bereits einige neue Straßen angelegt hatte – wie beispielsweise *Ouse Gata*, zwischen dem Fluss und dem *King's Square*.

Wie viele unterschiedliche Handwerkszweige sich hier mittlerweile angesiedelt hatten! Besonders bestaunenswürdig fanden wir die Arbeit der Drechsler, die auf ihr Können ebenso stolz waren wie die Kammhersteller; Letztere fanden unter den Nordleuten reichlich Abnehmer. Runolf selbst besaß ein aus Hirschgeweih kunstvoll gefertigtes Stück, das er immer in einer Gürteltasche bei sich trug. Angeblich zogen Wikinger nicht mal ins Gefecht mit ungekämmter Mähne!

Auf dem Markt war an diesem Tag kaum Platz

zum Stehen. Lynne und mich zog es zu einem bestimmten Stand: Dem Bernsteinhändler, den wir schon gut kannten, und bei dem wir schon etliche *shillings* gelassen hatten.

„Ich sollte besser meine Augen vor jeder Versuchung schließen. Tjorvi hat mich mit Schmuck so großzügig versorgt, dass in meine Schatulle nichts mehr passt!“, blinzelte Lynne.

„Ich suche etwas für Hilda, die uns demnächst besuchen kommt.“ Mein Blick schweifte über das reiche, in der Tat verlockende Angebot auf dem großen Verkaufstisch.

„Wie geht es deiner Tochter?“

„Sie hat nichts zu beklagen – da sie so vernünftig war, keinen Wikinger zu heiraten.“, schmunzelte ich.

Wir wurden abgelenkt. Unweit von uns drängte sich ein Pulk Männer – zweifellos alles Nordleute – um einen Mann auf einem Karren, der offenbar große Reden schwang und seine Zuhörer prächtig unterhielt. Immer wieder dröhnte ausgelassenes Gelächter zu uns rüber.

„Dieser Skalde fabuliert schon den ganzen Vormittag!“, stöhnte der Bernsteinhändler verdrießlich. „Damit zieht er mir die Kundschaft ab!“

Gleich darauf lächelte er versöhnlich, als ich mich für eine hübsche Bernstein-Gewandfibel entschied; eine, die ganz gewiss nach Hildas Geschmack war...

„Was fabuliert der Mann denn so?“, fragte Lynne neugierig.

„Ach – wie er von den Nonnen gesund gepflegt wurde, und solche Sachen!", zuckte der Händler die Achseln. „Die üblichen Veteranen-Märchen..."

„Vielleicht sollten wir uns das mal anhören.", meinte ich zu Lynne. „Wenn ich auch genug Wikingermärchen zu Hause zu hören bekomme..."

Kaum hatten wir uns in Richtung des 'Märchenerzählers' gewandt, da löste sich der Auflauf um ihn auf. Ein wenig enttäuscht zögerten wir.

„Schau." Lynne deutete zu dem Mann. „Er hat nur eine Hand. Wahrscheinlich sammelt er Geld für seine Märchen. Ach komm – für ein paar *shillings* kann er sie auch uns erzählen."

Wir schoben uns also näher, während der Mann auf dem Karren gerade einen tiefen Schluck aus einem Krug nahm. Als er den Kopf zu uns hin drehte, stockte ich im Schritt.

„Svejn!"

Es war wirklich Svejn – trotz seines üppigen Haar- und Bartwuchses eindeutig zu erkennen!

Er strahlte uns an, von seinem Karren. Es folgte eine herzliche Begrüßung, die um uns herum einiges Aufsehen erregte.

Da ich darauf bestand, folgte mir Svejn umgehend nach Hause; Lynne verständigte derweil Tjorvi, der natürlich alles stehen und liegen ließ.

Nur Runolf, auf einem Ausritt unterwegs, ließ auf sich warten. Svejn schien das sehr recht.

„So zugewachsen will ich nicht vor ihn treten. Wer barbiert mich und macht mich ein wenig schön?"

Da sich unsere Gaelle sogleich anbot, verbrachten wir die Zeit erstmal damit, zuzusehen, wie Svejn 'freigeschnitten' wurde. Ich musste dabei an all das denken, was ich über 'die Heiden' zu hören gekriegt hatte kurz nach deren erstem Eindringen in England: Zottelig, ungepflegt, voller Ungeziefer! Das ganze Gegenteil war der Fall: Mein Runolf, Tjorvi oder Svejn waren in ihrer Reinlichkeit keine Ausnahmen – vom Jarl bis zum einfachen Gefolgsmann schätzten die Wikinger ausgiebige Körperpflege; das gewiss nicht allein, um der Weiblichkeit zu gefallen. Wie Runolf mir erzählt hatte, besaßen wohlhabende Männer ein eigenes Badehaus (was er selbst sich auch erträumte).

Svejn genoss es derweil, von Gaelles geschickten Händen hergerichtet zu werden. „Jetzt noch die Fußnägel, bitte – die wachsen mir nämlich schon aus den Schuhen!"

Alles lachte. „Holt noch einen Ohrenlöffel und kratzt ihm die Ohren aus!", klopfte sich Tjorvi auf seine Bauchwölbung.

Svejn grinste ihn schief an. „Du bist ein fetter Hahn geworden, Freund! Sitzt wohl zu viel in deinem Kontor..."

„Mein Essen schmeckt ihm so gut.", verriet Lynne, woraufhin Tjorvi bestätigend nickte.

Svejns Blick schweifte durch die Runde. „Alle seht ihr wohlgenährt aus."

„Da werden wir dich auch rasch hinbekommen.", versicherte ich und bat Thrym, unser Vorratshaus ein wenig zu leeren. Dem Auftrag kam er begeistert nach.

Ein Reiter trabte, mit Hund Gorm dem Jüngeren voran, durchs Tor. Ziemlich verwundert blickte Runolf drein, als er den Hof voller Besucher sah. Vor unserer Versammlung stieg er vom Pferd und machte ganz langsame Schritte auf Svejn zu, als müsse er sich erst davon überzeugen, dass seine Augen kein Trugbild sahen.

Eine ernste, fast andächtige Stimmung legte sich über uns alle, als Runolf den alten Kampfgefährten fest in seine Arme schloss. In beider Augen glänzten Tränen, wovon jeder angesteckt wurde.

Lange standen beide voreinander. Unweigerlich musste ich an die biblische Geschichte vom verlorenen Sohn denken – auch wenn dies einem angelsächsischen Priester anstößig erschienen wäre...

Runolf nahm den Stumpf, auf dem einmal Svejns linke Hand gesessen hatte und berührte ihn beinahe zärtlich – so zärtlich, wie er einst meinen Klumpen von Fuß angefasst hatte.

„Ich habe den Fenriswolf gebändigt." Svejn lächelte schwermütig. „Ich bin jetzt ein Sohn Tyrs..."

Runolf hatte ihn neben sich auf die Bank gezogen. Ein niedriger, leichter Tisch wurde nach draußen getragen; eifrig schleppte Thrym Krüge voller Met und Bier heran, dazu einen riesigen Räucherschinken, den sich Hund Gorm fast gefräßig vom Tisch geschnappt hätte, wenn ihm Thrym nicht zuvorgekommen wäre. Unverdrossen bettelnd ließ sich der Wolfshund zu Runolfs Füßen nieder.

Während der Tisch randvoll mit Speis und Trank gefüllt wurde, schilderten Lynne und ich Runolf unser Wiedersehen mit Svejn auf dem Marktplatz.

„Du brauchst jetzt eine treusorgende Frau – und wir werden umgehend eine für dich suchen.", sprach Tjorvi voller Mitgefühl. „Solange wirst du von Lynne und Gwen verwöhnt."

„Auch mit den anderen Dingen außer Essen und Trinken?", zwinkerte Svejn schamlos grinsend.

„Ho – weil du ein Freund bist, und beste Freunde teilen ja alles!", kniff Runolf dem Gast in die Wange.

Tjorvi beugte sich vor. „Du hättest es ja besser haben können; dann würdest du jetzt hier auch mit einem Wohlstandsbauch sitzen und nicht wie ein abgemagertes Huhn! Hat es sich wenigstens gelohnt mit der Beute?"

Svejns Augen blitzten verwegen. „Im Frankenland sind die Kirchen bis an die Decke vollgestopft mit Schätzen! Die Priester laufen in Seide rum wie Könige! Und was für liebliche Mädchen, das sage ich euch! Und fettes Land vor allem, das man uns nicht gönnen wollte, obwohl da noch Platz gewesen wäre..."

„Warum man uns nur nirgends haben will." Mit gespielter Verständnislosigkeit schaute Tjorvi in die Runde. „Vielleicht sollten wir nächstes Mal einfach höflich um Land bitten..."

„Rumbetteln wie ein Köter?" Empört fuhr Svejn in die Höhe. „Gut, dass das nicht Jarl Haesten gehört hat – oder ein Ivar Ragnarsson..."

Beschwichtigend hob Tjorvi die Hände. „Hatte ich vergessen: Ein Wikinger bittet nicht – er nimmt.

Auch wenn's ihn manchmal teuer zu stehen kommt. Was für einen Wert hat schließlich etwas, das man leicht erringt, ohne Schweiß, ohne Streit?"

Wikinger-Philosophie – in wenige Worte gefasst. Runolf hatte seinen Becher mit Met erhoben. „Auf unseren Heimkehrer! Willkommen im Kreise deiner alten Freunde!"

Das Mahl war eröffnet. Wie ein ausgehungerter Wolf machte sich Svejn über Schinken, gesalzenen Fisch und fetten Käse her...

„Ich gehen Eber fangen. Am Spieß braten nur für Svejn!", spaßte Thrym.

„Nur Thor frisst mehr!" Runolf klopfte Svejn auf den Rücken, als dieser sich verschluckte. „Gemächlich, mein Freund. Hier nimmt dir keiner was weg – auch Gorm nicht!"

„Und keine verfluchten Angelsachsen!" zischte Svejn. „Wo wir durchzogen, haben die alles weggeräumt – ihr Vieh, ihr Korn! Nichts, wovon wir unseren Bedarf hätten decken können! Überall bewaffnete Posten, neue Befestigungen..."

„Die Leute in *Wessex* und ihre Nachbarn sind aus Schaden klug geworden.", äußerte Runolf mit gefurchter Stirn. „Ihre Lande haben sie seitdem gut gewappnet, alles aufgerüstet. So leicht wie einst sind sie leider nicht mehr zu überraschen."

„Nicht mal ein Schaf konnte man vom Feld klauen und schlachten, keine Kuh melken! Alles scharf bewacht!", fuhr Svejn vergrämt fort. „Am Ende mussten wir unsere eigenen Pferde fressen, weil's einfach nichts mehr gab! Es war nur noch jämmerlich..."

„Sicherlich hat sich der große Jarl Haesten das so nicht erträumt." seufzte Runolf.

„Ich bin dennoch stolz, unter seiner Standarte gezogen zu sein!", erklärte Svejn in leidenschaftlichem Trotz. „Ihr dürft nicht vergessen, dass Jarl Haesten mittlerweile über 70 Jahre zählt! Aber er haut immer noch einen voll gepanzerten Mann in zwei Teile! Die meisten Leute im Heer sind ihm vom Frankenreich über Spanien bis nach Italien gefolgt, von Sieg zu Sieg! Was die zu erzählen hatten... All diese Geschichten von alten Ruhmestaten, die haben uns aufrecht gehalten! Da war keiner, der es gewagt hätte, Jarl Haesten zu schmähen, weil er König Alfred nicht in die Knie zwang..."

„Stimmt es, dass Jarl Haesten ins Frankenreich zurückgekehrt ist?", fragte Tjorvi.

Svejn nickte. „Möglicherweise wird er doch Lehnsmann des fränkischen Königs, was er ja kurzzeitig schon mal war..."

Runolf wiegte den Kopf. „Ein Lehnsmann und freier Jarl – das ist nicht das Gleiche. Was wir hier erstritten haben in England, das ist mehr wert als etwas nur Verliehenes, wofür man seinem Herrn ewig zu Diensten sein muss!"

Svejn wischte sich den Mund, nachdem er herzhaft aufgestoßen hatte. „Es wird ein wenig dauern, bis ich mich im alltäglichen Leben wieder zurechtfinde. Ihr müßt da ein wenig Geduld haben..."

Runolf herzte seinen Gefährten. „Wir alle helfen dir dabei."

„Willst du uns jetzt nicht deine Geschichte mit den Nonnen erzählen?", bat ich. „Damit hast du doch die Leute auf dem Markt so gut unterhalten."

Tjorvi bekam große Augen. „Was für Geschichten mit Nonnen? Raus damit, Svejn!"

Unser Gast schaute ein wenig verschämt in die Runde, wobei er sich das frisch frisierte Haar ordnete.

„Ihr werdet es nicht glauben – ich war Gärtner in einem Nonnenkloster!"

„Ha! Was für eine Fabel ist das?", prustete Runolf. Er wandte sich mir zu. „Du kennst das schon: Die Fabeln vom Kampf heimgekehrter Wikinger. Die vielen noch hinzugedichteten Heldentaten..."

„Weder ist es eine Heldentat noch ist es erfunden!", empörte sich Svejn. „In *Jorvik* wollte es keiner glauben, aber von meinen besten Freunden darf ich doch mehr erwarten..."

„Erzähle nur – Gwen und ich glauben dir bestimmt.", ermunterte ihn Lynne.

Also machte es sich Svejn auf der Bank bequem, nachdem er sich satt gegessen hatte. „Es war noch im Frankenland, nach unserer schmählichen Niederlage am Fluss *Dyle*. Eingekesselt hatte man uns wie die Füchse, ins Wasser gejagt... dort standen wir so dichtgedrängt, dass nicht einmal mehr unsere Schilde und Schwerter Platz hatten! Von allen Seiten regnete es Lanzen und Pfeile auf uns. Einer nach dem anderen soff gespickt von Geschossen erbärmlich ab. Vor Leichen sah man bald kein Wasser mehr. Es ist mir heute rätselhaft, wie... aber auf irgendeine Weise konnte ich dem Getümmel entrinnen, trieb flussabwärts und blieb schließlich halb leblos im Ufergestrüpp hängen..."

Er nahm einen tiefen Schluck Met, den ihm Runolf nachgeschenkt hatte. Für einen Moment schloss er die Augen, schien alles noch einmal zu durchleben.

„Wir haben da wirklich fürchterlich Prügel bezogen, und ich machte mich nun bereit auf meinen verdienten Abmarsch nach *Valhalla*, an der Seite so vieler Gefährten. Als ich da so wie Treibholz am Ufer hing und schon die Raben über mir hörte... da hörte ich auf einmal auch menschliche Wesen nahen..."

Alle hingen wir voller Spannung an seinen Lippen.

„So, wie ich im Wasser lag, konnte ich niemanden sehen, aber die Stimmen gehörten eindeutig Frauen! Ich hatte noch halbwegs die Kraft, den Göttern zu zürnen, dass sie mir nun ein solch unrühmliches Ende bescherten: Erschlagen von fränkischen Landweibern!

Gleich darauf zogen überall Arme an mir, und was für ein aufgeregtes Geschnatter um mich rum! Rauszuziehen versuchte man mich, und schließlich stiegen sie ins Wasser, um mich von allen Seiten zu ziehen, zu schieben und zu heben. So vollgesogen mit Wasser und in voller Wehr mochte ich ein ordentliches Gewicht haben. Doch sie schafften es mit einiger Müh und Not..."

„Deine Nonnen?", unterbrach ihn Lynne erwartungsvoll.

269

„Ein volles Dutzend fromme Frauen. Da standen sie nun um mich rum, am Ufer, und palaverten – man beriet sich wohl, was man mit mir anstellen solle. Auf einmal hatten sie einen Karren, auf den sie mich verfrachteten, und mit dem sie mich zu ihrem Kloster nahbei schafften. Zwar war ich mehr tot als lebendig – an ihre Gesichter unter den komischen Hauben kann ich mich aber noch klar erinnern. Recht mitleidig schauten die auf mich, was mich arg verwunderte: Wieso hatten die Mitleid mit einem Heiden, der jahrelang größten Plage ihres Landes?"

„Weißt du nicht, dass wir Christen den Grundsatz pflegen, unsere Feinde zu lieben?", lächelte ich.

„Nur ist das nicht für alle Christen so selbstverständlich.", wandte Runolf ein. „Christenfrauen fällt es wohl leichter."

„Jedenfalls war ich nun in ihrem Kloster einquartiert und von mehr als genug Krankenpflegerinnen umsorgt.", fuhr Svejn fort. „Die hatten ganz schön zu tun, mir Brünne, Hosen und sonst alles auszuziehen. Alles war vollgesogen mit Blut; ich muss ausgesehen haben wie ein geschlachtetes Schwein! Da haben die frommen Frauen manches ausgestanden! Mit mir war zunächst mal nicht viel anzufangen – wie ein entgräteter Fisch lag ich auf meinem Krankenlager und schlief die meiste Zeit des Tages. Es gab kaum einen Teil meines Körpers, der nicht in dicken Verbänden lag.

Ich wusste nicht, dass Nonnen derart kundige

Kräuterweiber sind! Was die mir verabreichten an Säften und Umschlägen – das erweckte die Lebensgeister in mir, und bald konnte ich mich schon wieder ein wenig umherbewegen..."

„Aber wie hast du dich mit deinen Pflegerinnen verständigt?", begehrte Tjorvi zu wissen.

„Erstmal mit der Zeichensprache. Irgendwann schleppten sie eine Bedienstete an, die der dänischen Sprache einigermaßen mächtig war und Dolmetscherin spielen musste. So konnte ich mich endlich als Svejn der Wikinger vorstellen." Er grinste verwegen.

„Hattest du trotzdem weiterhin so eine bevorzugte Behandlung?" fragte Runolf.

„Dass ich ein schrecklicher Wikinger war, wussten die ja von Anfang an – aber man war nach wie vor zuvorkommend zu mir. Und erst die Verköstigung! Damit ich rasch zu Kräften kam, schafften sie ganz schön was an: Frischen Fisch aus ihrem eigenen Teich, Geflügel, Rotwein aus ihrem Keller..."

„Fast so wie hier bei deinen Freunden.", bemerkte Gaelle, die den Tisch abräumte und noch etwas Obst zum Nachtisch hinstellte.

„Natürlich fragte ich mich: Wozu all das, da sie mich ja doch ausliefern mussten, als einen Feind. Darauf machte ich mich sicher gefasst und schmiedete einen Fluchtplan, um mich zum Rest unseres Heeres durchzuschlagen..."

„Konntest du dich denn frei bewegen, in der Obhut deiner Nonnen?", forschte Runolf.

„Sie gingen wohl davon aus, dass ich in meinem

271

Zustand und ganz auf mich gestellt ohnehin nicht weit kam. Aber selbst als ich wieder ganz gut bei Kräften war, kettete man mich weder an noch schloss man mich ein. Man hielt mich für keine Gefahr – und das, obwohl die schon einen Wikingerüberfall hinter sich hatten und monatelang vor uns zittern mussten."

Lynne legte den Kopf schief. „Das haben sie dir alles erzählt?"

Svejn nahm wieder einen Schluck Met. „Und ich hörte mit schlechtem Gewissen zu. Auch deshalb wollte ich da weg, wollte denen nicht noch mehr zur Last fallen. Irgendwie muss man allerdings was geahnt haben – denn einmal kam deren Vorsteherin..."

„Die Äbtissin.", ergänzte ich.

„... die kam mit noch einigen Schwestern zu mir, und wir hatten eine lange Unterhaltung. Sie fragten mich, ob ich mir Gedanken gemacht hätte über meine Zukunft..."

„Sie wollen, du Christ werden?", grinste Thrym.

„Ja, letztendlich steuerte es dahin. Mit vielen schönen Worten versuchten sie mir das schmackhaft zu machen. Doch," Svejn griff in den Ausschnitt seines Hemds, „ich trage immer noch meinen Thorshammer, wie ihr seht. Nun, sie waren sehr geduldig und nachsichtig mit einem so verstockten Heiden. Da ich ihnen ihre Freundlichkeit vergelten wollte, bot ich ihnen meine Hilfe an, wo starke Männerarme notwendig waren. Sie ließen mich ein wenig in ihrem Garten arbeiten. Damals hatte ich ja noch beide Pranken..."

Alle miteinander schauten wir ihn belustigt an. Ein Wikinger als Gärtner in einem fränkischen Nonnenkloster!

„Mussten sie denn nicht befürchten, dass herauskommt, wen sie da beherbergen?", wunderte sich Runolf.

„Immer, wenn Besuch zum Kloster kam, hielten sie mich verborgen. Das lief so ganz gut – dennoch konnte und wollte ich da nicht bis ans Ende meiner Tage bleiben. Also bin ich irgendwann, als ich mich kräftig genug fühlte, zur Vorsteherin und äußerte meinen Wunsch, nach England zurückzukehren. Sie schien sehr verständnisvoll. Ob ich denn da weiterhin gegen Christen kämpfen und plündern wolle, horchte man mich aus. Ich schwor ihr, nie mehr jemals Nonnen – ob in England oder sonstwo – Schaden zuzufügen. Und das meinte ich sogar ernst."

Tjorvi furchte die Brauen. „Dann ließ man dich Schwerenöter so einfach gehen?"

„Mit Gottes vollem Segen.", sprach Svejn feierlich. „Dazu einem Sack guter Verpflegung. Ein Handelsmann, der in alles eingeweiht war, nahm mich als seinen stummen Gehilfen mit. In einem gallischen Mantel fiel ich auch nicht weiter auf. So stieß ich tatsächlich noch rechtzeitig zu den Resten unseres großen Heeres, das sich in *Boulogne* gerade einschiffte..."

„Hat man dich nicht für einen Geist gehalten?" Nochmals goss Runolf seinem Freund Met nach.

„Die haben so viel durchgestanden, dass denen nichts mehr verwunderlich vorkam.", winkte Svejn ab. „Außerdem war ich nicht der einzige Nachzügler. Der eine oder andere Versprengte fand sich noch ein. Wehe den Armen, die's nicht mehr rechtzeitig schafften..."

„Müssen immer im Garten arbeiten bei Nonnen.", zwinkerte Thrym.

„Ist es dir wirklich nicht schwergefallen, der Gesellschaft so vieler fürsorglicher Frauen zu entsagen?", stieß Runolf seinen Gefährten mit dem Ellbogen an. „Sei ganz ehrlich!"

Svejn verdrehte die Augen. „Aah - wie oft mir diese Frage schon gestellt wurde... Wenn mit mir gar nichts mehr los ist, geh ich vielleicht dahin zurück, um einen beschaulichen Lebensabend zu verbringen..."

„Und um all deine schlimmen Sünden zu bereuen.", hob Gaelle den Zeigefinger.

Da Svejn bisher keine Bleibe gefunden hatte, boten wir ihm an, bis auf Weiteres bei uns zu wohnen. Obwohl die in jahrelangen Raubzügen erworbene Beute durchaus gereicht hätte, dass er sich davon angemessen selbst versorgte, sollte sein Traum von einem kleinen Hof nun unerfüllbar bleiben, da er mit einer Hand nur eingeschränkt schwere Tätigkeiten durchführen konnte. Das bedrückte ihn nicht wenig. Nach wie vor sträubte sich sein Stolz, von der Wohltätigkeit seiner Freunde abhängig zu sein. Er wollte niemandem zur Last fallen und deutete deshalb bereits nach wenigen Tagen an, wieder fortzuziehen.

Wir wollten davon natürlich nichts hören. Als Runolf merkte, dass es sinnlos schien, gegen die Halsstarrigkeit des Freundes anzureden, beriet er sich mit mir.

„Vielleicht schaffst du es, ihn zum dauerhaften Bleiben zu bewegen. Ich denke nämlich daran, ihm auf unserem Grundstück ein kleines Haus zu bauen. Er soll nicht wie ein ausgestoßener Wolf durch die Lande streifen, der alte Starrkopf..."

Für einen kurzen Moment streiften meine Gedanken Myrcan. Ob er noch lebte, als Ausgestoßener irgendwo in den Wäldern? Nie hatte jener solche Freunde gefunden, die ihn vor derartigem Schicksal bewahrten...

Also nahm ich mir Svejn beiseite. Da er sich beständig nützlich machen wollte, hatte er Gaelle geholfen, den schweren Wäschekorb zum nahen Ufer des *Ouse* zu tragen – in Vertretung von Thrym, der gerade krank darniederlag. Wieder einmal war

Waschtag.

Als das erledigt war, schlenderten wir beide am Fluss entlang. Ich entsann mich jenes Tages, an dem ich Svejn das erste Mal gesehen hatte: Wie er an Tjorvis Seite auf unserem Hof erschienen war, um eine fürchterliche Nachricht zu überbringen. Danach waren beide in nächtelangem Ritt nach *Winchester* zu König Alfred geprescht, um ihren Kopf für Runolf und Aidan hinzuhalten...

„Als unsere Kinder eines nach dem andern aus dem Haus gingen, da kam Runolf und mir erst alles so leer und traurig vor.", hob ich an. „Du hast neues Leben gebracht, Svejn. Das lange Warten, die Ungewissheit deiner Rückkehr hat Runolf und Tjorvi reichlich zermürbt..."

Aus dem Augenwinkel beobachtete ich meinen Begleiter. Angelegentlich schaute er zu einigen über den Feldern kreisenden Greifvögeln hoch.

„Runolf und ich, Lynn, Tjorvi und du – wir sind jetzt eine richtig große Familie.", fuhr ich fort. „All dies Umherziehen und Kämpfen hat nun ein Ende – man sieht, wie gut allen hier der dauerhafte Frieden tut."

Svejn verharrte noch immer in Schweigen. Seinen handlosen Arm hatte er im Bausch seines Umhangs verborgen. Wir schlugen einen Bogen vom Fluss weg und gelangten schließlich von hinten wieder auf unser Grundstück. Eine Weile schauten wir den Schafen und Ziegen beim Weiden zu. Die Kühe hatten sich im Schatten der alten Eichen niedergelassen.

Auf einmal deutete Svejn zur Seite. „Was wird

denn da hinten noch gebaut?"

„Noch ein Stall.", schwindelte ich. „Für noch ein paar Kühe oder Schweine. Runolf hat vor Jahren noch Land dazugekauft, so dass wir genug Platz haben für das alles."

Er schaute mich lange und sehr prüfend an. Dass da kein Stallgebäude im Entstehen war, sah jeder mit einigermaßen Verstand – aber nach Absprache mit Runolf sollte ich Svejn nichts von dem wahren Zweck des Bauvorhabens verraten; war doch zu befürchten, dass dieser sich umgehend auf und davon machte.

„Runolf ist ein leidenschaftlicher Baumeister.", erzählte ich rasch weiter, bevor Svejn etwas dämmerte. „Ihm fällt immer etwas ein, woran er herumbauen könnte. Unser Harald hat das geerbt. Was bin ich froh, dass er prächtige Schiffssteven entwirft, anstatt auf Wikingerfahrt zu gehen..."

„... und als Einhänder zurückzukehren.", murmelte Svejn düster.

Ganz mütterlich umfasste ich meinen hochgewachsenen Begleiter. „In meiner Jugend habe ich mich mit meinem Fuß manchmal auch für völlig unnütz gehalten und keine Freude an den Dingen gehabt. Wie gut, dass um mich herum Menschen waren, die mir immer wieder Mut machten. Mein Leben war sicher bisweilen nicht leicht mit dieser Einschränkung – heute blicke ich dankbar und zufrieden auf alles..."

Wieder blieb Svejn stehen. In seinem Blick lag ein beinahe zärtlicher Ausdruck. „Runolf kann sehr glücklich sein, dass er dich hat. Nirgendwo hätte er

277

eine bessere Frau finden können."

„Und ich hätte nirgendwo einen besseren Mann gefunden!", lächelte ich gerührt. „Was aber wäre unser Glück wert ohne solche Freunde wie Tjorvi, Lynne und dich?"

Sein Kopf war auf die Brust gesunken. „Vielleicht hätte ich damals auf euch hören und nicht nochmal gehen sollen. Jetzt bin ich nur noch Belastung..."

Ich blickte ihn streng an. „Das zu hören, würde Runolf tief verletzen! Also, bitte, gräme dich nicht länger über Vergangenes. Deine eine Hand ist sehr, sehr hilfreich – sicher auch beim Errichten des neuen Gebäudes. Was denkst du?"

Er blinzelte zu mir herab. Wie eine Mutter nahm ich ihn nochmals in meinen Arm, und ich spürte, dass sein innerer Widerstand aufgeweicht war. Svejn war fortan ein Teil unserer Familie.

Vor nunmehr fast drei Jahrzehnten war *Northumbria* Beute des großen Heidenheeres geworden, und wir hatten in Erwartung des schlimmsten Schicksals gelebt. Seit langem herrschte in unserem Land ein stabiler Frieden, wie ihn nicht einmal unsere alten Könige dank ihres unablässigen Bruderzwists zustande gebracht hatten.

König Halfdan war nie mehr nach *Northumbria* zurückgekehrt. In Auseinandersetzungen um die Macht im wikingisch beherrschten Teil Irlands war er seinerzeit gefallen. Sein Erbe hier hatten verschiedene sehr angesehene Jarle angetreten, die *Northumbria* untereinander in Einflussbereiche aufteilten. In erstaunlicher Weise hielt das zwischen den neuen Herren, Einheimischen und geistlichen Amtsträgern vereinbarte Gleichgewicht. Wie *East Anglia* oder Nord-*Mercia* mussten wir uns fortan daran gewöhnen, unter dänischem Recht zu leben, inmitten zahlreich neu zugezogener Nordleute. Wir lernten von ihnen ebenso, wie sie von uns.

Drei Jahre, nachdem das Große Heer sich endgültig aufgelöst hatte, starb König Alfred, der wahrhaftig sein ganzes Leben als Herrscher mit dem Kampf gegen die nimmermüden Wikinger zugebracht hatte. Ohne ihn wäre unsere Insel zweifellos von Kent und Cornwall bis zu den Britonen den Nordleuten zugefallen.

Namen und Begriffe

Aella: Zeitweilig König von *Northumbria*, Bruder und Rivale von König Osbert (von den Wikingern 867 grausam hingerichtet)

Alfred (der Große): König von *Wessex* (871 – 899), besiegte die Wikinger nachhaltig 878 bei *Edington* und schloss mit ihnen ein Abkommen, das die Grenzen der angelsächsisch und künftig dänisch beherrschten Gebiete festsetzte

Alkuin: angelsächsischer Gelehrter und Berater Karls des Großen

Asgard: Das Reich der nordischen Götter

Beowulf: (skandinavischer) Held einer seit dem 8. Jh. in England populären Sage

berserkr: Krieger im Kampfrausch

Danegeld: Tribut, den die Wikinger von den angelsächsischen Königen erpressten

Dyflin: (wikingisch) Dublin (um 850 von norwegischen Wikingern gegründet)

ealderman: angelsächsische Bezeichnung für einen Adligen

East Anglia: angelsächsisches Königreich im Südosten Englands; später Teil des *danelag*

Edmund: König von *East Anglia* (769/70 von den Wikingern hingerichtet)

Eoforwic: angelsächsischer Name von York

Ethelred: König von *Wessex* (Vorgänger Alfreds des Großen)

Falsgrave: Die Keimzelle des erst später gegründeten Scarborough

280

godhi: Nordischer Priester

Grendel: Ungeheuer der Beowulf-Saga

Guthrum: Heerführer, der gegen König Alfred kämpfte und schließlich unterlag; beherrschte danach *East Anglia* (gest. um 890)

Haesten: wikingischer Jarl, der zwischen 892 und 896 das Große Heer gegen König Alfred und Verbündete führte

Halfdan: Bruder von König Ivar und Nachfolger

Hördarland: Damals Gebiet an der norwegischen Westküste

Ivar: 'der Knochenlose'; Wikingerkönig (Sohn des legendären *Ragnar Lodbrok*) und Anführer des 'Großen Heeres'; gestorben 873 in Dublin

Jarl: Ein wikingischer Adeliger

Jorvik: wikingischer Name für York

yule: nordisch = Fest

Karle: der wikingische Mittelstand (Bauern/Handwerker)

konungsgurtha: nordisch: Königshof

Knorr/Knarr: nordisches (Handels)schiff

Mercia: angelsächsisches Königreich in Mittelengland; sein Nordteil später im *danelag* integriert

Midgard: In der nordischen Mythologie das Reich der Menschen

minster: Vorgänger der heutigen Kathedrale von York (im 7. Jh. gegründet)

morgen-gifu: Mitgift

Northumbria: Im 9. Jh. eines der vier großen englischen Königreiche (großenteils heutiges

Yorkshire); später Teil des *danelag*

Osbert: König von *Northumbria;* gefallen 867 im Kampf gegen die Wikinger)

Ouse: Fluss in York

ragnarök: das Götterverhängnis, die „Götterdämmerung"

Scops: angelsächsische Dichter

Skalden: nordische Dichter

Streoneshalch: angelsächsischer Name des nachmaligen dänischen *Whitby* (bekannt durch die Abtei und ihre berühmte Äbtissin Hilda im 7. Jh.)

thane: ein angelsächsischer Gefolgsmann des Königs

Thraell: für die Wikinger der unterste Stand (Sklaven, Tagelöhner)

Tyr: nordische Gottheit, bändigte den schrecklichen Fenriswolf und büßte dabei eine Hand ein

Valhalla: Das Jenseits der gefallenen Krieger

Wessex: Königreich im heutigen westlichen England

wyrd: (angelsächsisch) das Schicksal

Zum historischen Hintergrund der Erzählung:

Das „Große Heidenheer" suchte England zwischen 865 und 878 heim. Angeführt u.a. von den wikingischen Seekönigen Ivar (dem Knochenlosen) und seinem Bruder Halfdan eroberte es nacheinander große Teile der angelsächsischen Königreiche *Northumbria, Mercia* sowie *East Anglia.* Bemühungen, auch *Wessex* zu besetzen, scheiterten am Widerstand König Alfreds (des Großen). Nordischen Saga-Legenden zufolge waren Ivar und Halfdan in England mit solcher Riesenstreitmacht eingefallen, um den Tod ihres Vaters, des legendären Ragnar Lodbrok zu rächen, der vom northumbrischen König Aella in eine Schlangengrube geworfen worden sein soll. Während der historische Ragnar möglicherweise in Kämpfen gegen irische Gegner fiel, gab den entscheidenden Antrieb für diese Invasion die Erschließung von neuem Siedlungsgebiet für zahlreiche Abwanderer aus den skandinavischen Ländern. Ehrgeiziges Ziel war unbestreitbar die Eroberung der ganzen Insel. Zwar wurde es nicht ganz erreicht, aber König Ivar, der auch den Handelsplatz Dublin beherrschte, sicherte sich damit – als einer der erfolgreichsten Wikingerführer überhaupt – den Titel „*König aller Nordmänner von Irland und Britannien*".

„*Und sie wurden zu Eggern und Pflügern.*" - So staunt die Angelsächsische Chronik, als die wilden Wikinger unverzüglich seßhaft wurden, also buchstäblich die Schwerter mit Pflugscharen vertauschten, nachdem ihnen in den dänisch kontrollierten Gebieten Land zugeteilt worden war. Man darf nicht vergessen: Nach vollen 13 Jahren aufreibender Feldzüge war so mancher Nordmann den Kampf leid. So schlug die Geburtsstunde des *Danelag,* dänisch beherrschter englischer Territorien, die Mitte des 10. Jh. allerdings wieder unter englische Herrschaft fielen (wobei das dänische Recht jedoch unangetastet blieb).

Bevölkerungswachstum, zu wenig gutes sowie knappes Siedlungsland in Dänemark, Norwegen sowie Schweden war der hauptsächliche Antrieb der umfangreichen Wikingerzüge zu jener Zeit. Hinzu kamen Rivalitäten zwischen sich etablierenden Monarchien sowie skandinavischen Kleinkönigen und Häuptlingen mitsamt ihren Gefolgschaften. Da die Monarchen auch noch ihre Tore der christlichen Mission öffneten, schlossen sich konservativ-heidnische Kreise umso bereitwilliger den Wikingern an.

Die Stadt York erlebte unter skandinavischer Oberhoheit einen bedeutsamen Aufschwung als Handelsplatz und avancierte zum wichtigsten städtischen Zentrum in den nördlichen Regionen der Insel. Weltliche sowie geistliche northumbrische Amtsträger verblieben unter der Oberhoheit skandinavischer Häuptlinge (Jarle) teils in ihren Positionen. Die Christianisierung der neuen Herren schritt bald nach Etablierung der dänischen Oberhoheit unspektakulär still voran. Trotz vorangegangener zäher Auseinandersetzungen lernten Einheimische und Neukolonisatoren offenbar, eine weitestgehend friedliche Existenz mit- oder nebeneinander zu führen. Davon legt auch so manches archäologische Denkmal Zeugnis ab.

Die große normannische Eroberung Englands im 11. Jahrhundert unter Führung von Wilhelm dem Eroberer hat jene wikingische Invasion zwei Jahrhunderte früher im historischen Bewusstsein verblassen lassen, weil England unter den Normannen eine weitaus tiefgreifendere (gewaltsame) Umgestaltung erfahren musste.

sabilipp@web.de